Benedict Wells

Het einde van de eenzaamheid

Uit het Duits vertaald door
Gerda Baardman

MEULENHOFF

De vertaling van dit werk is mede mogelijk gemaakt door een subsidie van het Goethe-Instituut, dat gefinancierd wordt door het Ministerie van Buitenlandse Zaken in Duitsland.

GOETHE-INSTITUT

Eerste druk april 2017
Eenentwintigste druk augustus 2019

ISBN 978-90-290-9245-6
ISBN 978-94-023-0787-0 (e-book)
NUR 302

Oorspronkelijke titel: *Vom Ende der Einsamkeit*
Oorspronkelijke uitgever: Diogenes Verlag AG Zürich
Omslagontwerp: Zeno
Omslagbeeld: Raquel Chicheri
Auteursfoto: © Bogenberger Auteurenfotos.com
Vormgeving binnenwerk: Adriaan de Jonge
Illustratie pagina 182: Gemma Pauwels

Boekhandelaren over *Het einde van de eenzaamheid*:

'Wat een schitterend boek – over vallen en opstaan, liefde en dood. Een roman om lief te hebben!' GERDA AUKES, BOEKHANDEL DEN BOER

'*Het einde van de eenzaamheid* is een gerijpt en evenwichtig boek, dat getuigt van een groot psychologisch inzicht en dat met veel empathie is geschreven. Zorg dat je dit boek leest met je meest geliefde persoon in je nabijheid, want die ga je stevig en teder willen vasthouden.' MONIQUE BURGER, DE NIEUWE BOEKHANDEL

'Een gevoelige roman over verlies, aantrekkingskracht maar ook afstoten en het nemen van beslissingen.' WIM KRINGS, BOEKHANDEL KRINGS

'Vernieuwend, actueel met nostalgische elementen. Ontzettend prachtige schrijfwijze, eenvoudige veelzeggende woorden, mooie muziek, hartverscheurend verhaal.' CLAAR VAN LIESHOUT, BRUNA

'Prachtig, ontroerend, echt genieten.' MARIANNE VAN 'T HOF, BLZ.

'Wat een heerlijk boek. Echt een aanrader!' SANDRA VAN DOORN, BOEKHANDEL KRAMER & VAN DOORN

'Wat een prachtig en aangrijpend boek!!' BERT VAN DER HEIJDEN, BOEKHANDEL BERT VAN DER HEIJDEN

'Het is een diepmenselijk boek met tekorten, prachtige uitspraken en inzichten [...] ik heb het in één ruk uitgelezen.' WILLY WOUTERS, BOEKHANDEL DE BOEKENMOLEN

www.meulenhoff.nl

Voor mijn zus

Draw your chair up close
to the edge of the precipice,
and I will tell you a story.

– F. Scott Fitzgerald

Deel 1

IK KEN DE DOOD al heel lang, maar nu kent de dood mij ook.

Voorzichtig doe ik mijn ogen open, knipper een paar keer. Langzaam wijkt de duisternis. Een kale kamer, alleen verlicht door de groen en rood opgloeiende ledjes van kleine apparaten en de lichtstraal die door de kier van de deur naar binnen valt. De nachtelijke stilte van een ziekenhuis.

Ik heb het gevoel dat ik uit een dagenlange droom ben ontwaakt. Een doffe, warme pijn in mijn rechterbeen, mijn buik, mijn borst. In mijn hoofd een zacht gebonk dat steeds sterker wordt. Geleidelijk dringt tot me door wat er gebeurd moet zijn.

Ik heb het overleefd.

Er komen beelden terug. Ik rijd op de motor de stad uit, ik geef gas, de bocht ligt voor me. De wielen verliezen hun grip op de provinciale weg, ik zie de boom op me afkomen, probeer vergeefs uit te wijken, doe mijn ogen dicht...

Waardoor ben ik gered?

Moeizaam tuur ik omlaag. Een halskraag, rechterbeen gefixeerd, waarschijnlijk met gips, sleutelbeen in het verband. Voor het ongeluk had ik een goede conditie, zelfs erg goed voor mijn leeftijd. Misschien heeft dat geholpen.

Voor het ongeluk... Was er toen niet nog iets heel anders? Maar daar wil ik niet aan denken, ik herinner me liever de dag waarop ik de kinderen heb geleerd hoe je een steentje over het water kunt laten stuiteren. De gesticulerende handen van mijn broer als hij met me discussieerde. De reis door Italië met mijn vrouw, hoe we op een vroege ochtend langs een bocht in de Amalfikust wandelden terwijl het om ons heen licht werd en de zee zachtjes tegen de rotsen klotste...

Ik dommel weer in. In mijn droom staan we op het balkon. Ze kijkt me indringend aan alsof ze me heeft doorzien. Ze wijst met haar kin naar de binnenplaats, waar onze kinderen met de buurkinderen spelen. Terwijl onze dochter dapper over een muurtje klimt, houdt onze zoon zich afzijdig en kijkt hij alleen maar naar de anderen.

'Dat heeft hij van jou,' zegt ze.

Ik hoor haar lachen en grijp naar haar hand...

Er klinkt herhaald gepiep. Een verpleegkundige vervangt mijn infuuszakje. Het is nog steeds midden in de nacht. *September 2014* staat op de kalender aan de muur. Ik probeer overeind te komen.

'Welke dag is het vandaag?' Mijn stem klinkt vreemd.

'Woensdag,' zegt de verpleegkundige. 'U hebt twee dagen in coma gelegen.'

Het lijkt alsof hij het over iemand anders heeft.

'Hoe voelt u zich?'

Ik ga weer liggen. 'Een beetje duizelig.'

'Dat is volkomen normaal.'

'Wanneer mag ik mijn kinderen zien?'

'Ik zal uw familie morgenvroeg meteen op de hoogte brengen.' De verpleegkundige loopt naar de deur, blijft daar even staan. 'Belt u maar als er iets is. De afdelingsarts komt zo bij u kijken.'

Als ik niets terugzeg, gaat hij weg.

Waardoor komt het dat een leven wordt zoals het wordt?

In de stilte hoor ik alle gedachten en ineens ben ik klaarwakker. Begin diverse etappes uit mijn verleden na te gaan. Vergeten gewaande gezichten komen weer boven, ik zie mezelf als jongen op het sportterrein van het internaat en het rode licht in mijn donkere kamer in Hamburg. Eerst zijn de herinneringen nog onscherp, maar in de uren daarna worden ze preciezer. Mijn gedachten gaan steeds verder terug in de tijd, voordat ze uiteindelijk bij de ramp belanden die mijn kinderjaren heeft overschaduwd.

Stromingen

(1980)

TOEN IK ZEVEN was, gingen mijn broer, mijn zus en ik met onze ouders op vakantie in Zuid-Frankrijk. Mijn vader, Stéphane Moreau, kwam uit Berdillac, een dorp in de buurt van Montpellier. Achttienhonderd inwoners, een boulangerie, een brasserie, twee wijngaarden, een meubelmakerij en een voetbalelftal. We gingen bij oma op bezoek, die de laatste jaren niet meer uit het plaatsje was weggeweest.

Zoals altijd bij een langere autorit had mijn vader zijn oude lichtbruine leren jack aan en zijn pijp in zijn mondhoek. Mijn moeder, die het grootste deel van de rit had zitten dommelen, zette een cassette van The Beatles op. Ze draaide zich om.

'Voor jou, Jules.'

'Paperback Writer', destijds mijn lievelingsnummer. Ik zat achter haar en neuriede mee. De muziek werd overstemd door mijn broer en zus. Mijn zus had mijn broer in zijn oor geknepen. Martin, die bij ons thuis altijd Marty werd genoemd, schreeuwde het uit en deed zijn beklag bij onze ouders.

'Achterlijke klikspaan.' Liz kneep weer in zijn oor.

Ze begonnen nog harder te ruziën, totdat mijn moeder zich omdraaide en hen recht aankeek. Die blik was een meesterwerk. Er sprak zowel begrip uit voor Marty met zijn gemene zus als voor Liz met haar lastige broertje, en verder maakte ze ermee duidelijk dat geruzie volkomen zinloos was en vooral dat kinderen die zich netjes gedroegen bij de volgende benzinepomp misschien wel een ijsje kregen. Mijn broer en zus lieten elkaar meteen met rust.

'Waarom moeten we eigenlijk elk jaar naar oma?' vroeg Marty. 'Waarom kunnen we nooit eens naar Italië?'

'Omdat dat zo hoort. En omdat *mamie* zich erop verheugt jullie te zien,' zei mijn vader in het Frans zonder zijn blik van de weg af te wenden.

'Nee hoor. Ze vindt ons helemaal niet leuk.'

'En ze ruikt ook zo raar,' zei Liz. 'Naar muffe oude meubels.'

'Nee, naar een beschimmelde kelder,' zei mijn broer.

'Zeg toch niet altijd dat soort dingen over *mamie*!' Mijn vader loodste de auto om een rotonde heen.

Ik keek naar buiten. In de verte zag ik velden met tijm, garrigue en lage, kromgegroeide eiken. In Zuid-Frankrijk rook de lucht kruidiger en waren de kleuren intenser dan thuis. Ik stak mijn hand in mijn zak en speelde met de zilverkleurige franken die ik nog over had van vorig jaar.

Tegen het vallen van de avond kwamen we aan in Berdillac. Achteraf doet het dorp me altijd aan een knorrige, maar eigenlijk heel aardige oude man denken die de hele dag wat voor zich uit zat te dutten. Zoals in veel plaatsen in de Languedoc waren de huizen er van zandsteen, met eenvoudige luiken en rode, verweerde dakpannen, badend in het zachte licht van de laagstaande zon.

Het grind knerpte onder de banden toen we voor het huis aan het eind van de Rue Le Goff stilhielden. Het had iets onheilspellends, de voorgevel was overwoekerd met klimop en het dak was verzakt. Het rook er naar heel vroeger.

Mijn vader stapte als eerste uit en liep met snelle, verende passen naar de deur. Het moet toen echt zijn goede tijd zijn geweest, zoals dat heet. Hij was midden dertig, had nog al zijn dikke, zwarte haar en was beminnelijk en hoffelijk tegen iedereen. Ik zag vaak buren en collega's geboeid om hem heen staan luisteren als hij aan het woord was. Dat lag aan zijn stem: die vlijde zich zacht, niet te laag en niet te hoog, met een heel licht accent, als een onzichtbare lasso om zijn toehoorders heen en trok hen naar zich toe. Als accountant werd hij erg gewaardeerd, maar voor hem telde alleen zijn gezin. Hij kookte elke zondag, had altijd tijd voor zijn kinderen en straalde optimisme uit met zijn jongensachtige glimlach. Later zag ik op foto's uit die tijd dat er toen al iets niet klopte. Zijn ogen. Daar lag iets van verdriet in, misschien ook iets van angst.

Onze grootmoeder verscheen in de deuropening. Ze had een scheve mond en keek haar zoon nauwelijks aan, alsof ze zich ergens voor schaamde. Ze omhelsden elkaar.

Wij kinderen volgden het tafereel vanuit de auto. Men beweerde dat onze grootmoeder in haar jeugd een bijzonder goede zwemster was geweest en heel populair was in het dorp. Dat moest wel honderd jaar geleden zijn. Haar armen zagen er breekbaar uit, ze had een gerimpeld schildpaddenkopje en ze leek het lawaai dat haar kleinkinderen maakten nauwelijks te kunnen verdragen. We waren bang voor haar en voor haar sober ingerichte huis met de ouderwetse kleden en de ijzeren bedden. Het was ons een raadsel waarom onze vader hier elke zomer naartoe wilde. 'Het leek wel alsof hij elk jaar terug moest naar de plek waar hij het meest was vernederd,' zei Marty later een keer.

Je had er ook de geur van koffie 's morgens. Zonnestralen op de plavuizen in de woonkamer. Het zachte gerammel in de keuken, waar mijn broer en zus de messen en vorken voor het ontbijt haalden. Mijn vader verdiept in zijn krant, mijn moeder die plannen voor de dag maakte. Daarna naar de grotten, fietstochtjes of pétanque in het park.

Eind augustus werd in Berdillac het jaarlijkse wijnfeest gevierd. 's Avonds speelde de dorpsharmonie, de huizen waren versierd met lampions en slingers en er hing een geur van geroosterd vlees in de straten. Mijn broer, mijn zus en ik zaten op de grote trap van het gemeentehuis en keken toe terwijl de grote mensen op het dorpsplein dansten. In mijn hand hield ik de camera die mijn vader me had toevertrouwd. Een zware, dure Mamiya; ik had opdracht foto's van het feest te maken. Dat beschouwde ik als een eer, mijn vader gaf zijn camera's anders nooit uit handen. Trots drukte ik een paar keer af terwijl hij mijn moeder sierlijk over de dansvloer leidde.

'Papa danst goed,' zei Liz deskundig.

Mijn zus was elf, een groot meisje met blonde lokken. Ook toen al had ze wat mijn broertje en ik 'de podiumziekte' noemden; ze gedroeg zich altijd alsof ze op het toneel stond. Ze straalde alsof er een stel spotjes op haar gericht was en praatte zo luid en duidelijk dat ze ook op de achterste rijen moeiteloos te verstaan was. Tegenover onbekenden deed ze zich graag vroegrijp voor, maar in werkelijkheid was ze de prinsessenfase nog maar net ontgroeid. Ze tekende en zong, speelde graag buiten met de buurkinderen, ging soms dagenlang niet onder de douche, wilde uitvinder worden, verbeeldde zich dan weer dat ze een elfje was, en in haar hoofd leken zich duizend dingen tegelijk af te spelen.

In die tijd lachten de meeste meisjes Liz uit. Ik zag mijn moeder vaak in haar kamer kalmerend op haar inpraten als haar klasgenootjes haar weer hadden gepest of haar schooltas hadden verstopt. Daarna mocht ik haar kamer in. Dan sloeg ze haar armen wild om me heen; ik voelde haar adem op mijn huid en ze vertelde me alles wat ze mijn moeder al had verteld, misschien nog wel meer. Ik hield meer van mijn zus dan van wie ook en daar kwam geen verandering in toen ze me jaren later in de steek liet.

*

Na middernacht hing er nog steeds een zwoele, vochtige warmte over het dorp. De mannen en vrouwen die nog op de dansvloer stonden – onder wie onze ouders – wisselden na elk nummer van partner. Ik maakte nog een foto, al kon ik de Mamiya nauwelijks meer vasthouden.

'Geef mij die camera eens,' zei mijn broer.

'Nee, papa heeft hem aan mij gegeven. Ik moet erop passen.'

'Heel even maar, alleen één foto maken. Jij bakt er niks van.'

Marty griste de camera uit mijn handen.

'Doe niet zo vervelend,' zei Liz. 'Hij was net zo blij dat hij ermee mocht.'

'Ja, maar zijn foto's zijn waardeloos, hij weet niet hoe de belichting werkt.'

'Jij weet ook altijd alles beter, geen wonder dat je geen vrienden hebt.'

Marty maakte een paar foto's. Hij was het middelste kind. Tien jaar, bril, donker haar, bleek, onopvallend gezicht. In Liz en mij zag je duidelijk onze ouders terug, maar hij had uiterlijk niets met hen gemeen. Marty leek uit het niets te zijn gekomen, een vreemde die tussen ons had plaatsgenomen. Ik mocht hem niet. In de films die ik toen zag waren grote broers altijd helden die zich over hun kleine broertjes en zusjes ontfermden. Mijn broer daarentegen was een einzelgänger die de hele dag op zijn kamer met zijn mierenkolonie zat te spelen en bloedmonsters van ontlede salamanders en muizen onderzocht – zijn voorraad dode diertjes leek onuitputtelijk. Kort daarvoor had Liz hem eens voor 'walgelijke freak' uitgemaakt; ze had het niet beter kunnen formuleren.

Van die vakantie in Frankrijk zijn me afgezien van de dramatische gebeurtenis aan het eind nog maar een paar flarden bijgebleven. Ik weet in elk geval nog goed dat wij op dat feest naar de Franse kinderen keken die op het dorpsplein aan het voetballen waren en werden overvallen door een gevoel van vreemdelingschap. Wij waren alle drie in München geboren en voelden ons Duits. Bij ons thuis was er afgezien van bepaalde gerechten nauwelijks iets wat naar onze Franse wortels verwees en we spraken zelden Frans. Onze ouders hadden elkaar in Montpellier leren kennen. Daar was mijn vader na de middelbare school naartoe gegaan omdat hij zijn familie wilde ontvluchten. Mijn moeder was erheen gegaan omdat ze van Frankrijk hield. (En omdat ze haar familie wilde ontvluchten.) Als mijn ouders over die tijd vertelden, ging het over de avonden dat ze naar de bioscoop waren geweest en mijn moeder gitaar speelde, over hun eerste ontmoeting op een feest van een gemeenschappelijke studievriend en over hun gezamenlijke vertrek naar München – mijn moeder was toen al zwanger. Na zulke verhalen hadden mijn broer, mijn zus en ik altijd het gevoel dat we onze ouders goed kenden. Later, toen ze er niet meer waren, begrepen we pas dat we niets van hen wisten, helemaal niets.

*

We gingen wandelen, maar mijn vader wilde niet vertellen waar we heen gingen en zei onderweg haast geen woord. Gevijven liepen we een helling op, totdat we bij een bosje kwamen. Bij een enorme eikenboom op de heuvel bleef mijn vader staan.

'Zien jullie wat er in de stam gekrast staat?' vroeg hij. Hij keek alsof hij met zijn gedachten elders was.

'*L'arbre d'Éric*,' las Liz. 'De boom van Éric.'

We keken naar de eik. 'Daar heeft iemand een dikke tak afgehakt.' Marty wees naar een ronde, gezwollen plek op de stam.

'Ja, inderdaad,' mompelde mijn vader.

Mijn broer, mijn zus en ik hadden onze oom Éric nooit gekend, hij zou al jaren geleden zijn omgekomen.

'Waarom heet die boom zo?' vroeg Liz.

Het gezicht van mijn vader klaarde op. 'Omdat mijn broer bij deze boom altijd zijn meisjes verleidde. Hij nam ze mee hierheen, ze gingen samen op dat bankje zitten en keken uit over het dal, hij droeg gedichten voor en dan kuste hij ze.'

'Gedichten?' vroeg Marty. 'En dat werkte?'

'Altijd. Daarom heeft de een of andere grapjas met een mes die woorden in de schors gekrast.'

Hij staarde in de ochtendkoele blauwe lucht en mijn moeder vlijde zich tegen hem aan. Ik keek naar de boom en herhaalde bij mezelf: *L'arbre d'Éric.*

*

En toen kwam het eind van de vakantie, nog één laatste uitstapje. Die nacht had het weer geregend, er hingen dikke druppels aan de bladeren en ik voelde de frisse ochtendlucht tegen mijn huid. Zoals altijd als ik vroeg op was, had ik het heerlijke gevoel dat de dag van mij was. Ik had een paar dagen daarvoor een meisje uit het dorp leren kennen, Ludivine, en vertelde mijn moeder over haar. Mijn vader was zoals altijd aan het eind van de vakantie in Frankrijk opgelucht dat hij er weer voor een jaar vanaf was. Hij bleef vaak staan om foto's te maken en floot onophoudelijk voor zich uit. Liz liep voorop, Marty slenterde als laatste achteraan, we moesten bijna altijd op hem wachten.

In het bos stuitten we op een rivier met een bedding van enorme keien waar een boomstam overheen lag. Omdat we toch naar de overkant moesten, vroegen we of we daaroverheen mochten.

Mijn vader ging op de boomstam staan om hem uit te proberen. 'Kan gevaarlijk zijn,' zei hij. 'Daar ga ik absoluut niet overheen.'

Wij sprongen er ook op. Pas nu drong tot ons door hoe diep het daarbeneden was, hoe glad de stam aanvoelde, hoe breed de rivier was en hoe rotsachtig de bodem. De afstand tot het water was minstens twee meter en als je uitgleed en viel, kon je heel lelijk terechtkomen.

'Daarginds is een brug,' zei Liz. Doorgaans wilde ze alles proberen, maar dit durfde ze niet en ze liep door, gevolgd door mijn broer. Alleen ik bleef staan. Angst kende ik destijds niet; een paar maanden daarvoor had ik het als enige van onze klas aangedurfd op de fiets een steile helling af te rijden. Na een paar meter was ik de controle over het stuur kwijtgeraakt en over de kop geslagen, waarbij ik mijn arm brak. Maar de breuk heelde snel en het gips was er nog niet af of ik zocht alweer naar het volgende gevaarlijke avontuur.

Ik stond nog steeds naar de boomstam te staren en zonder er echt bij na te denken zette ik de ene voet voor de andere.

'Je bent gek,' riep Marty, maar ik luisterde niet. Eén keer gleed ik bijna uit doordat ik duizelig werd na een blik op de rotsachtige rivierbedding beneden, maar toen was ik al op de helft. Mijn hart begon sneller te kloppen, ik rende de laatste twee meter en kwam ongeschonden aan de overkant. Van opluchting hief ik mijn armen. Tot aan de brug liepen de anderen op de linker oever en ik als enige op de rechter; af en toe keek ik naar hen en grijnsde. Ik was nog nooit zó trots geweest.

*

We volgden de rivier het bos uit. Hij werd breder en ging sneller stromen; door de regen van de afgelopen dagen was het waterpeil gestegen. De oever was modderig en zacht en er stond een bord waarop wandelaars werden gewaarschuwd niet te dicht bij het water te komen.

'Als je daarin valt verdrink je.' Marty keek naar het kolkende water.

'Hopelijk donder jij erin, dan zijn we eindelijk van je af,' zei Liz.

Hij deed een stap naar haar toe, maar ze dook behendig weg en haakte bij mijn moeder aan, zo vanzelfsprekend en nonchalant als alleen zij dat kon.

'Had je weer eens een grote mond?' vroeg mijn moeder. 'Het begint ernaar uit te zien dat we je hier bij oma moeten achterlaten.'

'Nee,' zei Liz met half gespeelde, half echte ontzetting.

'Je laat me helaas geen keus. Maar oma zal goed op je passen.' Ze deed de bestraffende blik van onze grootmoeder na en Liz lachte.

Onze moeder was onbetwist de ster van de familie, althans voor ons kinderen. Ze was aantrekkelijk en gracieus, had vrienden in heel München en gaf etentjes voor kunstenaars, musici en acteurs die ze god weet waar had leren kennen. Overigens is de omschrijving 'aantrekkelijk en gracieus' een grof understatement. Armzalige woorden die nauwelijks het gevoel weergeven dat wij toevallig een mengeling van Grace Kelly en Ingrid Bergman als moeder hadden. Als kind kon ik niet bevatten dat ze geen beroemd actrice, maar gewoon lerares was. Ze kweet zich vaak met een geamuseerd en tegelijk liefdevol lachje van haar huiselijke plichten en pas later drong tot me door hoe beknot en onvrij ze zich moet hebben gevoeld.

Op een weitje aan de oever rustten we uit. Mijn vader stopte zijn pijp en wij aten de meegebrachte baguettes met ham op. Later speelde mijn moeder een paar chansons van Gilbert Bécaud op haar gitaar.

Toen zij en mijn vader begonnen te zingen, sloeg Marty zijn ogen ten hemel. 'Hou alsjeblieft op. Ik schaam me dood.'

'Er is hier toch niemand,' zei mijn moeder.

'Jawel, daar!'

Mijn broer wees naar de overkant van de rivier, waar net een ander gezin was neergestreken. De kinderen waren van onze leeftijd en ze hadden een jong bastaardhondje bij zich dat tussen hen heen en weer sprong.

Het werd middag en de zon stond hoog aan de hemel. In de hitte trokken Marty en ik ons T-shirt uit en gingen op de deken liggen. Liz zat in haar schetsboek te krabbelen; kleine tekeningetjes en telkens weer haar naam. In die tijd probeerde ze uit in wat voor letters die er het mooist uitzag en schreef ze hem op alles wat zich daartoe leende: op papier, op de tafel, in ringmappen en op servetten. *Liz, Liz, Liz.*

Onze ouders gingen een eindje lopen en verdwenen innig verstrengeld in de verte, wij bleven op het weitje. Het landschap was zondoorstoofd. Marty en Liz zaten te kaarten, ik tokkelde wat op de gitaar en keek naar het gezin aan de overkant. Ik hoorde aldoor gelach, gelardeerd met hondengeblaf. Een jongen gooide af en toe een stok weg die het bastaardhondje dan meteen ging halen, totdat de jongen er kennelijk genoeg van kreeg en de stok onder een deken verstopte. Maar het hondje wilde verder spelen, rende telkens weer naar een van de gezinsleden en uiteindelijk een eindje verder stroomafwaarts. Daar zat een grote tak vast in het struikgewas aan de oever. Het hondje probeerde hem los te trekken, maar kreeg het niet voor elkaar. De stroming was daar sterk en zuigend. Ik was de enige die het zag en voelde dat mijn nekhaar overeind ging staan.

Het hondje rukte aan de tak en kwam in zijn overmoed steeds dichter bij het kolkende water. Ik wilde de mensen aan de overkant net roepen toen ik gejank hoorde. Er was een stuk van de oever losgeraakt en het hondje was in het water gevallen. Alleen met zijn voorpoten en tanden klampte hij zich nog aan de tak vast. Hij jammerde en probeerde zich weer naar de afbrokkelende oever terug te worstelen, maar de stroming was te sterk. Zijn gejank werd luider.

'O god,' zei Liz.

'Hij redt het niet,' zei Marty. Het klonk zo stellig alsof hij degene was die hierover beschikte.

Het gezin aan de overkant rende naar het diertje toe. Ze waren net bij hem toen de tak uit de struiken losraakte en samen met het hondje wegspoelde.

Even wist het beestje zijn kop nog boven water te houden, maar toen verdween hij in de rivier. Terwijl de kinderen aan de overkant gilden en huilden, draaide ik me om en keek in de gezichten van mijn broer en zus. Ik zal nooit vergeten hoe ze keken.

*

Die avond in bed hoorde ik nog steeds het gejank van het hondje. Liz was de hele dag neerslachtig geweest, Marty had nauwelijks meer iets gezegd. Het vreemdste was nog wel dat onze ouders er niet bij waren geweest. Natuurlijk hadden ze geprobeerd ons te troosten toen ze terug waren, maar dat veranderde niets aan het feit dat mijn broer, mijn zus en ik iets hadden meegemaakt waar alleen wij kapot van waren.

Ik lag de halve nacht in bed te woelen. Het zorgeloze geluk van het gezin op de andere oever was binnen een paar seconden verwoest, dat liet me niet los. Ik moest weer aan mijn oom Éric denken, over wie ons ooit was verteld dat hij was 'omgekomen'. Tot nu toe was ik beschermd opgegroeid, maar er waren kennelijk onzichtbare krachten en stromingen die alles in één klap konden veranderen. Er leken gezinnen te zijn die door het noodlot werden gespaard en andere die het ongeluk aantrokken, en die nacht vroeg ik me af of wij tot die laatsten behoorden.

Wissel

(1983-1984)

DRIEËNHALF JAAR later, december 1983: het laatste kerstfeest met mijn ouders. Aan het begin van de avond stond ik voor het raam van mijn kamer terwijl de anderen de huiskamer aan het versieren waren. Net als alle andere jaren werd ik pas geroepen als alles klaar was, maar hoe lang duurde dat nog? Ik hoorde het gemopper van mijn broer en het heldere, verzoenende lachen van mijn moeder. Ik hoorde mijn vader en mijn zus overleggen welk tafellaken ze zouden nemen. Om me af te leiden keek ik naar de binnentuin, naar de winters kale bomen, de schommel en de boomhut. Er was de laatste jaren veel veranderd, maar niet het uitzicht op die dierbare tuin.

Er werd op de deur geklopt. Mijn vader kwam binnen; hij had een trui van marineblauw kasjmier aan en hij kauwde op zijn pijp. Hij liep inmiddels tegen de veertig. Het zwarte haar werd van voren dunner en de jongensachtige glimlach was verdwenen. Wat was er met hem gebeurd? Een paar jaar geleden maakte hij nog een vrolijke, optimistische indruk en nu stond daar die ingezakte gestalte in mijn kamer.

Hij en mijn moeder deden nog maar zelden iets samen en hij verdween vaak urenlang om te fotograferen. Hij liet zijn foto's nooit zien en zelfs als ik met mijn vriendjes speelde, voelde ik zijn aanwezigheid en zijn mistroostige blik in mijn rug. In zijn ogen was de wereld een plek vol nooit aflatend gevaar geworden. In de auto als mijn moeder reed. ('Niet zo hard, Lena, straks rijd je ons nog allemaal dood.') Of als ik net als alle andere zomers de rivier bij Berdillac wilde oversteken en over de boomstam liep. ('Jules, ik kan dit écht niet meer aanzien, als je valt, breek je je nek!') Of als Liz met vriendinnen van school naar een concert wilde. ('Dat vind ik niet goed, je weet nooit wat voor mensen daar rondlopen!') Als mijn vader een handboek zou hebben geschreven, dan had hij dat waarschijnlijk *Doe maar niet* genoemd.

Alleen als hij met vrienden in het park een balletje trapte, kon hij zich ontspannen, en ik bewonderde de manier waarop hij met de bal aan de voet over het veld zweefde en al zijn tegenspelers te slim af was. In zijn jeugd in Frankrijk had hij bij een club gespeeld en hij bezat nog altijd een onfeilbaar ruimtelijk inzicht, zag de manoeuvres van zijn tegenstander aankomen en schoot precies op het juiste moment door alle openingen heen. Alsof hij de enige was die het spel werkelijk begreep.

Mijn vader kwam naast me voor het raam staan. Hij rook naar tabak en naar zijn frisse, kruidige aftershave. 'Verheug je je op het feest, Jules?'

Toen ik knikte, gaf hij me een liefkozend tikje op mijn schouder.

Vroeger gingen we als hij 's avonds thuiskwam vaak door Schwabing wandelen. Daar had je toen nog allemaal oude cafés op straathoeken en kleine barretjes, vuile gele telefooncellen en rommelige winkeltjes waar chocola, wollen kousen of – wat ik het mooiste vond – eigendomscertificaten van stukjes grond op de maan werden verkocht. De wijk leek een uit zijn krachten gegroeid dorp waar de tijd net iets langzamer verstreek dan elders. Vaak gingen we dan ook nog een ijsje eten in het park en vertelde mijn vader over de tijd dat hij als jongeman een halfjaar als havenarbeider in Southampton had gewerkt om zijn studie te bekostigen en Engels te leren, of over de streken die zijn broer Éric in hun jeugd uithaalde, en van die verhalen hield ik het meest.

Wat me vooral is bijgebleven is het advies dat hij me bij onze laatste wandeling gaf. In het begin kon ik er nog niet zoveel mee, maar in de loop der jaren werd het een soort testament.

Mijn vader zei die keer: 'Het belangrijkste is dat je je échte vriend vindt, Jules.' Hij merkte dat ik hem niet begreep en keek me indringend aan. 'Je echte vriend is iemand die er altijd is, die je hele leven naast je meeloopt. Die moet je vinden, dat is belangrijker dan wat ook, zelfs belangrijker dan de liefde. Want liefde kan voorbijgaan.' Hij pakte me bij mijn schouder. 'Luister je?'

Ik had met een stok zitten spelen die ik op de grond had gevonden en gooide hem weg. 'Wie is jouw echte vriend?' vroeg ik.

Mijn vader schudde zijn hoofd. 'Die ben ik kwijtgeraakt,' zei hij met zijn pijp tussen zijn lippen, 'is dat niet raar? Zomaar kwijtgeraakt.'

Ik wist niet wat ik daarmee aanmoest en misschien vermoedde ik ook dat uit zijn oprecht gemeende woorden zijn eigen teleurstelling sprak. Niettemin heb ik me zijn advies goed ingeprent. Had ik dat maar niet gedaan.

'Ik heb gehoord dat je straks een erg leuk cadeau krijgt,' zei mijn vader in het Frans voordat hij mijn kamer weer uit liep.

'Echt? Wat dan?'

Hij glimlachte. 'Nog een paar minuten geduld.'

Dat viel niet mee. Buiten mijn kamer hoorde ik al pianomuziek – 'Stille Nacht' en 'À la venue de Noël'. En toen, eindelijk, kwamen Liz en Marty door de gang aangerend en rukten ze mijn deur open.

'Kom, vooruit!'

De boom in de huiskamer reikte tot aan het plafond en was versierd met kleurige ballen, houten poppetjes en kaarsen, en daaronder lag de stapel cadeaus; het rook naar kaarsvet en dennentakken. Op tafel stond een grote kalkoen en schalen met aardappelgratin, lamsragout, rosbief, cranberrycompote, taart met botercrème en pasteitjes. We hadden altijd veel te veel en de dagen na kerst werden de restjes als koude snacks uit de ijskast gegeten, wat ik heerlijk vond.

Na het eten zongen we kerstliedjes en dan kwam het laatste ritueel voor het grote cadeautjes uitpakken: mijn moeder speelde 'Moon River' op de gitaar. Elk jaar maakte ze een hele act van dat moment.

'Willen jullie het echt horen?' vroeg ze dan.

'Ja,' riepen wij allemaal.

'Ach, ik weet niet. Volgens mij zeggen jullie dat gewoon uit beleefdheid.'

'Nee, we willen het horen!' riepen wij, nog harder dan eerst.

'Ik moet een nieuw publiek gaan zoeken,' zuchtte mijn moeder teleurgesteld. 'Deze mensen hebben er genoeg van, ze willen me niet meer.'

We riepen steeds harder, totdat ze haar gitaar pakte.

Voor ons was ze nog steeds het middelpunt van het gezin. Als zij in de buurt was, slonk het geruzie tussen mijn broer en mijn zus tot onnozel gekissebis dat werd weggelachen en crises op school werden gereduceerd tot kleine tegenslagen die moeiteloos werden opgelost. Ze stond model voor Liz' tekeningen of liet zich door Marty uitleggen wat voor onderzoeksresultaten hij met zijn microscoop had gevonden. Mij leerde ze koken en ze verklapte me zelfs het geheime recept voor haar 'onweerstaanbare taart', een kleverig chocoladebaksel waar je meteen verslaafd aan raakte. En hoewel ze een tikje lui was – klassieke scène: mijn moeder die op de bank lag en ons naar de ijskast dirigeerde om iets voor haar te pakken – en stiekem rookte, wilden we allemaal net zo worden als zij.

Eindelijk begon ze te spelen en haar stem vulde de kamer.

Moon River, wider than a mile,
I'm crossing you in style some day.
O, dream maker, you heart breaker,
Wherever you're going, I'm going your way.

Dit was het moment van het jaar dat alles klopte. Liz luisterde met open mond, mijn broer frunnikte ontroerd aan zijn bril en mijn vader had tranen in zijn ogen, maar zijn gezicht stond extatisch. Naast hem zat tante Helene, de oudere zus van mijn moeder, een vrolijke, mollige vrouw die alleen in haar huis in het Glockenbachviertel in München woonde en elk jaar enorme cadeaus voor ons meebracht. Afgezien van onze verre grootmoeder in Frankrijk was zij de enige familie die we nog hadden, een dun zijtakje aan de stamboom van de familie Moreau.

Bij het pakjes uitdelen wist ik als eerste het cadeau van mijn vader te bemachtigen, lomp en groot. Ik scheurde het papier eraf: een oude Mamiya. Mijn vader keek me vol verwachting aan. De camera kwam me bekend voor, maar sinds het feest in Berdillac had ik niet meer gefotografeerd. Bovendien was de Mamiya veel gebruikt en zat hij onder de krassen; de lens leek wel het reusachtige oog van een cycloop en de knopjes kraakten bij het indrukken. Teleurgesteld legde ik hem opzij en maakte mijn andere cadeautjes open.

Van mijn moeder kreeg ik een in rood leer gebonden opschrijfboek en drie boeken: *Tom Sawyer*, *De kleine prins* en *Meester van de zwarte molen*. Ze las me 's avonds nog steeds voor, maar ze liet me steeds vaker ook zelf voorlezen en prees me als ik het goed had gedaan. Kort daarvoor had ik voor het eerst zelf een verhaal geschreven, over een betoverde hond. Mijn moeder vond het erg mooi. Ik pakte het rode opschrijfboek en later, toen de anderen met bordspelletjes bezig waren, schreef ik er mijn gedachten in op.

*

Kort voor oud en nieuw zagen we onze vader voor het eerst en voor het laatst huilen. Ik lag die middag op bed een nieuw verhaaltje te schrijven. Het ging over een bibliotheek waarin de boeken 's nachts stiekem met elkaar praatten, tegen elkaar opschepten over hun schrijver en zich beklaagden over hun slechte plek op de achterste plank.

Zonder kloppen kwam mijn zus mijn kamer in. Ze grijnsde samenzweerderig en trok de deur achter zich dicht.

'Wat is er?'

Eigenlijk wist ik wel dat haar antwoord maar over een paar dingen kon gaan. Ze was inmiddels veertien en in welgeteld drie onderwerpen geïnteresseerd: tekenen, kitscherige liefdesfilms en jongens. Ze was het mooiste meisje van haar klas: lang blond haar, een lage stem en een glimlach waarmee ze iedereen om haar pink kon winden. In de pauze zag je haar vaak met een entourage van meisjes aan wie ze vertelde welke jongen haar waar had gezoend en hoe saai of in het beste geval middelmatig dat was geweest. Goed was het nooit en het waren altijd oudere jongens uit de stad – de jongens uit haar eigen klas maakten geen schijn van kans. Vaak probeerden ze het toch, maar Liz keurde hun geen blik waardig.

Ze ging op mijn bed zitten en stootte me aan. 'Verrader.'

Ik schreef door en luisterde nauwelijks. 'Hoezo?'

'Je hebt een meisje gezoend.'

Mijn wangen gloeiden. 'Hoe weet je dat?'

'Een vriendin van me heeft je gezien. Volgens haar was het hier pal voor de deur en duwde je je tong zowat in haar keel. Jullie leken wel twee labradors, zei ze.'

Liz lachte, pakte mijn opschrijfboek en begon erin te droedelen, voornamelijk haar eigen naam. *Liz*, *Liz*, *Liz*.

Dat van die zoen klopte. Ik kon met meisjes praten alsof het jongens waren en kreeg op school soms onder de bank liefdesbriefjes toegeschoven. Het leven leek vol van dat soort beloften en ik werd zelfverzekerder. Ik was weliswaar klassenvertegenwoordiger, maar praatte vaak onder de les of legde met een achteloze grijns mijn voeten op mijn tafeltje totdat de leraar er iets van zei. Later vond ik mijn eigen gedrag arrogant, maar destijds vond ik het leuk om onder mijn vrienden de toon te zetten en in het middelpunt te staan. Ik begon met oudere jongens om te gaan en vocht vaak. Als iemand uit de nieuwe groep iets over me op te merken had, vloog ik hem meteen naar de strot. Dat was niet helemaal serieus bedoeld, maar het was ook niet alleen voor de grap. Een paar van die oudere jongens blowden al en dronken alcohol, maar ik aarzelde nog als ze me wat aanboden en vertelde ook niet dat ik van lezen hield en verhalen bedacht. Ik wist dat ze me dan zouden uitlachen en dat ik die kant van mezelf goed verborgen moest houden.

'Hoe was het, dat zoenen?' Liz gooide mijn opschrijfboek weer in mijn schoot.

'Gaat je niks aan.'

'Toe nou. Anders vertellen we elkaar toch ook alles?'

'Ja, maar nu even niet.'

Ik stond op en liep naar de werkkamer van mijn vader, waar het altijd een beetje naar stoffige dossiers en oud papier rook. Toen ik hoorde dat Liz achter me aankwam, deed ik alsof ik het heel druk had en rommelde in de laden van het bureau. In de meeste daarvan lagen alleen brillenhoesjes, inktpatronen en vergeelde blaadjes met aantekeningen. Maar in de onderste vond ik een Leica. Het handvat was zwart, het objectief zilverkleurig. De camera zat nog in de originele verpakking en ik had mijn vader er nooit mee zien fotograferen. Er lag ook nog een briefje bij, in het Frans, in een handschrift dat ik niet kende.

Lieve Stéphane, deze camera is voor jou. Hij moet je eraan herinneren wie je bent en aan datgene wat nooit door het leven kapot mag worden gemaakt. Probeer me alsjeblieft te begrijpen.

Van wie was dat briefje? Ik legde het terug in de la en inspecteerde de camera, maakte het compartiment voor het filmrolletje open en draaide aan het objectief. Er dansten stofdeeltjes in het licht dat door het raam naar binnen viel.

Liz had zichzelf in een spiegeltje ontdekt. Dolblij met die aanblik bekeek ze zichzelf van alle kanten voordat ze zich weer tot mij wendde.

'En als ik nou nog nooit iemand gezoend had?'

'Wat?'

Mijn zus kauwde op haar onderlip en zweeg.

'Maar je vertelt iedereen de hele tijd met wie je nu weer van alles hebt gedaan.' De camera bungelde aan mijn hand. 'Je hebt het over niets anders.'

'Mijn eerste kus moet iets bijzonders zijn, ik...'

Er klonk gekraak. Onze broer, die er een soort zesde zintuig voor had als er thuis geheimen werden uitgewisseld, stond in de deuropening. Zijn duivelse grijns deed vermoeden dat hij ons had afgeluisterd.

Marty was dertien, een eenzame streber met een ijzeren brilletje, bleek en dun als een krijtje. Een kind dat kinderen haatte, aan volwassenen hing en verder met niemand omging. Hij had altijd in de schaduw van zijn grote zus gestaan, die hem provoceerde waar ze maar kon, hem op school negeerde en hem uitlachte omdat hij nauwelijks vrienden had. En nu was hem – een geschenk uit de hemel – geheime informatie in handen gevallen die haar reputatie op school in een paar seconden kon ruïneren.

'Interessant,' zei hij. 'Dus jij laat alle jongens een blauwtje lopen omdat je in je broek schijt? Omdat je een klein kind bent dat liever stomme plaatjes tekent en bij mama op schoot kruipt?'

Liz moest zich even herpakken.

'Als je dat doorvertelt, dan...'

'Nou, wat dan?' Marty lachte en maakte overdreven zoengeluiden.

Liz vloog hem aan. Ze trokken elkaar aan hun haar en schopten elkaar. Ik probeerde tussenbeide te komen en zag niet wie de camera uit mijn hand sloeg, alleen dat die door de kamer vloog en met de lens naar voren op de... o shit.

Het was meteen stil. Ik raapte de Leica op. De lens was gesprongen.

We overlegden over de volgende stap.

'We leggen hem gewoon terug,' zei Liz. 'Misschien merkt hij het niet eens.'

Zoals altijd had onze zus het laatste woord.

Die dag kwam mijn vader ongewoon vroeg thuis. Hij maakte een rusteloze indruk en verdween meteen in zijn werkkamer.

'Kom!' beval Liz.

De deur stond op een kier en zo konden wij drieën naar binnen kijken terwijl hij een tijdje onrustig door de kamer ijsbeerde en telkens weer door zijn haar streek. Toen pakte hij de hoorn van de groene kiesschijftelefoon en draaide een nummer.

'Nog even met mij,' zei hij met zijn lichte accent, 'Stéphane. Ik wilde zeggen dat u een vergissing maakt. U kunt niet zomaar...'

Zijn gesprekspartner leek hem meteen te willen afpoeieren, mijn vader zakte zichtbaar in. Telkens weer probeerde hij iets in het midden te brengen: 'Maar u...' of 'Jawel, dat is...', één keer zelfs een smekend 'Alstublieft', maar hij kwam nog nauwelijks aan het woord.

'U had tenminste een aanwijzing kunnen geven,' zei hij ten slotte. 'Na twaalf jaar. Ik kan toch...'

Weer werd hij in de rede gevallen. Toen hing hij op zonder nog iets te zeggen.

Hij liep naar het midden van de kamer en bleef een paar seconden roerloos staan alsof iemand de stekker uit hem had getrokken. Spookachtig.

Eindelijk kwam er weer leven in. Hij liep naar zijn bureau en ik wist meteen welke la hij ging opentrekken. Eerst las hij het briefje, toen haalde hij de Leica uit de verpakking. Toen hij het kapotte objectief zag, kromp hij even in elkaar. Hij legde de camera en de brief weer in de la en ging voor het raam staan. En toen huilde hij. We wisten niet of dat vanwege het telefoongesprek was of vanwege de Leica of vanwege de zwaarte die de laatste jaren over hem was gekomen. We wisten alleen dat we dit niet wilden zien, en zwijgend gingen we alle drie naar onze kamer.

*

Na Nieuwjaar wilden onze ouders een weekend weg. Een spontaan reisje dat met het ontslag van mijn vader leek samen te hangen, maar mijn moeder zei alleen dat ze naar vrienden in Montpellier gingen en dat wij niet mee konden. Onze tante zou op ons passen.

'We hebben toch geen oppas nodig,' zei Liz. 'Ik ben al veertien.'

Onze moeder gaf haar een kusje op haar voorhoofd. 'Het is ook meer voor je mannelijke collega's.'

'Bedankt, dat heb ik gehoord,' zei Marty zonder uit zijn krant op te kijken.

In ons appartementengebouw in München woonden nog negen andere huurders, onder wie Marleen Jacobi, een jonge, ongewoon knappe weduwe die altijd donkere kleren droeg. Je zag haar altijd alleen en ik kon er niet bij dat iemand zo eenzaam kon leven. Liz daarentegen bewonderde haar enorm en was altijd opgewonden als we haar in het trappenhuis of op straat tegenkwamen; dan kneep ze me in mijn arm of stootte me aan.

'Wat is ze mooi!' zei ze ademloos.

Marty en ik plaagden onze grote zus met haar fascinatie. 'Jacobi was er net,' zeiden we op een middag tegen haar. 'Je hebt haar nét gemist. Ze zag er nóg mooier uit dan anders.'

'Ach joh,' zei Liz overdreven verveeld. 'Ik geloof er niets van.'

'Jawel, ze vroeg nog naar je,' zeiden wij. 'Ze wil met je trouwen.'

'Doe niet zo kinderachtig,' antwoordde Liz, en ze liet zich naast onze moeder op de bank neerploffen. 'Mam,' zei ze met een grijns naar mij, 'raad eens wie er voor de eerste keer met een meisje heeft gezoend?'

Mijn moeder keek meteen naar mij. 'Echt?' vroeg ze, en ik geloof dat er waardering in haar stem klonk.

Ik kan me niet meer herinneren wat er daarna werd gezegd, maar ik weet nog wel dat mijn moeder opstond en een plaat opzette, 'Via Con Me' van Paolo Conte. Ze stak me haar hand toe.

'Jules, let op,' zei ze terwijl we dansten. 'Als je een meisje wilt, dan moet je dit draaien en met haar dansen. Met dit liedje krijg je haar geheid.'

Ze lachte. Pas jaren later realiseerde ik me dat dit de enige keer was dat ze op ooghoogte met me had gepraat.

Kort voordat mijn ouders die avond vertrokken had ik nog een woordenwisseling met mijn vader die ik het beste zo kan vertellen als ik hem me zelf al zo lang herinner:

Ik kwam toevallig langs de slaapkamer waar mijn vader aan het pakken was. Hij maakte een gestreste indruk.

'Goed dat je er bent,' zei hij. 'Ik moet met je praten.'

Ik bleef tegen de deur geleund staan. 'Wat is er?'

Hij kwam niet meteen ter zake, maar begon met zijn eeuwige bedenkingen tegen mijn oudere vrienden die hem niet bevielen, hij vond dat ik er 'verkeerd gezelschap' op nahield. Maar toen kwam hij toch op zijn kerstcadeau, de camera.

'Die ligt nog steeds in de hoek. Je hebt er niet één foto mee gemaakt, toch? Je hebt hem niet eens goed bekeken.'

Ineens had ik met mijn vader te doen. Ik keek weg.

'Die camera is echt waardevol. Op jouw leeftijd zou ik er dolblij mee zijn geweest.'

'Ik weet niet hoe ik ermee moet fotograferen. Hij is zo zwaar en oud.'

Mijn vader kwam overeind en liep naar me toe. Een verbazend grote, slungelige man. 'Het is een klassieker, snap je?' Even had zijn gezicht weer iets jongensachtigs. 'Beter dan die nieuwe camera's. Hij heeft een *ziel*. Als we terug zijn zal ik je laten zien hoe je er foto's mee maakt en hoe je die ontwikkelt. Afgesproken?'

Ik knikte aarzelend.

'Je hebt er echt oog voor, Jules. Ik zou het fijn vinden als je later ging fotograferen,' zei mijn vader, en ook die woorden vergeet ik nooit meer.

Wat herinner ik me nog meer van die avond? In elk geval dat mijn moeder me bij het afscheid een kus op mijn voorhoofd gaf. Ik heb daarna zeker duizend keer aan die laatste kus en die laatste omhelzing gedacht, aan haar geur en haar geruststellende stem. Ik heb er zo vaak aan gedacht dat ik niet zeker meer weet of het wel waar is.

*

Mijn broer, mijn zus en ik brachten de vrijdagavond thuis door. Met tante Helene speelden we Barricade (zoals altijd had Liz als enig doel Marty met de witte steentjes in te metselen), en die avond maakte ik voor ons allemaal een omelet met champignons volgens een recept dat ik van mijn moeder had geleerd.

Zaterdag gingen Liz en ik naar de bioscoop, dus was alleen Marty thuis toen mijn vader onderweg belde. Onze ouders wilden er bij nader inzien nog een paar dagen aan vastplakken. Ze hadden een auto gehuurd om bij oma in Berdillac langs te gaan.

Daar had ik niets op tegen en ik verheugde me vooral op de cadeautjes en de kaasjes die ze uit Zuid-Frankrijk zouden meebrengen.

En toen werd het 8 januari, een zondag. De jaren daarna heb ik vaak geprobeerd mezelf een dof voorgevoel toe te dichten, maar dat was waarschijnlijk onzin. Tegen de avond ging de telefoon. Toen mijn tante opnam, voelde ik meteen de verandering in de sfeer en ging zitten. Ook Marty bleef roerloos staan. Alle andere details ben ik kwijt. Ik weet niet meer wat ik die ochtend had gedaan, wat ik na het telefoongesprek deed en of mijn zus die avond thuis was of niet.

Wat me verder van die dag is bijgebleven is alleen één allerlaatste herinnering waarvan ik hoe dan ook pas veel later ben gaan geloven dat die iets betekende.

Die middag liep ik opgewekt de huiskamer in. Liz was net een strip aan het tekenen, mijn broer zat naast haar en schreef in zijn kriebelige hanenpoten een brief aan Gunnar Nordahl. Dat was zijn penvriend in Noorwegen, maar Liz en ik zeiden altijd dat Gunnar Nordahl helemaal niet bestond, dat Marty hem verzonnen had.

Ik ging in bokshouding voor mijn broer staan. Ik was in mijn Muhammad Ali-periode en vond zelf dat ik hem erg goed imiteerde, vooral de uitdagende grote mond die hij tegen aanstaande tegenstanders opzette sprak me aan.

'Hey,' zei ik tegen Marty. 'Vandaag krijg je je verdiende loon, rat. Je bent gewoon een Uncle Tom.'

'Jules, ik krijg wat van je. Bovendien weet je niet eens wat een Uncle Tom is.'

Ik stompte hem tegen zijn schouder. Toen hij niet reageerde, deed ik het nog een keer. Hij sloeg naar me, maar ik sprong achteruit en maakte schaduwboksbewegingen. '*Float like a butterfly, sting like a bee.*'

Ik kon Ali dan wel niet zo goed imiteren, maar de Ali-shuffle, het snelle dansen op de plaats, beheerste ik uitstekend.

Liz keek nieuwsgierig toe.

Weer gaf ik Marty een stomp. 'In de tweede ronde ben je er geweéést,' bulderde ik met wijd opengesperde ogen. '*I've wrestled with alligators, I've tussled with a whale. I done handcuffed lightning and thrown thunder in jail. Just last week, I murdered a rock, injured a stone, hospitalized a brick.* Maar jij bent zo lelijk dat ik niet eens naar je wil kijken als ik met je vecht.'

'Laat me met rust.'

'Ja, laat hem met rust,' zei Liz spottend. 'Hij moet zijn fantasievriendje in Noorwegen schrijven.'

'Jullie zijn vervelend,' zei Marty.

Ditmaal gaf ik hem een klap tegen zijn achterhoofd, zo hard dat zijn pen uitschoot. Hij sprong op en rende me achterna. We begonnen te vechten, het leek even menens, maar toen ik bleef schreeuwen dat ik de grootste was, moest Marty zijns ondanks lachen en lieten we elkaar los.

Ongeveer om die tijd stapten mijn ouders in hun gehuurde Renault om onze grootmoeder in Berdillac te gaan opzoeken. Ondertussen stapte een jonge advocate in haar Toyota. Ze had een eetafspraak in Montpellier en wilde niet te laat komen. Op de natte rijbaan slipte ze en ze kwam op de andere weghelft terecht, waar ze frontaal tegen de Renault van mijn ouders botste. Twee mensen waren op slag dood.

De jonge advocate overleefde het ternauwernood.

Kristallisatie

(1984-1987)

WAT VOLGT IS donker onbegrip en een dichte mist, heel af en toe verlicht door een korte herinnering. Dat ik in mijn kamer in München sta en uit het raam kijk, naar de binnentuin met de schommel en de boomhut in het ochtendlicht dat in de takken van de bomen verstrikt raakt. Het is de laatste dag in onze inmiddels helemaal uitgeruimde flat, ik hoor Marty die me roept.

'Jules, kom je?'

Met tegenzin draai ik me om. De gedachte schiet me door het hoofd dat ik nooit meer naar de geliefde binnentuin zal kijken, maar ik voel niets, niet eens dat mijn kindertijd voorbij is.

Kort daarna, de eerste nacht in het internaat, waar we te laat aankomen en ik van mijn broer en zus gescheiden word. Ik loop met mijn koffer over de linoleumvloer van de kale gang waar het naar azijn ruikt, naast een van de begeleiders. Hij loopt te hard, ik kan hem niet bijhouden. Eindelijk doet hij een deur open. Een kamer met drie bedden, waarvan twee bezet. De andere kinderen knipperen slaperig met hun ogen. Om ze niet nog meer te storen doe ik het licht uit en kleed me in het donker uit. Verstop een knuffelbeest onder mijn kussen. Als ik in mijn nieuwe bed lig, denk ik aan mijn ouders en aan mijn broer en zus, die in de buurt zijn en toch heel ver weg, en ik huil niet, geen seconde.

Ik herinner me ook nog een dag in de winter, een paar weken later. Rukwinden geselen het heuvelachtige, besneeuwde landschap. Ik rits mijn jack dicht, houd een hand voor mijn gezicht en stap door. Ik heb een loopneus en mijn schoenen pletten de verse sneeuw die bij elke stap knerpt. Mijn longen schrikken van de kou. Na een uur ga ik op een ijskoud bankje zitten en kijk het dal in. Dat doet stil en vreemd aan. Ik stel me voor dat ik naar beneden spring en een paar meter boven de glinsterende sneeuwkorst door de lucht word opgevangen, een adembenemend ogenblik. Dat ik dan snel aan hoogte win, naar boven schiet, steeds sneller, dat ik de wind in mijn gezicht voel voordat ik met uitgespreide armen naar de horizon vlieg, almaar door. Ik kijk weer naar het tehuis, aangenaam ver weg, en probeer me voor te stellen wat ze nu aan het doen zijn zonder mij. Sleeën en over meisjes praten, dollen en elkaar pesten, waarbij ze vaak te ver gaan, al is het even later allemaal weer vergeten. De eerste lichtjes gaan al aan in de steeds donkerder wordende schemering en ik denk aan mijn oude, door het toeval losgesneden leven in München, maar het heimwee is nog maar een verblekend litteken.

Als ik even later weer bij het internaat sta, is de lucht al nachtzwart. Ik ga naar de hoofdingang en duw de deur open. Uit de eetzaal klinken me vrolijke stemmen tegemoet en ik ruik een indringende, opdringerige geur van eten, zweet en deodorant. De lucht is doortrokken van verwachtingen, gelach en onderdrukte angst. Ik loop de gang door en zie een jongen op me afkomen die ik niet ken. Hij kijkt achterdochtig naar mij, de nieuwe. Instinctief ga ik meer rechtop lopen en probeer er volwassen uit te zien en geen fouten te maken. De jongen loopt voorbij zonder iets te zeggen.

Ik ga naar mijn kamer, ga op mijn bed zitten en wrijf de sneeuw uit mijn haar. Ik ben er gewoon, een geest, een nietig wezentje, elf jaar oud. Verstard en leeg zit ik in mijn kamer terwijl alle anderen aan tafel zitten. Later krijg ik straf omdat ik er niet was. Ik kijk in het donker naar buiten.

*

Het tehuis waar mijn broer, mijn zus en ik na de dood van onze ouders terechtkwamen, was niet zo'n elitair instituut met tennisbanen, hockeyvelden en keramiekateliers dat ons voordien waarschijnlijk voor de geest stond, maar een goedkoop rijksinternaat in de provincie, bestaand uit twee grauwe gebouwen en een eetzaal op het terrein van het plaatselijk gymnasium. 's Morgens gingen we met de kinderen uit de streek naar school, de middagen en avonden brachten we op onze kamer, aan het meer of op het voetbalveld door. Je wende aan dat kazerneleven, maar toch kon het zelfs na jaren nog deprimerend zijn dat je externe medeleerlingen na school naar huis gingen terwijl je zelf als een gevangene op het terrein moest blijven en het gevoel had dat er iets mis met je was. Je deelde je spartaanse kamer met vreemden die vaak vrienden werden. Na een jaar moest je weer verhuizen. Het viel niet mee je hele leven in zo weinig tijd en ruimte te moeten ontplooien, er werd veel ruziegemaakt, maar er werden ook nachtenlange gesprekken gevoerd. We praatten maar zelden over echt belangrijke dingen die je bij daglicht nooit zou hebben herhaald, we hadden het meestal over docenten of meisjes. 'Heeft ze vandaag aan tafel weer naar me gekeken?' of 'Wat, ken je die niet? Man, Moreau, dat is de mooiste van die hele rotschool.'

Veel leerlingen van het internaat hadden thuis problemen, ze waren blijven zitten en sommigen waren aan de drugs geweest. Er zaten ook een paar bijzonder criminele types bij die als wrakhout op het internaat waren aangespoeld; omdat het een staatsinstituut was, moesten ze vrijwel iedereen aannemen. De verbijsterde dorpsjeugd moest aanzien hoe die gekken uit de stad hun idylle kwamen verstoren. 'Zit jij ook in dat tehuis?' vroegen ze dan, en met 'tehuis' bedoelden ze eerder 'gesticht' dan 'internaat'. Aan tafel propten we alles naar binnen wat we konden, er was nooit genoeg. Er zat een honger in ons die nooit helemaal werd gestild. In het tehuis klonk een permanent achtergrondgeruis van geruchten: er werd precies bijgehouden wie met wie praatte, welke vriendschappen er ontstonden en wie populair was bij de meisjes. Niet alle veranderingen vielen in goede aarde. Er waren nieuwe kleren die door hun eigenaar eerst vol trots werden getoond om weer snel in de kast te verdwijnen als ze geen weerklank vonden. Veel interne scholieren probeerden zich in de zomervakantie een nieuw imago aan te meten, ze kwamen terug met een vers zelfbewustzijn, maar de meesten waren al na een paar dagen weer de oude. Je was en bleef degene die de anderen in je zagen.

De jaren daarvoor had ik me altijd veilig gevoeld, maar nu waren er momenten dat het matte avondlicht in de donkere grond wegzakte of dat de bomen in de schemering een spookachtige schaduw over het land verspreidden, en dan trok iets in mij zich plotseling samen. Het feit dat ik me op een planeet bevond die met onvoorstelbare snelheid door het heelal schoot kwam me even angstaanjagend voor als de nieuwe, verontrustende gedachte dat de dood onafwendbaar was. Ik werd bang in het donker, bang voor de dood, bang voor de eeuwigheid. Dat soort gedachten dreef een priem in mijn wereld en hoe vaker ik ze had, hoe verder ik van mijn veelal zorgeloze, opgewekte klasgenoten af kwam te staan. Ik was alleen. En toen kwam ik Alva tegen.

*

Op een van de eerste dagen op mijn nieuwe school maakte ik in de les een grapje. Op mijn oude school werd er niet anders van me verwacht, maar nog voordat ik aan de clou toekwam, begreep ik dat het hier niet meer werkte. Ik keek naar de vreemde gezichten van mijn klasgenoten en merkte dat mijn zelfbewustzijn verdwenen was en uiteindelijk lachte niemand. Daarmee was mijn lot bezegeld. Ik was de rare nieuwe jongen die er niet op lette wat hij 's morgens aantrok en van de zenuwen woorden verkeerd uitsprak; zo zei ik 'lostekoos' in plaats van 'kosteloos'. Om niet te worden uitgelachen zei ik dus haast niets meer en ik zat helemaal alleen aan het achterste tafeltje. Totdat er na weken een meisje naast me kwam zitten.

Alva had koperrood haar en droeg een bril met hoornen montuur. Op het eerste gezicht een lief, verlegen plattelandskind dat de aantekeningen op het bord met verschillende kleuren stiften in haar schriften overnam. Maar er was nog iets anders met haar. Er waren dagen waarop Alva de andere kinderen bewust leek te mijden. Dan keek ze totaal afwezig en somber uit het raam. Ik wist niet waarom ze naast me wilde zitten, we zeiden geen woord tegen elkaar. Haar vriendinnen giechelden als ze naar ons keken en twee weken later zat ik weer alleen in mijn hoekje. Net zo onverwacht als ze was gekomen, was ze weer vertrokken.

Daarna keek ik in de les vaak naar haar. Als ze voor het bord moest komen, zag ik dat ze een onzekere indruk maakte en haar handen achter haar rug verstopte. Ik luisterde naar haar zachte stem en staarde naar haar rode haar, haar bril, haar blanke huid en haar mooie bleke gezichtje. Ik hield vooral van haar voortanden, waarvan er een een tikje scheef stond. Alva probeerde haar mond bij het praten niet te ver open te doen in de hoop dat niemand dat zag, en als ze lachte hield ze haar hand ervoor. Maar ze glimlachte vaak; dan lette ze even niet op en zag je die scheve snijtand, en dat vond ik geweldig. Mijn hele leven was erop gericht haar over een aantal banken heen blikken toe te werpen en als ze eindelijk terugkeek beschaamd weg te kijken; dan was ik gelukkig.

Een paar maanden later gebeurde er iets. Het was een zwoele zomerdag en het laatste uur mochten we video kijken, een verfilming van een boek van Erich Kästner. Halverwege de film moest

Alva huilen. Ze zat ineengedoken op haar plaats, haar schouders schokten en uiteindelijk ontsnapte haar een snik. Ook de andere leerlingen keken nu naar haar. Haastig zette de lerares de video stil – bij een scène die in een vakantiekamp speelde – en ging naar haar toe. Terwijl ze samen de klas uit liepen, wierp ik een snelle blik op Alva's rood aangelopen gezicht. Ik geloof dat we allemaal geschrokken waren, maar er werd nauwelijks over gepraat. Er zei alleen iemand dat Alva's vader nooit op de ouderavonden was en zich überhaupt weinig liet zien, misschien had het daar iets mee te maken. Ik heb vaak aan die opmerking gedacht, maar ik heb er Alva nooit naar gevraagd. Wat er ook aan de hand was, ze stopte haar verdriet goed weg.

Een paar dagen daarna ging ik na school in mijn eentje naar het tehuis terug,

'Jules, wacht!' Alva trok aan mijn mouw en ik draaide me om. Ze liep mee tot de ingang van het internaat.

'Wat ga je nu doen?' vroeg ze toen we besluiteloos voor de deur stonden. Ze praatte altijd heel zacht, zodat je je naar haar toe moest buigen. Zelf was ze niet intern, ze woonde thuis, maar ze leek niet graag naar huis te gaan.

Ik keek naar de bewolkte lucht. 'Ik weet niet... muziek luisteren waarschijnlijk.'

Ze keek me niet aan en bloosde.

'Heb je zin om mee te gaan?' vroeg ik, en ze knikte.

Tot mijn opluchting waren mijn klasgenoten niet op onze kamer. Van mijn moeder had ik de platenspeler en haar collectie geërfd, een kleine honderd albums, van Marvin Gaye, Eartha Kitt en Fleetwood Mac tot John Coltrane.

Ik zette *Pink Moon* van Nick Drake op, een van de lievelingsplaten van mijn moeder. Vroeger interesseerde muziek me nauwelijks, maar nu was het altijd weer een geluksmoment als de naald knisperend op het vinyl neerdaalde.

Alva luisterde heel geconcentreerd en haar gezicht veranderde nauwelijks van uitdrukking. 'Dit vind ik erg mooi,' zei ze. Merkwaardig genoeg was ze niet op een stoel, maar op mijn bureau gaan zitten. Ze haalde een boek uit haar rugzak en begon er zwijgend in te lezen, alsof ze thuis was. Ik vond het fijn dat ze zich zo bij me op haar gemak voelde. De middagzon brak door de wolken en zette de kamer in een cognackleurig licht.

'Wat lees je?' vroeg ik na een tijdje. 'Goed boek?'

'Mm-mm.' Alva knikte en liet me de titel zien: *Spaar de spotvogel* van Harper Lee. Ze was elf, net als ik. Ik keek toe terwijl zij weer in de tekst opging. Haar ogen schoten langs de zinnen, van links naar rechts en terug, onophoudelijk.

Eindelijk sloeg ze het boek dicht en bekeek mijn spullen. Een bijzonder wezen dat in mijn kamer was verdwaald en nieuwsgierig de Spider-Man-strips en camera's in mijn kast bestudeerde. Ze pakte eerst de Mamiya op en daarna de nieuwere modellen waarmee mijn vader in zijn laatste jaren vaak had gefotografeerd. Ze raakte alle voorwerpen bewust aan, alsof ze zich ervan wilde overtuigen dat ze echt waren.

'Ik heb je nooit foto's zien maken.'

Ik haalde mijn schouders op. Alva stak haar hand uit naar een familiefoto waarop mijn vader en moeder te zien waren.

'Je ouders zijn dood.'

Die zin verraste me, ik geloof dat ik zelfs meteen de muziek uitzette. Sinds ik op het internaat zat, had ik daar niemand iets over verteld.

'Hoe weet je dat?' vroeg ik.

'Heb ik aan een begeleidster gevraagd.'

'Waarom?'

Ze gaf geen antwoord.

'Ja, ze zijn een halfjaar geleden overleden.' Het was alsof ik voor elk woord een schep in een stijf bevroren akker moest rammen.

Alva knikte en keek me lang aan, ongewoon lang, en ik zal nooit vergeten hoe we op dat moment elkaars binnenwereld in konden kijken. Heel even zag ik het verdriet dat zich achter haar woorden en gebaren verborg, en zij op haar beurt zag wat ik diep in mijn binnenste bewaarde. Maar verder gingen we niet. We bleven op elkaars drempel staan en stelden elkaar geen vragen.

*

Een kleine drie jaar later, eind 1986, waren Alva en ik elkaars beste vrienden. We draaiden een paar keer per week samen muziek. Af en toe vertelde ze iets over zichzelf, dat ze sporters bewonderde, dat haar ouders allebei arts waren of dat ze na school naar Rusland wilde, het land van haar lievelingsschrijvers. Maar we hadden het nooit over de dingen die echt belangrijk voor ons waren, ook niet over de reden waarom ze die keer in de klas bij de film had gehuild.

Onze veertiende verjaardag kwam in zicht en in de achtste klas werd de kloof dieper. Aan de ene kant stonden Alva en de klasgenoten die er al een paar jaar ouder uitzagen en op de een of andere manier luidruchtiger en robuuster aandeden, aan de andere kant de laatbloeiers, onhandige, onderontwikkelde buitenbeentjes, waar ik bij hoorde. Ik was al jaren niet meer gegroeid en terwijl ik in mijn kinderjaren wel tekenen van begaafdheid had vertoond, blonk ik in deze fase van mijn jeugd uit in talentloosheid. Ik was altijd al een dromer geweest, maar daarnaast had ik ook een andere, wildere kant gehad. Nu die verdwenen was, trok ik me steeds meer in mezelf terug en soms haatte ik in stilte degene die ik geworden was.

Op een avond in de herfst ging ik mijn broer opzoeken. In de westelijke vleugel op de tweede verdieping, een gevaarlijke zone voor jongere internaatskinderen zoals ik, die nog niet door de puberteit gewapend waren. Op Marty's afdeling, waar alleen jongens van zestien en zeventien woonden, heerste een eigenaardige onrust. Van die momenten waarop het je te veel werd en je van overtollige energie en verveling ineens wilde worstelen, stoeien, vechten of schreeuwen. Ik zag een paar oudere jongens ongedurig door de gang benen en anderen die met de deur open in hun kamer naar de muur zaten te staren alsof ze ergens op zaten te broeden; een paar keken dreigend naar me als roofdieren naar een indringer in hun territorium. Ik overdrijf maar een klein beetje.

De kamer van mijn broer lag helemaal aan het eind van de gang. Anders dan Liz en ik had Marty niet onder de afgelopen jaren geleden, maar hij had dan ook het minst te verliezen gehad. Hij deed me denken aan een mier die na een atoomoorlog gewoon doorging met zijn leven. Hij was inmiddels een meter negentig lang, een magere reus die hoekig bewoog en zijn lange haar in een staart droeg. Het leek wel alsof iemand Woody Allen had gedwongen de puberteit nog eens door te maken: hij droeg alleen zwarte kleren en een lange zwartleren jas, maakte de hele dag intellectuele toespelingen die niemand begreep en leek met zijn haakneus en zijn bril net een existentialistische vogelverschrikker. Hij was inmiddels zestien en bij de meisjes had hij geen succes, maar hij was wel de aanvoerder van een groep buitenbeentjes en zonderlingen. Zijn schimmenleger bestond uit een paar buitenlandse internaatsleerlingen, allemaal nerds en wijsneuzen, en een jongen die al jarenlang zijn kamerbuurman was, Toni Brenner, de enige Oostenrijker van onze school, die vanwege zijn sterke Weense accent naar de buitenste rand van het coördinatenstelsel van het internaat was verbannen.

Vlak bij Marty's deur versperden twee jongens me de weg. Een magere met een slechte huid, die met zijn hese lachje en zijn rechtopstaande haar aan een hyena deed denken, en een kolossale vechtersbaas die ik me niet meer zo precies herinner.

'Hé, Moreau!' zei de dunne. Hij hield me tegen. 'Niet zo snel.' Ze grijnsden arrogant.

Belachelijk, dacht ik, wie denken jullie wel dat jullie zijn, achterlijke clowns? Even vlamde de woede in me op, net als vroeger, toen ik nog vaak vocht. Maar toen zakte ik in. Wie hield ik nou voor de gek? Ik had nog niet eens de baard in de keel, ik was een zielige vertoning.

Zo hard ik kon riep ik mijn broer, ik was nog maar een meter bij zijn kamerdeur vandaan. Geen reactie. Weer riep ik: 'Marty, help, kom nou!' Maar ik kon roepen wat ik wilde, zijn deur bleef dicht.

De twee jongens die me vasthielden grijnsden weer en sleurden me naar de douches. Onderweg sloten een paar joelende klasgenoten zich bij hen aan en op het laatst droegen ze me met hun vijven. Ik spartelde en probeerde me los te trekken, maar ik had geen schijn van kans. Ze zetten me met kleren en al onder de douche totdat ik drijfnat was. Het rook er naar goedkope shampoo en schimmel, ik deed mijn ogen dicht en hoorde het gelach van de anderen. Toen opperde iemand dat het misschien wel grappig zou zijn om me uit te kleden en me bloot op de meisjesafdeling te zetten. Weer werd ik onder luid gejoel opgetild.

'Ik háát jullie!' Ik moest mijn lippen op elkaar persen om mijn tranen binnen te houden.

'Hé, hou 's op met dat gezeik!' zei iemand. Er was een jongen met zandkleurig haar binnengekomen: Toni, de kamerbuurman van mijn broer. Een begenadigd skiër, niet groot maar heel gespierd, hij trainde bijna dagelijks in het krachthonk. Mijn hart maakte een sprongetje. Hij liep naar de schriele hyena en slingerde hem zo hard door de doucheruimte dat de anderen terugdeinsden.

Toen kwam hij naar mij toe. 'Gaat-ie?'

Ik rilde nog na, het water was ijskoud. Hij legde een hand op mijn schouder en bracht me naar de kamer van mijn broer. Hij hinkte een beetje door zijn tweede knieoperatie. Het was nog maar de vraag of zijn geplande skicarrière wel door kon gaan.

Plotseling keek hij me grijnzend aan. 'Heeft ze mijn brief al gelezen?'

Dat was om me op te vrolijken. Net als vele anderen was hij straalverliefd op Liz en hij had me ooit een liefdesbrief voor haar meegegeven waarop ze nooit had gereageerd. Sindsdien was het een *running gag* dat hij vroeg of ze zijn brief al gelezen had.

In de kamer van mijn broer stond ik op de grond na te druipen. Marty, die de laatste jaren een computerverslaving had ontwikkeld, keek op van zijn scherm. 'Wat is er met jou gebeurd?'

Ik negeerde hem en keek naar buiten: de ramen van het gebouw naast het onze waren felverlicht en in de verte zag ik de contouren van het nachtelijke bos. Marty tikte weer op het toetsenbord van zijn tweedehands Commodore, maar door zijn drukdoenerij heen schemerde zijn slechte geweten.

'Je hebt me niet geholpen,' zei ik. 'Ik heb je toch geroepen.'

'Dat hoorde ik niet.'

'Je hebt me best gehoord. Ik stond vlak voor je deur.'

'Ik heb echt niets gehoord, Jules.'

Ik wierp hem een woedende blik toe. 'Als je had opengedaan, hadden ze me wel losgelaten. Je had alleen maar even de gang op hoeven komen.'

Mijn broer bleef koppig zwijgen, dus uiteindelijk zei ik: 'Geef dan tenminste toe dat je me gehoord hebt. Dan vergeef ik je.'

Toen Marty na een paar seconden nog steeds niets had gezegd, ging ik weg. Als ik nadien aan mijn broer dacht, zag ik altijd die gesloten deur weer voor me.

*

We gingen naar het meer, ik wilde Alva iets laten zien. Het was een grauwe, ijzige dag, en voor het eerst in jaren had ik een van mijn vaders camera's meegenomen. Ik was dik ingepakt in windjack met sjaal en muts, maar het viel me op dat Alva zo licht gekleed was. Een dunne spijkerbroek en een gebreid vestje. Ze leek wel een verwaarloosd, uit een sekte weggelopen kind, maar ze liet niets merken, hoe koud ze het ook moest hebben.

Het begon al donker te worden toen we bij het meer aankwamen. Daar schaatsten een paar internaatsleerlingen.

'Kom.' Ik nam Alva mee naar een plekje verderop. De stemmen van de anderen waren nog nauwelijks te horen, we stonden alleen op het dichtgevroren meer.

Alva slaakte een kreet. Ze had de vos ontdekt. Door het ijs heen zag je zijn verstarde snuit, maar een deel van zijn lichaam stak nog boven het ijs uit en de borstelige vacht was bezet met glinsterende ijskristallen. Alsof hij midden in een beweging bevroren was.

'Wat een afschuwelijke dood!' Alva's adem hing in wolkjes in de lucht. 'Waarom wilde je me dat laten zien?'

Ik veegde met mijn handschoenen de sneeuw van het ijs om de dode ogen van de vos beter te kunnen zien.

'Ik heb een keer een hond zien verdrinken. Maar dit hier is anders. Ik dacht dat het je misschien zou interesseren. Het doet zo rustig aan, zo eeuwig.'

'Ik vind het verschrikkelijk.' Alva wendde zich af.

'Ja, nu vind je het verschrikkelijk, maar ik durf te wedden dat je je die ingevroren vos over twintig jaar nog herinnert.' Ik moest lachen. 'Zelfs op je sterfbed zul je nog aan die ingevroren vos denken.'

'Doe niet zo idioot, Jules.'

Ik maakte een paar foto's en we gingen terug naar het dorp. De laatste restjes kleur verbleekten aan de horizon en het landschap om ons heen verzonk in duisternis. Het werd kouder en ik balde mijn vuisten in mijn zakken. Eindelijk waren we bij het café.

Binnen wreef Alva haar handen warm. Sinds kort lakte ze haar nagels en ik keek wantrouwig naar haar roodglanzende vingertoppen, een teken van kentering, van verandering. We dronken warme chocolademelk en hadden het over mijn zus, die weer in de problemen zat omdat ze 's nachts stiekem naar buiten was geslopen.

'Ik heb gehoord dat ze binnenkort van school wordt getrapt,' zei ik. 'Ze neemt helemaal niets serieus.'

'Ik vind je zus leuk,' zei Alva alleen. Zij en Liz hadden elkaar één keer kort ontmoet, op mijn kamer. 'En ik vind haar bloedmooi. Ik wou dat ik zo'n mooie grote zus had.'

Ik wist niet wat ik daarop terug moest zeggen. Toen zag ik de hyena langs het raam lopen. Ik keek hem woedend na. Alva zat ondertussen naar me te kijken op een manier die ik storend vond. In een onbewaakt ogenblik had ik haar over de vernederende ervaring in de doucheruimte verteld en nu was ik bang dat ze me laf vond.

'Ik had hem een beuk moeten geven,' zei ik overmoedig en nam een slok chocolademelk. 'Vroeger zou ik hem gewoon... Ik snap niet waarom ik niets heb gedaan.'

Alva lachte. 'Jules, ik vind het juist goed dat je niets hebt gedaan. Hij is toch veel groter dan jij.' Ze trok één wenkbrauw op. 'Hoe klein ben je eigenlijk?'

'Eén zestig.'

'Welnee, dat haal je niet eens. Kom eens naast me staan.'

We stonden allebei op en gingen naast het tafeltje staan. Alva was pijnlijk genoeg een paar centimeter langer. We bleven secondenlang tegenover elkaar staan en ik rook haar te zoete nieuwe parfum. Toen ging ze weer zitten.

'Je hebt trouwens een chocoladesnor,' zei ze.

'Weet je wat ik weleens denk?' Ik veegde over mijn bovenlip en keek haar strijdlustig aan. 'Dat alles hier in me gezaaid wordt, als op een akker. Het internaat, school, wat er met mijn ouders is gebeurd. Dat wordt allemaal in me gezaaid en ik kan nog niet zien wat dat met me doet. Pas als ik volwassen ben komt de oogst op en dan is het te laat.'

Ik wachtte op haar reactie. Tot mijn verbazing glimlachte ze.

Ik begreep het niet meteen. Toen draaide ik me om en zag een grote jongen uit de middenbouw achter me staan; hij was al zestien. Met een zelfverzekerde acteursgrijns kwam hij naar ons toe. Alva keek hem aan op een manier waarop ze mij nog nooit had aangekeken, en terwijl de jongen met haar praatte kreeg ik een asgrauw minderwaardigheidsgevoel dat de jaren daarna nooit meer helemaal weg zou gaan.

*

Voor de eetzaal zag ik mijn zus zitten. Ze troonde als een koningin op een bankje, omringd door klasgenoten, en ze rookte. Liz was inmiddels zeventien. Ze had een olijfgroene parka met capuchon en basketbalschoenen aan en haar blonde haar hing voor haar gezicht. Voor een vrouw was ze ongewoon lang, wel één meter tachtig, en nog altijd rende ze liever dan ze liep, zag ze bewondering vaak aan voor genegenheid en deed ze waar ze zin in had. Liz had een speelse nieuwsgierigheid naar het mannelijk lichaam; als ze iemand leuk vond, aarzelde ze niet en verzon ze geen listen, maar hapte gewoon toe. In de vakantie ging ze vaak met oudere kennissen weg en al twee keer was ze – niet zonder trots – door de politie thuisgebracht.

Nu vertelde ze over een club in München en haar klasgenoten luisterden geboeid. Op dat moment kwam er een medewerker van het internaat naar haar toe. 'Liz, kom je? Het is tijd voor je corvee.'

'Ik rook deze nog even op,' zei mijn zus. 'En ik zie trouwens niet in waarom ik alweer zo'n kutcorvee moet doen.'

Liz had een lage stem die heel intimiderend kon klinken. Bovendien praatte ze altijd net iets te hard, alsof ze op het podium stond. En in zekere zin was dat ook zo.

Ze begon in het bijzijn van alle anderen met de medewerker te ruziën en riep telkens kwaad: 'Dat kutwerk doe ik niet, bekijk het maar.'

Ze tutoyeerde altijd iedereen.

'Bovendien voel ik me niet lekker...' met de peuk in haar mondhoek, 'ik ben ziek.'

Toen moest ze zelf lachen. Ze nam nog een diepe trek en zuchtte. 'Nou, vooruit, ik kom over vijf minuten.'

'Drie,' zei de jonge medewerker.

'Vijf,' zei Liz. Daarbij grijnsde ze hem zo brutaal en charmant toe dat zijn gezichtsuitdrukking vanzelf zachter werd.

Dat gebeurde allemaal kort voor de kerstvakantie. Er hingen kerstkransen op de deuren van de afdelingen en bij het avondeten kregen we peperkoek, mandarijnen, noten en punch. Een gezamenlijke voorpret welfde zich als een stolp over het internaat, maar ik vond de vakanties altijd vervelend. Op het terrein van het internaat waren geen ouders en dat schiep een band met de anderen. Maar als ik naar mijn tante in München was terwijl mijn klasgenoten van het internaat naar huis gingen, deed dat elke keer weer pijn.

Onze tante was in die tijd begin vijftig, liefdevol en zacht; ze zat 's avonds altijd met een wijnglas in haar hand en een kruiswoordpuzzel op schoot. Het verlies van haar jongere zusje had de vrolijkheid van haar gezicht verdreven, ze was de laatste jaren aangekomen en deed aan als iemand die naar een spel keek waarvan hij de regels niet meer begreep. Toch kreeg ze het altijd voor elkaar een glimlach op haar gezicht te toveren als wij opgevrolijkt moesten worden. Ze ging met ons bowlen en naar de bioscoop, vertelde verhalen over onze ouders en leek de enige te zijn die uit Marty's gecompliceerde karakter wijs kon worden. 's Nachts zaten ze vaak samen in de keuken te praten en thee te drinken. In haar gezelschap verdween de betweterige toon uit zijn stem en soms, als hij vertelde hoe kansloos hij was bij de meisjes liet hij zich door onze tante zelfs omhelzen.

In de kerstvakantie bouwden we bij haar in de huiskamer een matrassenfort. Liz, die alles op een hoop gooide. Marty, die zijn spullen ordelijk bij elkaar legde en zijn bed zo precies opmaakte dat je er haast niet op durfde te gaan zitten. Het kwam niet vaak voor dat mijn broer, mijn zus en ik weer zo dicht bij elkaar waren. Verder deden we nog maar weinig samen, daarvoor waren er op het internaat te veel parallelle werelden; als je in de eetzaal maar één tafel bij elkaar vandaan zat, was dat al alsof je in een ander land was. Maar nu lagen we met ons drieën voor de tv naar een documentaire over de Egyptische farao Ramses II te kijken. Ramses geloofde blijkbaar dat hij niet alleen sinds zijn geboorte, maar al in de baarmoeder machtig was. Dat noemde hij 'sterk in het ei'. Mijn broer, mijn zus en ik pakten dat beeld gretig op. 'Was jij sterk in het ei?' vroegen we lachend aan elkaar. En als we het over iemand hadden die ergens een puinhoop van had gemaakt, dan zeiden we: 'Ja, wat wil je, die was ook niet sterk in het ei.'

Op de ochtend van eerste kerstdag trof ik – op zoek naar kaarsen – mijn zus in de berging aan. Ze trok haastig de deur achter me dicht. 'Merry Christmas, kleine.' Liz omhelsde me en maakte de joint af die ze aan het draaien was. Verrukt keek ik toe terwijl ze aan het vloeitje likte en haar ogen dichtdeed.

'Hoe zit dat eigenlijk met jou en Alva?' Ze nam een trek en blies rookkringetjes uit. 'Die lijkt me echt wel iets voor jou.'

'We hebben niets, we zijn gewoon vrienden.'

Mijn zus knikte spijtig en stootte me toen aan. 'Heb je eigenlijk weleens met een meisje gezoend?'

'Nee, niet meer sinds... Wéét je dat niet meer?'

Liz schudde haar hoofd. Ook vroeger leek ze al alleen in het heden te leven en ze vergat veel, terwijl ik er juist van hield nog lang na te denken over alles wat ik had meegemaakt en te proberen het in een categorie onder te brengen.

'Geen wonder dat je geen vriendinnetje hebt.' Ze wierp een kritische blik op mijn kleren, die ik met onze tante bij Woolworth had gekocht. 'Je kleedt je verdomme als een kind van acht. We moeten echt samen kleren voor je gaan kopen.'

'Dus ik moet cooler worden?'

Liz keek peinzend op me neer. 'Let goed op. Wat ik nu ga zeggen is heel belangrijk, dat mag je nooit vergeten.'

Ik keek haar vol belangstelling aan en wist dat ik ieder woord zou geloven.

'Jij bent niet cool,' zei ze. 'Dat is nu eenmaal zo en daar kun je niets aan veranderen. Probeer het dus maar niet eens. Maar wat je wél kunt doen is er tenminste zo uitzien.'

Ik knikte. 'Is het waar dat je binnenkort van school wordt getrapt?'

Liz trok haar neus op. 'Wat? Wie zegt dat?'

'Weet ik veel, dat wordt beweerd. Als ze je straks met drugs betrappen? Ik bedoel geen hasj, maar dat... andere spul.'

'Dat gebeurt niet. Ik ben sterk in het ei.'

Ik had verwacht dat ze eraan toe zou voegen: 'En dat soort dingen gebruik ik trouwens niet', maar dat plezier deed ze me niet. 'Weet je' – een hard lachje – 'er is de afgelopen weken veel gebeurd. Ik denk weleens dat ik maar gewoon...'

Ze zocht naar woorden.

'Wat denk je? Wat is er dan gebeurd?'

Ze vond het blijkbaar grappig dat ik haar met grote ogen aankeek, maar ze schudde alleen haar hoofd. 'O, niks, kleine, denk er maar niet meer aan. Ik word niet van school getrapt, oké?' Ze gaf me een knipoog. 'Maar ik blijf misschien wel zitten.'

Later versierden we samen met onze tante de huiskamer, op de radio werden chansons gedraaid en heel even was het net als vroeger, alleen ontbraken er twee mensen. Het was niet als vroeger, zoals niets meer als vroeger was.

*

Op kerstavond liep het uit de hand. Dat jaar kregen we voor het eerst geen tekeningen meer van Liz, maar begeleidde ze ons bij het zingen op de gitaar. Ik zag haar op het internaat vaak geconcentreerd studeren op de trap, op een bankje of op de atletiekbaan. Maar hoewel ook zij een mooie stem had, weigerde ze 'Moon River' te zingen zoals onze moeder vroeger deed.

'Ik ga liever dood dan dat ik dat achterlijke nummer speel.' Liz inspecteerde haar nagels. 'Ik heb er altijd de pest aan gehad.'

'Je vond het prachtig,' zei Marty zacht. 'We vonden het allemaal prachtig.'

Na het eten speelden we Barricade. Het zag er een hele tijd naar uit dat Marty ging winnen, totdat mijn zus en ik een complot tegen hem smeedden en hem met de witte houten steentjes inbouwden. Hij schold ons uit, vooral toen Liz ook nog won en triomfantelijke kreten slaakte.

Toen we het spel weer opruimden, liet mijn zus een van de witte stenen in haar broekzak glijden.

'Die brengt geluk,' fluisterde ze tegen me.

Dat was voor mij het mooiste moment van de kerstdagen. De avond leek vredig te eindigen, totdat tante naar het internaat vroeg.

Ik zweeg vooral en Marty klaagde aan één stuk door (hij was destijds in staat om zelfs in een lege kamer nog ruzie te krijgen), maar Liz vertelde provocerend openhartig over avondjes aan het meer, feesten en jongens. Genietend analyseerde ze de zwakke kanten van leraren of de belachelijke opschepperij van haar aanbidders en lachte daarbij telkens gemeen.

Marty trok een gezicht. 'Liz, moet je nou altijd met die verhalen pronken? Ik wil je niet in de rede vallen, maar het is wel irritant.' Een typische Marty-zin. Hij begon altijd met 'Ik wil niet...' en deed dan vervolgens precies wat hij beweerde niet te willen.

Liz maakte een wegwuivend gebaar. 'Je baalt alleen omdat je zelf nog steeds geen vriendin hebt. Weet je hoe ze jouw kamer op het internaat noemen? De masturbatiecel.'

'De wát?' vroeg tante.

'Ach, hou toch je kop.' Marty speelde met de kraag van zijn leren jas, die hij zelfs in een warme kamer nooit uittrok. Zijn gezicht had de kleur van oud papier, zijn lange haar was vet en hij liet de laatste tijd ook een sikje staan. Een smoezelige kruimeldief uit Philly, van het soort dat een supermarkt overvalt om zich uiteindelijk met vijf dollar en een pak melk uit de voeten te maken.

'Ik zou me maar liever druk maken over wat ze op school allemaal over jou zeggen,' zei hij.

'Hoezo, wat zeggen ze dan?' vroeg Liz.

'O, niks,' zei Marty, die kennelijk in de gaten kreeg dat hij zijn mond voorbij had gepraat.

Liz keek eerst naar hem en toen naar mij. 'Weet jij waar hij het over heeft?'

Ik zweeg. Natuurlijk wist ik waar mijn broer het over had. Ook mij waren de verhalen ter ore gekomen die over onze zus de ronde deden. Dat moesten wel allemaal leugens zijn, de wereld in geslingerd door teleurgestelde jongens of jaloerse meisjes. Maar wat wist ik eigenlijk echt over mijn grote zus?

'Wat zeggen ze dan op school?' vroeg tante nu ook.

'Dat ze een... slet is,' zei Marty, zelf geschokt door de destructieve kracht van zijn woorden. Ik zag wel dat hij niet verder wilde gaan, maar hij leek van binnenuit te worden gedwongen. 'Dat ze voor drugs met mannen naar bed gaat,' ging hij verder. 'En dat ze zelfs een keer zwanger is geweest.'

Er klonk gerinkel. Liz had haar dessertlepeltje op haar bord gesmeten. Met een ruk stond ze op. Ze liep de kamer uit. Een paar seconden later hoorden we de voordeur in het slot vallen. Ik rende naar het raam en zag alleen nog dat mijn zus met snelle stappen in het donker verdween.

Weliswaar kwam ze de volgende ochtend terug, maar een paar weken na de kerst bleef ze van school weg en daarna verdween ze voor jaren uit mijn leven. Tegen een klasgenote had ze gezegd dat het eindexamen niet haar ding was en dat ze de wereld wilde verkennen. Dat moest. Ik heb me toen lang verdiept in de vraag waarom. Elke dag verwachtte ik een teken van Liz, een brief, een kaart of een telefoontje met een verklaring. Als een schipbreukeling die onophoudelijk aan de knoppen van de radioapparatuur draait in de hoop eindelijk ergens een stem op te vangen. Maar het enige wat ik de jaren daarna van mijn zus opving was ruis.

Chemische reacties

(1992)

IK STOND OP HET parkeerterrein van het internaat naar de oplichtende vliegtuigstrepen aan de rood kleurende horizon te kijken. Zoals zo vaak als ik verbanden legde tussen een schouwspel in de natuur en mijn eigen verlangens en herinneringen, kreeg ik een trekkend gevoel in de maagstreek. Ik was negentien en zou binnenkort eindexamen doen. De toekomst lag voor me open en ik had het bedrieglijk euforische gevoel van iemand die heel jong is en nog geen grote fouten in het leven heeft gemaakt.

Een kwartier later kwam eindelijk de rode Fiat het terrein op rijden. Ik ging voorin zitten en gaf Alva een kus op beide wangen.

'Te laat, zoals altijd,' zei ik.

'Ik vind het wel leuk om je even te laten wachten.'

Ze liet de koppeling opkomen en trok snel op.

'Hoe was het thuis?' vroeg ze. 'Zijn er nog toestanden met vrouwen waarvan ik moet weten?'

'Nou, zoals je weet is melancholie niet zo mijn ding...'

'Jules, als iets jouw ding is, dan is het wel melancholie.'

Alva liet het er niet bij en vroeg naar een bepaald meisje in onze klas – het zou niet netjes zijn haar naam hier te noemen. 'Hoe zit het met haar? Heb je haar in de vakantie nog gezien?'

'De verdachte beroept zich op zijn zwijgrecht.'

'Vertel nou. Hoe zit het?'

Ik zuchtte. 'We hebben elkaar niet gezien.'

'Monsieur Moreau, ik had meer van u verwacht.'

'Heel geestig. Maar ik geloof niet dat ze me wil.'

'Weet je zelf wel hoe goed je eruitziet? Natuurlijk wil ze je.'

Alva glimlachte breed. Ze vond het heerlijk me aan te moedigen en me aan een meisje te koppelen.

Hier moet ik even vermelden dat ik de jaren daarvoor de hoogte in was geschoten. Mijn haar was net zo zwart als dat van mijn vader en ik had ook zijn zware baardgroei geërfd; ik schoor me maar zelden. Ik stond er zelf versteld van hoe volwassen ik eruitzag en hoe gespannen en ontoegankelijk mijn blik was geworden.

In mijn laatste schooljaren had ik twee korte relaties gehad die me weinig deden. De fotografie interesseerde me in die tijd veel meer. Ik leerde alles over de chemische reacties die nodig waren om een negatief te ontwikkelen; in het souterrain van het internaat was een lege kamer die ik als donkere kamer mocht gebruiken.

Ik trok vaak de natuur in, zat met de camera van mijn vader bij het meer of liep door weiden en bossen en kwam dan 's avonds laat met mijn buit thuis. Door de lens van de Mamiya kwamen de dingen tot leven, de bast van een boom kon ineens een gezicht krijgen, de structuur van het water kreeg betekenis en ook mensen leken ineens anders; vaak begreep ik hun blik pas als ik die door de zoeker van mijn camera bekeek.

'Ik wil nu geen smoesjes meer horen,' drong Alva aan. 'Je kunt niet altijd alleen maar verlegen zijn, je hebt nog maar een paar weken.' Bezwerend: 'Wil je soms van school gaan zonder iets met haar te hebben gehad?'

Ik keek zwijgend naar buiten. Het begon al donker te worden, alsof het fundament voor de nacht werd gelegd.

Na een tijdje stootte Alva me aan. 'Waar denk je aan als je zo zit te kijken?'

'Hoezo, hoe kijk ik dan?'

Alva gaf een tamelijk goede imitatie ten beste van een ietwat versufte, in zijn eigen droomwereld verzonken piekeraar.

'Waar denk je aan?' vroeg ze nog eens, maar ik gaf geen antwoord.

Sinds ik op het internaat zat, zagen we elkaar haast elke dag. Alva was mijn plaatsvervangende familie geworden en ze was in veel opzichten vertrouwder dan mijn broer, mijn zus of mijn tante. Maar de laatste jaren was ze veranderd. Er waren weliswaar nog steeds momenten dat ik haar een zeldzame zorgeloze lach kon ontlokken of dat we samen naar muziek zaten te luisteren, elkaar aankeken en precies wisten wat de ander dacht. Maar daarnaast was inmiddels een tweede Alva ontstaan. Een die zich steeds vaker aan me onttrok, rokend en vol zelfhaat op een bankje zat en zei dat ze misschien beter nooit geboren had kunnen worden en dat soort dingen.

Met haar rode haar en haar lichte huid had ze wel aanbidders, maar pas toen ze al bijna zeventien werd, kreeg ze haar eerste vriendje. Daarna had ze nog aarzelend iets met een, twee jongens uit de hoogste klas gehad. Maar waar Liz volgens mij gewoon van seks hield en in elke man wel iets bijzonders zag, leek het bij Alva eerder zo dat ze haar lichaam als wapen tegen zichzelf inzette. Zodra iemand gevoelens voor haar kreeg, duwde ze hem snel van zich af. Alsof er iets in haar aan scherven was gevallen waaraan iedereen die te dichtbij kwam zich bezeerde.

Toen ze zeventien was, interesseerden mannen haar helemaal niet meer. Iedere toenadering leek haar een onverholen weerzin in te boezemen en al snel deed het gerucht de ronde dat ze op vrouwen viel. Of dat ze gewoon apart was. Daar trok ze zich niets van aan. Ze stortte zich als bezeten op haar schoolwerk en las filosofische boeken, Sartre en alles van Kierkegaard. Sinds kort had ze weer een vriendje, maar daar hadden we het nooit over.

Die avond gingen we naar de kroeg. Onderweg moest Alva in een telefooncel haar moeder bellen. 'Met Jules,' hoorde ik haar zeggen. 'Nee, die ken je niet, dat was iemand anders.' Ze ging steeds harder praten. 'Ik kom thuis als ik daar zin in heb,' riep ze ten slotte en ze smeet de hoorn op de haak.

Haar moeder hield met boosaardige waakzaamheid bij waar haar dochter uithing en Alva had meer dan eens gedreigd na haar eindexamen te verdwijnen en nooit meer terug te komen. Maar wat er precies tussen hen was voorgevallen wist ik niet. Alva had me altijd al bij haar familie weggehouden en ontweek alle vragen naar haar ouders. Een paar keer had ik haar thuis afgehaald, maar dan stond ze altijd al voor de deur te wachten, dus ik was daar nooit binnen geweest.

'Alles goed?' vroeg ik toen ze weer instapte.

Ze knikte en startte de motor, maar het gesprek werkte nog in haar door en haar ogen leken een tint donkerder dan anders. Ze reed altijd al veel te hard, maar nu ging ze zowat op twee wielen door de bochten. Ze zette haar raampje open en haar haar wapperde in de wind. Het was zo'n moment waarop ik het gevoel kreeg dat ze op de een of andere manier gevaarlijk voor me zou kunnen worden. Dat spelletje speelde ze nu al maanden met me. Ze wist heel goed dat ik bang werd als ze te hard reed en ook dat ik dat nooit tegenover haar zou toegeven. Ze nam de bochten dus steeds sneller met haar rode Fiatje en het leek haar plezier te doen dat ik me zat te verbijten en koppig mijn mond hield. Elke keer ging ze een beetje verder. En die avond, toen ik begreep dat ze echt niet ging ophouden en bereid was tot het uiterste te gaan, gaf ik het op.

'Rij eens wat langzamer,' zei ik toen ze weer eens te snel door de bocht wilde.

'Ben je bang?'

'Ja, verdomme. Rij alsjeblieft langzamer.'

Alva nam meteen haar voet van het gaspedaal en zond me een triomfantelijke, bijzonder ondoorgrondelijke glimlach toe.

Ze parkeerde de rode Fiat voor de groezelige dorpskroeg, De Jackpot. Ontmoetingsplaats van de scholieren. In de jukebox zat vooral oude rock en de biljarttafel was versleten. Achterin, bij het dartbord, stonden twee speelautomaten die een mysterieuze aantrekkingskracht uitoefenden op alle stukgelopen levens van de streek.

In plaats van naar binnen te gaan bleven we nog even in de auto zitten. Alva zette de radio zacht en trok een blikje bier open. Toen, met een betekenisvolle blik naar mij: 'Doe het handschoenenkastje eens open.'

Daar vond ik een hoekig, bontgekleurd pakje. 'Voor mij?'

Toen ze knikte, scheurde ik het open. Een album met jeugdherinneringen, foto's uit onze kinderjaren en later, allemaal van een klein, liefdevol gedichtje voorzien. Ze moest er urenlang aan hebben gewerkt.

Ik was zo ontroerd dat ik even niets kon uitbrengen. 'Waarom heb je dat gemaakt?'

Bijna terloops zei ze: 'Ach, ik dacht dat je dat wel leuk zou vinden.'

Ik bekeek de foto's: wij samen bij het meer, bij gezamenlijke uitstapjes naar concerten en festivals, op een straatfeest in München of op mijn kamer in het internaat. Ik omhelsde Alva en toen ze zag hoe blij ik was, bloosde ze.

Zoals vaak begon ze over *The Heart is a Lonely Hunter* van Carson McCullers, haar lievelingsboek. 'Dat moet je toch eindelijk eens lezen,' zei ze.

'Ja, weet ik, ga ik doen.'

'Echt doen, Jules. Ik wil weten wat je ervan vindt. Alleen al zoals de personages 's nachts eenzaam rondlopen, met al die onrust. Uiteindelijk komen ze allemaal in dat ene café terecht dat

’s nachts open is.’ Ze raakte altijd opgewonden als ze het over boeken had. ‘Ik zou ook wel zo’n personage willen zijn. Zo iemand die eenzaam in het donker door de stad zwerft en dan na middernacht een café binnengaat.’

Alva praatte zacht, maar haar ogen fonkelden en zo zag ik haar graag.

Ik vertelde over mijn vakantie in München: ik had het huis opgezocht waar ik als kind had gewoond. ‘Ze hebben alles gerenoveerd. Zelfs de schommels en de boomhut in de binnentuin zijn weg, daar staan nu bloemen. Het ziet er zo anders uit, zo vreemd. Toen ik daar was, had ik het gevoel dat ik in de gaten werd gehouden, als een dief.’

Anders dan ik sprak Alva nauwelijks over haar kinderjaren. Eén keer heeft ze me toevertrouwd dat zij als kind op bijzonder mooie dagen met haar ouders ook dat verdrietige gevoel kreeg omdat dat moment weer voorbij zou gaan. En hoe meer ik daarover nadacht, hoe meer ik in die korte opmerking van mezelf herkende.

Ik zag twee klasgenoten uit De Jackpot komen.

‘Wil jij ook?’ vroeg Alva.

Ik wist zo snel niet wat ik daarop moest zeggen, maar in elk geval moest ik eerst rechtop gaan zitten. Toen zag ik dat ze een joint zat te draaien. Tot dan toe had ik nog nooit drugs gebruikt.

‘Ja, tuurlijk,’ zei ik. ‘Hoe kom je daaraan?’

‘Ik ben hoofd van een drugskartel, heb ik dat nooit verteld?’

‘Hoofd? Heb je al eens iemand moeten laten liquideren?’

‘Een paar keer kon het niet anders.’

Ze wierp me een duistere blik toe, volkomen overtuigend.

In werkelijkheid was Alva tot dan toe altijd heel terughoudend met drugs geweest. Toen de joint klaar was, nam ze een trek en gaf hem aan mij.

‘Diep inhaleren en de rook binnenhouden.’

Ik knikte; bij de eerste trekjes moest ik hoesten, maar toen kreeg ik de slag te pakken en begon het in mijn hoofd te gonzen. Ik zakte onderuit en dacht weer aan het huis dat ik als kind had moeten achterlaten. Tot mijn schrik kostte het me moeite me de exacte beelden voor de geest te halen; ik herinnerde me nog nauwelijks hoe de afzonderlijke kamers eruit hadden gezien. Waar had de klok in de keuken precies gehangen? Welke posters had ik het laatst in mijn kamer aan de muur gehad?

Terwijl ik daarover nadacht, dook er in mijn herinneringen ineens een taxi op die in het schaarse licht van de straatlantaarns een hoek omsloeg. De scène bleef zich maar herhalen. Ik wilde de mensen in de taxi nog iets achterna roepen, maar hij was al weg. Ik wist dat het beeld heel belangrijk voor me was, maar tegelijk leek het alsof de herinnering nog niet rijp was, als een foto die nog in het ontwikkelbad lag.

'Wat is er?' vroeg Alva.

'Niets, hoezo?'

'Je trilt.'

Nu merkte ik het zelf ook en ik haalde een paar keer diep adem. Ten slotte werd ik weer rustig en de herinnering aan de wegrijdende taxi verbleekte.

'Hoe gaat het eigenlijk met je broer en je zus?' vroeg ze toen. 'Hoe vaak zie je die nog?'

Ik nam een diepe trek en aarzelde of ik haar over de vervreemding zou vertellen die tussen hen en mij was ontstaan. Maar ik haalde alleen mijn schouders op. 'Mijn zus woont tegenwoordig in Londen, geloof ik. En mijn broer in Wenen.'

'Dus je ziet ze nog maar zelden?'

'Nee... Eigenlijk haast nooit meer.'

Alva nam de joint uit mijn hand en liet hem opgloeien. Ze zette de radio harder en sloot haar ogen. Zo bleef ze een tijdje roerloos zitten. Toen greep ze zonder haar ogen te openen naar mijn hand. Verder deed ze niets, ze kwam niet dichterbij, ze hield alleen mijn hand vast. Ik kneep even. Zij beantwoordde mijn kneepje. Toen trok ze haar hand weer terug.

*

Dat weekend bracht Marty me na een hele tijd een verrassingsbezoekje. Nadat hij mijn kamer had bekeken, liepen we naar zijn auto, een tweedehands Mercedes. Ik wist niet precies wat mijn broer naast zijn studie informatica zoal deed, maar hij had kennelijk een succesvol aandeel in verschillende projecten. Onlangs had hij met zijn vroegere kamerbuurman Toni en een rijke studiegenoot een bedrijfje opgezet dat zich bezighield met dingen die voor mij nogal abstract waren, zoals 'netwerken' en 'informatietechnologie'. Door de ongelukkige jaren op het internaat leek Marty's wilskracht te zijn gescherpt; hij had van verleden, heden en toekomst een drietrapsraket gebouwd waarmee hij pijlsnel omhoogschoot.

'Denk je dat het wat wordt met je bedrijf?' vroeg ik.

'Straks vechten ze om ons.' Mijn broer grinnikte. 'We zijn sterk in het ei!'

We waren bij de auto. Tot mijn blijdschap zag ik dat Toni ook mee was. Hij was nog net zo gespierd als vroeger op school. Ontspannen tegen het portier aan de stuurkant geleund stond hij een appel te eten.

'Moreau Jules,' zei hij.

'Brenner Anton,' zei ik.

We omhelsden elkaar. Toen ik een paar jaar geleden lid was geworden van het atletiekteam, hadden Toni en ik vaak samen in het krachthonk van het internaat met gewichten getraind. Soms waren we daarna nog een biertje gaan drinken. Hij had me een paar goochel- en kaarttrucjes geleerd en met Liz gedweept.

Later, toen hij na nog een knieoperatie niet meer kon sporten, vond hij dat hij bij wijze van troost het recht had met mijn zus te trouwen.

Desgevraagd vertrok hij alleen even zijn gezicht. 'Heeft ze mijn liefdesbrief nu eindelijk beantwoord?'

Samen gingen we naar het meer. Terwijl Marty in een vlaag van genialiteit de komst van het internet voorspelde ('Er komt een nieuwe wereld, Jules, snap je? De oude wereld is al helemaal verkend, maar binnenkort kan iedereen weer pionier worden'), keek ik hoe hij eruitzag: scheiding, montuurloze bril, jasje, schoenen van gevlochten leer. Uit de cocon van de in het zwart geklede nerd was een slimme, ijverige Harvardhoogvlieger gekropen. Mijn broer had dan weliswaar geen bijzonder knap gezicht met die lange neus en die dunne lippen ('Een gezicht als een slordige potloodschets van Sempé,' had Liz een keer gezegd), maar hij zag er stukken beter uit dan vroeger op school en hij straalde van daadkracht.

'Jouw broer wordt een geweldige manager, dat heb ik altijd al geweten,' zei Toni. 'Ik hang er maar zo'n beetje bij.'

Marty had nog wel zijn tics: zo moest hij dwangmatig keihard door alle plassen op de weg rijden. Al op het internaat kon hij zijn kamer niet uit zonder de deurkruk een paar keer omlaag te drukken. Soms maar vier keer, dan twaalf keer, dan weer acht keer. Met de wetenschappelijke precisie van een krankzinnige leek hij voor zichzelf een logisch systeem te hebben ontwikkeld, maar hoewel ik altijd met hem mee telde ben ik er nooit achter gekomen hoe dat in elkaar zat.

Ze hoorden me allebei uit over het internaat. Wat moest ik zeggen? Na negen jaar beheerste ik de rol van de vrolijke, gezellige internaatscholier zo goed dat ik soms even zelf geloofde dat ik echt zo zorgeloos was. Maar nog steeds sprak ik nooit over mijn ouders. Geen zielige wees meer zijn, dat was mijn vurigste wens, gewoon normaal zijn. Ik bewaarde de herinneringen aan mijn ouders goed weggestopt in een hoekje van mijn bewustzijn en ik was al een tijd niet meer naar hun graf in München geweest, al ging ik vroeger vaak.

'Ik wil je niet ongerust maken,' zei Marty, 'maar het gaat niet goed met Liz. Ze was laatst bij me in Wenen en ze zag er beroerd uit. Ze gebruikt te veel troep.'

'Dat deed ze toch altijd al.'

'Ik heb het over het harde spul. Ik geloof dat ze er inmiddels spijt van heeft dat ze haar school niet heeft afgemaakt.'

'Hoe kom je daar zo bij?'

'Ze leek zo treurig toen ze meeliep naar de universiteit. En ik wéét gewoon dat ze er spijt van heeft.'

Ik wist niet wat ik daarop terug moest zeggen. Jarenlang had ik vrijwel niets van Liz gehoord, maar inmiddels hadden we weer af en toe contact. Een paar maanden geleden had ik haar voor het laatst gezien, in München. Een vluchtige ontmoeting, zoals altijd.

Om van onderwerp te veranderen vertelde mijn broer over zijn vriendin Elena, die hij aan de universiteit had ontmoet. Toen ik vroeg of hij van haar hield, wuifde hij de vraag weg. 'Liefde,' zei hij. 'Een dom, literair begrip, Jules. Het zijn gewoon chemische reacties.'

*

Ik sprintte in mijn hoogste tempo over de honderdmeterbaan. Alva lag in het gras te lezen. Het zanderige grasveld en de sintelbaan verkeerden in erbarmelijke toestand, al was het sportterrein zowat de ziel van het internaat. Hier kwamen 's middags de meest uiteenlopende groepjes samen om hun plannen voor de avond te bespreken, te lezen of de tijd te doden.

Ik was een goede hardloper; ik brak weliswaar geen records, maar ik had wel wedstrijden gewonnen voor het schoolteam. Hijgend kwam ik bij Alva tot stilstand. Ze had een deeltje uit de Reclam-Universal-Bibliothek in haar hand. Als ze las, veranderde er iets in haar. Haar gezicht ontspande, haar mond stond een beetje open en ze leek ineens onaantastbaar, veilig.

Ik kon twee dichtregels onderscheiden en las voor:

Der Tod ist groß.
Wir sind die Seinen…

'Opwekkend, zeg,' zei ik. 'Hoe gaat het verder?'

Alva sloeg het boek dicht. 'Ga nog maar een rondje rennen!' zei ze vrolijk.

Na de training ging ik douchen, kleedde me om en ging met mijn camera weer naar haar toe. Ik maakte een paar foto's van haar en ging toen naast haar in het gras liggen. Ik geloof dat zij er als eerste over begon dat ze later absoluut kinderen wilde.

'Hoeveel?' vroeg ik.

'Ik wil graag twee dochters. Een die heel zelfstandig is en me vaak tegenspreekt, en een die erg aanhankelijk is en altijd naar me toekomt als ze advies nodig heeft. Ze schrijft ook gedichten, maar die slaan nooit ergens op.'

'En als ze nu allebei totaal verknipt of vreemd zijn?'

'Nou ja, een beetje vreemd mogen ze wel zijn.' Alva glimlachte. Het rimpeltje midden op haar voorhoofd verdween.

Toen zei ze ernstig: 'Ik waarschuw je, Jules, als ik dertig ben en ik heb nog geen kinderen en jij ook niet, dan wil ik er een paar van jou. Je zou een goede vader zijn, dat weet ik absoluut zeker.'

'Maar dan zouden we eerst met elkaar naar bed moeten.'

'Dat zou ik dan wel op de koop toe nemen.'

'Ja, jij misschien. Maar wie zegt dat ik dat zou willen?'

Ze trok een wenkbrauw op. 'Niet dan?'

Even stokte het gesprek.

Ik keek verlegen naar het internaat; in de zon glinsterde het verhitte beton van het parkeerterrein als scherfjes licht.

'Maar het klinkt goed,' zei ik. 'Ik wil geen oude vader worden. Dertig is voor mij ook de grens. En ik zou best bereid zijn je te bezwangeren als het moest.'

'Maar als we elkaar niet meer zien als we dertig zijn?'

'Dat kan helemaal niet.'

Ze keek me lang aan. 'Zoiets kan altijd.'

Alva's kattenogen waren groen, niet dof en donker als een dollarbiljet, maar stralend en licht. Het groen was een fascinerend contrast met het rood van haar haar, maar haar blik had vaak iets afwezigs, bijna koels. Het was niet de blik van een meisje van negentien, maar die van een onverschillige, niet meer jonge vrouw. Maar toen ze zei: 'Zoiets kan altijd', veranderde er iets in haar ogen en alle kilte was ineens verdwenen.

Er viel een druppel op haar arm en we keken naar boven. Er waren dikke wolken voor de zon geschoven en uit het niets klonk een zware donderslag. Seconden later kletterde de regen op ons neer.

We pakten onze spullen en vluchtten naar mijn kamer. Alva ontdekte de gin die Toni voor me had meegebracht toen hij hier was. Ze vulde onze glazen telkens bij en zonder er eigenlijk bij stil te staan dronken we de hele fles leeg. De alcohol gaf me vleugels, maar Alva werd er gespannen van.

'Hij heeft het uitgemaakt,' zei ze ineens.

Haar vriend was al midden twintig, een lompe autoverkoper uit de stad die ik niet mocht. Ze schudde haar hoofd. 'Maar ik ben waarschijnlijk erg lullig tegen hem geweest. Ik heb het verdiend.'

'Welnee. Je was veel te goed voor die idioot.'

'Geloof me, ik heb het verdiend dat hij bij me weg is.' Bijna spottend: 'Jules, jij ziet iemand in me die ik niet ben.'

'Nee, andersom. Jij bent iemand die je zelf niet ziet.'

Schouderophalend dronk ze haar glas leeg en schonk het meteen weer vol. Ze wankelde inmiddels een beetje. Bedankt, Toni, dacht ik. Geen idee waarom je die gin voor me had meegebracht, maar je hebt wat van me tegoed.

Ik dacht ineens aan die avond in de Fiat dat ze mijn hand had gepakt. 'Weet je nog dat je in de vijfde naast me kwam zitten?'

'Hoe kom je daar zo bij?'

'Gewoon... Waarom deed je dat?'

'Je was nieuw en je had rare kleren aan, een blauwe en een rode sok, niets paste bij elkaar. En je zag er zo verdrietig en verlaten uit en iedereen maakte grappen over je.'

'Echt waar? Daar heb ik nooit iets van gemerkt.'

'Ze moesten ook lachen omdat je altijd woorden verhaspelde. "Kriesvist", die herinner ik me nog. En "hoorhardend" in plaats van "hardhorend".' Alva pakte het gewichtsvest dat ik bij het hardlopen altijd droeg en inspecteerde het. 'Daarom ben ik toen naast je komen zitten, dan was je niet zo alleen. Maar toen alle anderen me gingen pesten en zeiden dat ik verliefd op je was, ben ik weer ergens anders gaan zitten.'

'Wat slap van je.'

'Ja, klopt.'

We keken elkaar lang aan.

'Alva, je bent dronken,' zei ik.

'Nee, Jules, jij bent dronken. Sinds wanneer drink jij eigenlijk gin?'

'Mijn hele leven al, elke dag een hele fles voordat de school begint.' Ik deed een stap naar haar toe en pakte het gewichtsvest terug. 'Er is zoveel wat je niet over me weet.'

Ze keek me strak aan. 'Zoals?'

Het werd stil. Hoe langer de vraag onbeantwoord bleef, hoe meer hij veranderde, van speels naar ernstig. Ik stootte een lachje uit, maar dat klonk eerder alsof ik kokhalsde.

Omdat Alva de regie over de scène niet wilde overnemen, volgde ik mijn gevoel en zette muziek op. 'Via Con Me' van Paolo Conte, het liedje dat mijn moeder kort voor haar dood voor me had gedraaid.

Ik keek naar Alva; haar nog steeds natte haar hing voor haar gezicht. Haar jurk leek aan haar lijf te plakken en ze trok hem zorgvuldig omlaag over haar blote benen. Op dat moment begon ik op de muziek te bewegen. Mijn knieën knikten.

'Je danst echt goed,' zei ze. Het klonk verrast.

Ik gaf geen antwoord, maar vroeg haar ten dans. Toen ze me wegwuifde, stak ik zelfs een hand naar haar uit. 'Kom,' zei ik. 'Alleen dit ene nummer... Kom!' Ik speelde dat ik een hevig gesticulerende Italiaan was en bewoog mijn lippen theatraal mee met de tekst.

It's wonderful, it's wonderful, it's wonderful
good luck my baby
It's wonderful, it's wonderful, it's wonderful
I dream of you...

Alva lachte even. Maar toen betrok haar gezicht en het leek alsof ze ineens ergens anders was met haar gedachten. Alle spanning was uit haar lichaam weggetrokken en ze schudde zelfs haar hoofd. De teleurstelling daarover benam me de adem. Ik drukte mijn lippen op elkaar, danste nog even alleen verder als een dappere hansworst. Maar toen zette ik de muziek uit en niet lang daarna pakte Alva haar spullen en vertrok.

*

De pinkstervakantie van 1992 ging voorbij zonder dat er iets gebeurde, totdat ik mijn tante op een dag in gedachten verzonken in de keuken zag staan met een vreemde glans in haar ogen. Geschrokken constateerde ik dat ze oud was geworden. En toen begreep ik het. Het was de verjaardag van mijn moeder. Ik schaamde me dat ik dat helemaal vergeten was. Toch stemde ik alleen uit beleefdheid toe toen mijn tante met me op de bank familiefoto's wilde bekijken.

Ik zag mijn moeder als klein meisje, als puber en als jonge vrouw met modieus kort haar en in minirok tussen een groep studenten. Haar bewonderende blikken waren bestemd voor de goed uitziende man naast haar. Hij droeg een wit overhemd met een korte das en opgestroopte mouwen, had een pijp in zijn mond en sprak de anderen met stralende ogen toe.

'Je vader kon zo inspirerend zijn, zo slim,' zei mijn tante. 'Urenlang discussiëren, dat vond hij heerlijk.'

Op de volgende foto ontdekte ik mijn Franse grootmoeder, die ook toen al dat harde trekje om haar mond had. En daar hadden we de kleine Marty met zijn mierenkolonie. Liz in haar prinsessenkleren met een roze strik in haar haar; op de achtergrond stond ik met open mond naar haar te kijken. Op een andere foto stond ik als jongetje van negen in de keuken geconcentreerd over een pan gebogen. Meteen rook ik weer de vertrouwde etensgeuren. Ik had al jaren niet meer gekookt, maar destijds hield ik toch van koken, of beeldde ik me dat maar in door die foto's? Ik doorzocht mijn geheugen en de herinneringen die ik vond werden inderdaad steeds duidelijker.

Op een andere foto stond ik met mijn vroegere zelfverzekerde grijns voor een klimtoestel, omringd door een stel jongens en meisjes.

'Je wilde altijd in het middelpunt van de belangstelling staan,' zei mijn tante. 'Haantje de voorste. O wee als iemand niet naar jouw pijpen danste, want dan werd je kwaad. En het kon je niet gevaarlijk genoeg zijn.'

Het leek wel alsof ze het over iemand anders had.

'Echt waar?' vroeg ik.

'Je was een bijzonder kind,' zei ze. 'Marty was altijd de slimme en Liz had glamour, maar jij was iets aparts, veel scherpzinniger dan de meeste andere kinderen.' Ze glimlachte. 'Al kletste je aan één stuk door.'

Ten slotte kwam er een foto waarop mijn moeder dromerig naar me kijkt terwijl ik in mijn rode boek zit te schrijven.

Mijn tante bladerde niet verder, maar bleef bij die foto hangen. 'Ze hield zoveel van je,' zei ze. 'Jij was haar lieveling.'

Ik staarde naar de foto met mijn moeder. Toen ik klein was, noemde ze me 'slakje' omdat ze vond dat ik net als een slak mijn voelhoorns uitstak om alle indrukken op te zuigen. Als ik onzeker was, vroeg ik haar altijd om raad. Zij was mijn kompas. Ik keek naar haar blik, haar vertrouwde gezicht, herinnerde me haar hand op mijn schouder.

Tot mijn verrassing merkte ik dat ik tranen in mijn ogen had.

'Dat is...' begon ik.

Mijn tante nam mijn hoofd tussen haar handen en omhelsde me. Toen ik haar warmte voelde, begon ik te huilen zoals ik in geen jaren had gehuild, onstuitbaar.

'Ik mis haar zo,' zei ik telkens opnieuw en ik voelde dat mijn tante me troostend over mijn rug wreef.

*

Het feest was in een berghut zonder elektriciteit of stromend water. De schriftelijke eindexamens waren achter de rug, de ijzeren greep van het schoolsysteem verslapte en alleen het mondeling lag nog in het verschiet. Mijn klasgenoten hadden besloten dat we voor die tijd nog een keer samen moesten feesten. De muziek kwam uit een draagbare cd-speler, we lachten harder dan nodig was en maakten flauwe opmerkingen. Het eindexamen gaf ons een gevoel alsof we een bank hadden beroofd en alleen nog niet wisten wat we met het geld gingen doen.

Ineens was Alva verdwenen. Dat deed ze wel vaker, maar toen ze na een uur nog niet terug was, ging ik haar zoeken. Ik vond haar een paar honderd meter van de hut. Ze stond op een uitstekende rots en keek de diepte in.

Ik schopte naar een steentje. Alva keek om.

'Wat is er?'

'Niets,' zei ze.

We gingen naast elkaar zitten en lieten onze voeten boven de afgrond bungelen. Het dal werd verlicht door de maan.

'Ik heb gisteren je verhalen gelezen,' zei ze. 'Ik vond ze erg mooi. Echt heel mooi.'

Ik was sinds een paar weken weer gaan schrijven. Het leek wel alsof de deur naar mijn kindertijd was opengesprongen en ik merkte dat ik nog net zoveel plezier in vertellen had als vroeger, toen ik tien was. Mijn voorbeeld bij het schrijven van korte verhalen was *Ein unbeugsames Herz* van A.N. Romanow, die Alva bijna net zo bewonderde als Tolstoj of McCullers.

'Je hebt echt talent, Jules,' zei ze. 'Je moet ermee doorgaan, je wordt later vast schrijver.'

'Ik weet niet. Foto's zijn preciezer, waarheidsgetrouwer.'

'Soms zijn leugens beter.'

Ik moest mijn vervangende dienstplicht in München vervullen en vroeg haar die avond of zij daar een flatje met me wilde delen, misschien met nog een andere huisgenoot erbij. Alva twijfelde, ze zei vaak dat ze eerst wilde reizen of in een ver land gaan wonen. 'Eigenlijk is er zowat niets wat me hier vasthoudt,' had ze een keer met een lachje gezegd. 'Of ik zou ongelooflijk verliefd moeten worden of zoiets.'

Ik had het gevoel dat ik iets moest doen om haar sterker aan me te binden. Tegelijkertijd leek het alsof mijn angsten uit een diepe, dichtgeslibde put naar boven kwamen: Alva had tot dan toe alle mannen weggejaagd die te dichtbij kwamen. Ze had niet met me willen dansen en voor die afwijzing kon maar één reden bestaan. Wat moet ik doen, dacht ik steeds maar. Wat moet ik nu doen?

'Weet je wat mijn vader kort voor zijn dood tegen me zei?' Ik frunnikte zenuwachtig met mijn vingers. 'Hij zei dat het belangrijk was dat je een échte vriend had, een zielsverwant. Iemand die je nooit kon kwijtraken, die er altijd voor je was. Dat was veel belangrijker dan liefde, zei hij.'

Alva keek me aan. Haar lippen glansden in het maanlicht. 'Waarom zeg je dat?'

'Omdat ik vaak denk dat jij dat voor mij bent of ik voor jou. Ik denk dat we ons hele leven vrienden blijven en ik ben onvoorstelbaar blij dat we elkaar hier hebben leren kennen. Er is misschien wel niemand die meer voor me betekent.'

Ik legde mijn hand op haar schouder en bedacht op datzelfde moment dat ik haar zelden aanraakte. 'Wat ik bedoel: ga alsjeblieft mee naar München.'

Ze dacht na. 'Laten we het daar morgenavond over hebben. Dan weet ik of we dat met die flat gaan doen. Oké?'

'Oké. Dan maak ik iets te eten, als je wilt.'

'Jij? Kun je dan koken?' Dat vond ze grappig. 'Ja, dat klinkt goed. Kom je me tegen zevenen halen?'

Ik knikte. Omdat ik het gevoel had dat ze nog even alleen wilde zijn, ging ik zonder haar terug. Ik weet zeker dat ik daarna in de hut nog vrolijk met de anderen heb gedanst, maar daar staat me weinig van bij. Het tweede gesprek met Alva heeft me in de loop der jaren veel meer beziggehouden.

Toen we allemaal gingen slapen waren de paar bedden al snel bezet, dus de rest ging kriskras over de vloer op kampeermatrasjes in zijn slaapzak liggen. Het was een kille nacht en ik had het koud. Ik had te veel gedronken en kon niet slapen, als ik mijn ogen dichtdeed, begon alles te tollen. Alva lag vlak naast me en ik hoorde de hele tijd dat ze haar walkman voor- en achteruit spoelde. Ten slotte legde ze hem weg.

Stilte… stilte.

Voor mij begon nu het werk van de nacht; als een rechercheur die naar de plaats delict teruggaat bekeek ik stuk voor stuk de gebeurtenissen van de dag, en alles was er nog. Elk gebaar van Alva dat ik achteraf probeerde te duiden, elk gesprek dat we hadden gevoerd. Zoals dat over sommige klasgenoten die zo zorgeloos leken. 'Ik denk weleens dat er mensen bestaan die niet weten dat ze ooit doodgaan.' Dat hield me heel erg bezig. Waarom zei ze zoiets? Ze lag vlak naast me en toch miste ik haar. Ik stelde me voor hoe het zou zijn om in München met haar samen te wonen. Ik dacht aan de maaltijd van de komende avond waarbij we het daarover zouden hebben.

Vlak voordat ik wegzakte, stootte ze me aan. 'Jules. Ben je nog wakker?'

'Ja, wat is er?'

'De batterij van mijn walkman is leeg,' fluisterde ze, 'en zonder muziek kan ik niet in slaap komen. Ik moet altijd afleiding hebben, anders…'

Ik wachtte tot ze haar zin afmaakte, maar dat deed ze niet.

'Zal ik je een verhaaltje vertellen?'

Ze lachte zacht. 'Nee, ik wilde alleen vragen of ik bij jou mag liggen. Als er iemand naast me ligt is het niet zo erg.'

Ik knikte en zij kroop in mijn slaapzak. Omdat we er niet naast elkaar in pasten, lag ze half over me heen en ik merkte tot mijn verrassing hoe koud, zwaar en vooral zacht haar benen en haar hele lijf aanvoelden. Zij had het ook koud, maar toen vermengde mijn kou zich met de hare en werden we warm. Ik voelde haar adem met regelmatige stootjes in mijn hals; het kriebelde. Door haar ongewone nabijheid, haar borsten tegen mijn schouder, haar knie op mijn been, kreeg ik een erectie. Ik wist niet of ze het merkte. Ik bleef even roerloos liggen en sloeg toen een arm om haar heen.

'Ik moet aldoor aan mijn zus denken. Het houdt maar niet op.'

Alva's stem klonk breekbaar. Verbaasd keek ik op. Ze had me nooit verteld dat ze een zus had.

'Wat is er dan met haar?' vroeg ik voorzichtig.

'Dat weet ik niet... Ze was een jaar ouder dan ik, we waren onafscheidelijk, we deden alles samen. Mijn ouders zeiden altijd dat we wel een tweeling leken. En toen... een paar jaar geleden is ze verdwenen.'

Ik luisterde verdwaasd. Ik had het gevoel dat de anderen op ons letten en keek om me heen. Maar Alva leek me even totaal te zijn vergeten. 'Ze heette Josephine,' zei ze meer tegen zichzelf dan tegen mij. 'Maar we noemden haar altijd Phine.'

'Wat is er gebeurd?'

'Dat weet niemand... Ze kwam op een dag niet thuis na balletles.' Ze praatte trillerig en hakkelend. 'Natuurlijk heeft de politie naar haar gezocht... Ze hebben de hele omgeving uitgekamd... met honden, maandenlange zoekacties... Maar behalve haar jasje hebben ze niets gevonden, ook geen lijk...'

Ze wendde haar gezicht af. Ik voelde hoe wanhopig ze was en wist niet wat ik moest doen; ik kon er alleen zijn, dicht tegen haar aan. Ik herinnerde me ineens de keer dat ze bij die film de klas uit was gelopen.

'Waarom vertel je dat nu pas?'

Ze gaf geen antwoord. Het eerste ochtendlicht viel al naar binnen en accentueerde de contouren van onze slapende klasgenoten in het donker.

'Ik ben te moe,' zei ze toen. 'We hebben het er morgenavond wel over.'

Ze vlijde zich tegen me aan. 'Je mag niet in slaap vallen voordat ik slaap,' fluisterde ze zo dicht bij mijn oor dat het kriebelde. 'Dat is heel belangrijk, Jules. Heel belangrijk.'

'Beloofd.' Ik streek een lok haar uit haar gezicht. Haar hand streek even over mijn borst en bleef toen liggen, en terwijl haar ademhaling langzamer en gelijkmatiger werd, kuste ik haar op haar slaap en fluisterde: 'Ik ben er voor je.'

*

De volgende dag ging ik in de stad boodschappen doen voor het avondeten. Ik had de leerlingenkeuken in het internaat gereserveerd en ging met de bus naar het dorp waar Alva woonde. Tot mijn verbazing zag ik dat ze niet zoals anders voor de deur op me stond te wachten. Ik belde aan. Doodse stilte. De tuin was pijnlijk netjes en de blinkend gelapte ramen weerkaatsten de ondergaande zon. Ik moest aan Alva's zusje denken en belde nog een keer.

Eindelijk ging de zoemer over en kon ik naar binnen.

De kamer was nauwelijks verlicht. Alva's moeder stond in het donker, de schaduw halveerde haar gezicht. In haar ene hand had ze een sigaret, in de andere de hoorn van de telefoon; ze praatte luid en gestrest. Van Alva nog steeds geen spoor. Uit de keuken kwam me een sterke geur van bolognesesaus tegemoet. Opeens klonk er een luid geblaf en kwamen er twee grote dalmatiërs op me af rennen. Ze zagen er tot op het kleinste zwarte vlekje identiek uit en keken me strijdlustig aan.

'Je komt zeker voor Alva,' zei haar moeder toen ze had opgehangen. Ze keek ongelooflijk neerslachtig.

Ik knikte en volgde haar naar de keuken. De honden sjokten achter ons aan.

'Wil je een glas sap of cola?' vroeg ze, en ze liep al naar de ijskast.

'Nee, dank u,' zei ik en ze bleef staan. 'Ik heb met Alva afgesproken voor het eten, ik kom haar alleen maar even halen. Is ze boven?'

Misschien klonk ik te hoopvol en ergerde haar moeder zich daaraan. Ze keek me lang aan. 'God, wat ben je jong.' Ze blies een rookwolk uit en bleef me taxerend aankijken. Ik voelde me opgelaten.

'Ja, ze is boven,' zei ze toen. 'Aankloppen is zinloos, ze heeft de muziek weer eens hard staan.'

Ik liep de trap op, de laatste treden in één stap, ik stond al voor Alva's deur, deed hem open – en verstarde, nee, werd weggekatapulteerd. Nog voordat ik de deur weer dicht kon doen, was mijn wereld aan stukken geslagen.

Ik rende de trap af. In mijn hoofd tolden allerlei beelden rond: de lege bierblikjes, het wiskundeboek en de trui op de grond. Het bed. De naakte, op zijn rug liggende man. De eveneens naakte, schrijlings op hem zittende Alva. Haar rode haar, nat van het zweet, haar hals, die van inspanning lichtrood was, haar heel even vertraagde bewegingen en haar licht geopende mond. De geluiden die ze maakten en vooral de korte, maar indringende blik die ze me toewierp.

Een blik, sterker dan welk antwoord ook, stom en toch agressief, beschuldigend en tegelijk verontschuldigend. Ik had iets in haar gezien wat ze was en niet wilde zijn. Maar vooral had ik mezelf door haar ogen gezien, wat ik geworden was en wat juist niet. En wat er ook altijd, al die jaren, tussen ons was geweest, één blik was voldoende geweest om het kapot te maken.

Terwijl ik de trap af rende, voelde ik een ongelooflijke woede opkomen. Ik had geen zin meer om alleen maar een jongen te zijn, ik wilde alles kwijt wat jeugdig was, als het had gekund, had ik het eruit geslagen. Beneden stond Alva's moeder met de twee honden. Ze wilde iets zeggen, maar ik rende weg, het dorp uit, dwars door de weilanden en zonder om te kijken.

De oogst

(1997-1998)

IN MIJN HERINNERING zie ik mezelf op het verlovingsfeest van mijn zus. Ik ben helaas niet de elegante charmeur met zijn mooie pak die de omstanders aan het lachen maakt. Ook niet de doorgesnoven jongen die op zijn Air Jordans op de maat van een charleston staat te wippen en met een studente aan het flirten is. Nee, de miezerige vierentwintigjarige bij de drankkast die zich duidelijk niet op zijn gemak voelt tussen al die onbekenden, *c'est moi*. Terwijl ik een partje citroen fijnknijp en het sap in mijn glas laat lopen, denk ik aan de verjaardagen en andere feesten uit mijn kinderjaren, waar ik altijd in het middelpunt stond. De onvoorstelbare energie die ik toen had. Wanneer is dat eigenlijk allemaal verdwenen? Ik ben met mijn rechtenstudie gestopt en ook als fotograaf heb ik geen succes. Terecht, denk ik, want er gloeit allang een vonk van zelfhaat in me.

De enige man in het vertrek die net zo'n verloren indruk maakt als ik is Liz' verloofde Robert Schwan. Een succesvol jazzpianist, maar Liz houdt niet van jazz. Hij is überhaupt een raadselachtige keus. Mijn zus heeft altijd een zwak voor goed uitziende, interessante mannen gehad en nam dan met een gulzigheid die ik vaak heb bewonderd alles wat ze wilde hebben. Maar haar verloofde is een graatmagere veertiger met zwart haar, priemende Paul Auster-ogen en een absurde snor die hem een beetje louche staat.

'Saaie gast,' zegt een mannenstem naast me. 'Ik heb eens tien minuten met hem gepraat. Ik snap niet wat ze eraan vindt.'

Mijn broer is met zijn vriendin naast me komen staan. Elena is klein en een tikje mollig, met zwart haar en wakkere ogen die alles in zich opnemen. Ze omhelst me schuchter en plukt een pluis van mijn jasje.

Een beetje ongemakkelijk begroet ik nu ook Marty. De laatste keer dat we elkaar hadden gezien was bij de begrafenis van tante Helene en toen zijn we met ruzie uit elkaar gegaan.

'Gefeliciteerd,' zeg ik. 'Doctor Moreau.'

'Niet slecht, hè? Ik had nooit gedacht dat ik nog eens zou promoveren.' Marty grijnst even. 'Of nee, eigenlijk heb ik het altijd wel geweten.'

Samen kijken we naar onze zus. Die is nu zevenentwintig. Vanavond heeft ze een blauwe jurk aan en haar blonde haar is opgestoken; op haar hoge hakken torent ze boven iedereen uit. Liz ziet haar schoonheid in de ogen van de aanwezigen weerspiegeld en laat toe dat iedereen verliefd op haar wordt. Ze houdt een uitbundig toespraakje, kust haar verloofde innig en zweeft dan als een bij van de ene gast naar de andere, sproeit overal haar charme rond en barst telkens uit in dat gelach dat iedereen aansteekt, zoals mijn zus altijd overal iedereen aansteekt met alles wat ze doet. Daarbij lijkt het altijd alsof ze de aanwijzingen van een onzichtbare cameraman opvolgt. *Nog even stralend glimlachen, ja, perfect, en nu even een pruillipje, een korte, flirterige blik.* Als ze iemand aankijkt is het alsof er een schijnwerper op hem wordt gericht en hij alleen nog maar wil dat ze hem leuk vindt. Zelfs ik wil dat.

Hoe ver lijkt nu de tijd dat ik als kind 's nachts naar haar kamer sloop. Dan lag ze vaak nog te lezen of stripverhalen te tekenen en mocht ik naast haar onder het dekbed. Ik was altijd weer gefascineerd door de warmte van haar benen; die leken wel te gloeien. Meestal vertelde ze dan over jongens uit haar klas, hoe lief de ene was en hoe brutaal die andere. Ik luisterde ademloos naar haar gedweep en was trots dat mijn grote zus me dat allemaal toevertrouwde. Maar vaak lag ik alleen maar naast haar terwijl zij las en muziek luisterde. Die ogenblikken waren me dierbaar. Mijn ouders aan het eind van de gang, Marty naast ons, alles was zo veilig en gezellig en ik kroop tegen Liz aan terwijl zij rustig de bladzijden omsloeg, en dan viel ik in slaap...

De volgende herinnering is donkerder van kleur.

Vier maanden na het verlovingsfeest van mijn zus word ik gewekt door een alarmerend telefoontje. Geen tijd om na te denken. Ik woon in Hamburg in een armoedig eenkamerappartementje in de buurt van de haven en spring meteen op de trein naar Berlijn, naar Liz. Anders dan bij mijn laatste bezoek is het beklemmend stil in haar flat. Maar stilte heeft nooit bij mijn zus gepast. Er valt een troebel ochtendlicht door de ramen in de gang, in de keuken torent een berg vuile afwas boven de rand van de gootsteen uit en bij het binnenkomen struikel ik bijna over een kapotte gitaar.

In de slaapkamer ruikt het naar wierook en braaksel. Liz zit met halfdichte ogen op de grond. Om haar heen zitten een paar mensen, kennelijk vrienden van haar, de meeste ken ik niet. Van haar verloofde geen spoor.

'Wat is er met haar?'

Ik kniel naast Liz neer. Ze heeft alleen een onderbroekje en een trui aan en ze heeft asgrauwe kringen om haar ogen. Ze lijkt me niet te zien en mompelt iets over een versterker die in haar hoofd zit en de hele stad kan reguleren.

'Ze is geflipt,' zegt een vriendin van haar die ik op het verlovingsfeest heb ontmoet. 'Ze stond halfnaakt op straat mensen uit te schelden.'

Ik strijk het vochtige haar van mijn zus uit haar gezicht. 'Wat heeft ze gebruikt?'

'Geen idee. Coke, MDMA, een paar downers en mescaline,

zoiets.'

'Waar is haar verloofde?'

'Wist je dat niet? Robert is al lang bij haar weg.'

Ik ben even sprakeloos. Dan bel ik Marty op zijn werk in Wenen.

'Breng haar in geen geval naar het ziekenhuis,' zegt hij een paar keer. 'Ik stuur een bevriende internist langs en kom zelf zo snel mogelijk.'

Ineens wordt Liz weer vrolijk. Ze steekt een hand naar me uit en spreekt me toe alsof ik een klein kind ben.

'Ach, mijn kleine broertje, wat kom jij hier doen?'

Dan begint ze te lachen. Een schrille, waanzinnige lach, terwijl ze me strak aankijkt. Maar niet met haar zusterlijke blik, niet de vriendelijke versie voor alle leeftijden. Dit is de harde, geamuseerde, mateloos superieure blik waarvoor alle mannen en alle vrouwen zich al jaren uitsloven, de blik waar alleen Robert Schwan tegen bestand was. Nog altijd die waanzinnige lach, ik ril ervan. Ze heeft weer die afgrondelijke zwarte ogen, de ogen van iemand die valt, valt, valt.

Ze houdt van die val.

'Wanneer kun je hier zijn?' vraag ik aan Marty.

'Ik neem de eerstvolgende vlucht.' Hij klinkt gejaagd en ik hoor dat hij een trap af loopt en een deur opendoet. Zoals altijd drukt hij de klink een paar keer omlaag. Ik hoor acht klikjes. 'Het komt allemaal goed, echt.'

Op dat moment wenkt Liz me dichterbij om me iets in het oor te fluisteren. Ze lijkt nu opgewonden, als een kind dat iets belangrijks heeft bedacht. Met de telefoon nog in mijn hand buig ik me naar haar toe en als ik dichtbij genoeg ben, mompelt ze: 'Tisjdotikepetdoodgmaakt.'

'Wat?' vraag ik.

'Het is dood, ik heb het doodgemaakt,' herhaalt ze.

*

In de zomer van 1998 ging ik voor het eerst sinds onze kinderjaren met mijn broer en zus naar Berdillac. Dat was een idee van Marty. Hij had het huis dat we van onze grootmoeder hadden geërfd een paar jaar daarvoor laten renoveren en hij kon ook vanuit Frankrijk werken, zei hij, Elena zou over een paar dagen ook komen. We deden alsof het een allang geplande vakantie was, maar de echte reden voor onze reis was dat we ons zorgen maakten over Liz. Na haar abortus en haar inzinking was ze nog steeds niet helemaal op de been.

In Frankrijk wachtte ons onweer, de ruitenwissers gleden heen en weer. Mijn broer stuurde de Mercedes over de provinciale weg, Liz sliep. Ik keek naar buiten en herkende veel; de zo vertrouwde kastelen, de stralende kleuren van de velden. De zilveren francs waarmee ik als kind had gespeeld kwamen me weer voor de geest. Mijn vader, die aan het stuur zat, mijn moeder die naar haar Beatles-cassette luisterde.

In Berdillac regende het niet meer, de lucht was fris en aangenaam koel. Marty stapte als eerste uit en liep naar de voordeur. Heel even zag ik mijn vader voor me zoals die – in zijn leren jack met zijn pijp in zijn mondhoek – vroeger ook altijd als eerste naar de deur was gelopen. Na al die jaren naar die plek teruggaan was net zoiets als een oude zwart-witfilm voor het eerst in kleur zien. Het huis aan het eind van de straat leek van buiten onveranderd. De voorgevel was met klimop begroeid, op de stenen veranda in de tuin stonden stoelen en een picknicktafel, het rode pannendak was vuil, de donkergroene verf van de voordeur bladderde nog steeds. Maar binnen was het onherkenbaar. De muur tussen de keuken en de salon was weggesloopt. Een grote, gezellig ingerichte kamer, aan de voorkant met een kast vol boeken, een zithoek en een open haard, en aan de achterkant het fornuis, het aanrecht en de houten eettafel.

'Het is nu helemaal top.' Marty leidde ons rond. 'Badkamer compleet gerenoveerd, vloeren op de eerste verdieping opnieuw betegeld, die lelijke vloerkleden weg. Alleen de ladekasten, de tafels en de kasten van opa heb ik laten staan.'

Hij paradeerde voor ons heen en weer. Als twee van de allereersten hadden hij en Toni de mogelijkheden van internet juist ingeschat. Hun bedrijf had een chique website gemaakt waarop managers, juristen, bankiers, politici of journalisten zich konden presenteren en met elkaar communiceren. Hun start-up groeide snel. Onderweg had Marty verteld dat Microsoft het bedrijf voor een bedrag van zeven cijfers wilde kopen. Dan kan ik misschien wel wat van hem lenen, dacht ik.

Die avond aan tafel kwam het gesprek niet echt op gang en op het laatst zei niemand meer iets. Ik dacht aan de luidruchtige, vrolijke maaltijden uit onze kinderjaren, als mijn broer en zus ruzie met elkaar maakten of als we samen lachten om iets wat we hadden meegemaakt. En nu zaten we hier als drie toneelspelers die elkaar voor het eerst in tijden weer zagen en de tekst van hun beroemdste stuk niet meer kenden.

Op een gegeven moment hield ik het niet meer uit en haalde een map met foto's uit mijn tas. 'Die heb ik aan een galerie aangeboden.' Het was mijn nieuwste project: een serie getiteld *De schoonheid van het onopvallende*. Op één van de foto's stond een in nevel gehuld dal, dichte, witte damp waar alleen de zwarte toppen van de bomen bovenuit staken, op andere een met mos overdekt, aan het verval prijsgegeven huisje in een bos of een jongen die net uit school komt en nu met een begeesterd gezicht achter zijn vrienden aan rent. Net op het moment voordat hij bij ze was, had ik afgedrukt.

Mijn zus haalde de foto's naar zich toe. 'Ik vind ze erg goed,' zei ze, maar mij bekroop het gevoel dat ze ze niet aandachtig genoeg bestudeerde om de details en de diepte te zien.

Marty daarentegen bekeek ze grondig. 'Ze zijn zeker niet slecht. Je imiteert de stijl van Salgado of Cartier-Bresson heel goed...'

'Maar?' vroeg ik.

'Maar ik zie nog steeds niet hoe je hiervan wilt rondkomen.'

Ik weet niet op welke reactie ik van hem had gehoopt, maar 'Ik geloof in je' zou leuk zijn geweest. Mijn zus maakte niet de indruk dat ze me te hulp ging schieten. Ook haar inkomsten waren onzeker, al waren ze stabieler dan de mijne. Ze verdiende soms wat met modellenwerk, gaf gitaarles of werkte een paar maanden bij een reclamebureau.

'Wat kan jou dat schelen,' zei ik zacht.

Marty zuchtte. 'Ik wil me niet met jouw leven bemoeien, maar ik vind toch dat je niet met je studie had moeten stoppen.'

'Ik vond die studie vreselijk,' zei ik. 'Als ik ergens spijt van heb, dan is het dat ik er überhaupt aan ben begonnen.'

'Maar dan had je zekerheid gehad. Ik weet het, in het begin valt het niet mee, maar bij zulke dingen moet je volhouden. Misschien was je het uiteindelijk wel leuk gaan vinden.'

Geïrriteerd pakte ik de foto's terug. Dit gesprek had ik de laatste jaren wel vaker met Marty gehad en elke keer voelde ik me een stuurloos jongetje. Ook al omdat mijn broer me telkens weer in die rol duwde.

Maar vanavond kon ik niet slapen. Ik keek een tijdje naar de volle maan die als de patrijspoort van de nacht aan de zwarte hemel straalde, stond toen op en klopte aan bij mijn zus. Liz deed in pyjama open. Op haar bed lag een oud kinderboek dat ze hier blijkbaar had gevonden en een zakje winegums.

'Ben je nog kwaad?' vroeg ze al kauwend. 'Trek het je niet zo aan. Marty gaat gewoon steeds meer op papa lijken. Net zo kritisch, alleen niet zo'n loser. Hij is zoals papa zou zijn geworden als hij succes had gehad.'

Ik knikte, maar het deed pijn dat ze onze vader een loser noemde.

'Heb je die expositie in het Kunsthaus eigenlijk nog gekregen?'

Ik schudde alleen mijn hoofd.

'Jules, mag ik je iets vragen?' Ze keek me moederlijk aan. 'Hoelang probeer je het nu al als fotograaf, drie jaar? Doe je dat allemaal vanwege hém? Omdat je je schuldig voelt?'

Ik herinner me nog goed dat die vraag een diepe onrust in me losmaakte en het is mogelijk dat ik met te veel stemverheffing antwoordde.

'Waarom zou ik me schuldig voelen? Ik ben papa niets verplicht. Ik weet dat hij teleurgesteld was dat ik die camera niet had gebruikt, maar dat hadden we voor zijn dood allang uitgepraat.'

'Ik wilde je niet...'

'Ik fotografeer niet vanwege papa, maar omdat het me interesseert. Je praat al net zoals Marty.'

Geagiteerd keek ik weg. Aan de muur hing een ingelijste tekening van een man met arendsvleugels die door de lucht vloog; in de verte zag je de contouren van een kasteel. Daaronder stond in een kinderlijk handschrift: *Hij moet de prinses bevrijden die in een donkere toren is opgesloten...* Dat die tekening nog bestond! Hij was uit de eerste weken na de dood van onze ouders. We logeerden bij onze grootmoeder in Frankrijk in de tijd dat we nog steeds stiekem rekening hielden met de mogelijkheid dat onze ouders ieder moment konden binnenkomen en dat alles een groot misverstand bleek. Om Marty en mij wat op te vrolijken had Liz een spel bedacht: *De droomredactie.* Zij was de geëngageerde hoofdredactrice en illustratrice en we moesten samen absurde of mooie dromen bedenken en die tekenen en van onderschriften voorzien. Later werden ze verbrand; de opstijgende rook werd volgens Liz door andere mensen ingeademd, zodat zij dan 's nachts droomden wat wij hadden bedacht.

'Stel je voor dat we hier in Montpellier waren opgegroeid,' zei ik tegen Liz. 'Ik heb me weleens afgevraagd hoe jij als rasechte Française zou zijn geworden. Ik denk dat dat wel bij je had gepast. Dan had je hier je school afgemaakt en gestudeerd.'

'En wat zou ik dan hebben gestudeerd?'

'In elk geval iets artistieks. Kunstacademie misschien, of iets met literatuur. Of je was lerares geworden, net als mama, dat had ook gekund.'

Liz staarde me aan. 'Ga verder,' zei ze zacht.

'Nou ja, je zou in elk geval altijd een boek bij je hebben gehad, je zou nog steeds dol zijn op lezen en tekenen. Als mama nog had geleefd, zou ze je vaak hebben geholpen, jullie zouden vaak hebben gebeld. Je zou namelijk in Parijs hebben gestudeerd. Je zou een paar aanbidders hebben gehad, maar nog steeds vaak aan je jeugdliefde hebben gedacht, ene Jean of Sébastien, met wie je jarenlang een relatie zou hebben gehad. Je eerste vriendje. Maar hij was in het buitenland gaan studeren en daardoor was het tussen jullie verwaterd. Daar zou je wel verdrietig om zijn geweest, maar dat was een mooi soort verdriet, de enige goede soort. En ergens had je altijd geweten dat jullie elkaar wel weer zouden terugzien. "Nu nog niet, maar later," zou je tegen ons hebben gezegd. Je zou mooie kleren hebben gehad, net als mama. In het weekend zou je natuurlijk hebben gefeest, maar veel rustiger dan in Duitsland. Je zou een paar vrienden hebben gehad die altijd goed op je pasten. In de vakantie zou je naar huis zijn gekomen, naar Montpellier, en dan had ik je uitgehoord over de universiteit, of daar veel leuke meisjes waren. Marty zou een beurs voor Harvard hebben gekregen, waar hij biologie zou hebben gestudeerd en zijn kevers en slakken hebben ontleed, en dan hadden we hem samen uitgelachen. En dan, als je afgestudeerd was, dan zou je... ik weet niet, help eens...'

Onder het vertellen had ik geglimlacht en me voorgesteld dat Liz het ook leuk vond. Maar toen ik opkeek, zag ik dat ze tranen in haar ogen had.

'Sorry. De laatste tijd pieker ik af en toe.' Ze veegde haar gezicht droog. 'Ik weet niet eens of het een jongetje of een meisje was. Maakt niet uit. Ik mis het gewoon.'

Ik ging naast haar op haar bed zitten. 'Je had het moeten vertellen. Dan zouden wij er voor je geweest zijn. Ik wist niet eens dat jullie uit elkaar waren.'

'Ik neem anderen nu eenmaal moeilijk in vertrouwen.'

'Maar je eigen broers kun je toch wel vertrouwen,' zei ik. Nog op hetzelfde moment vroeg ik me af met welk recht ik dat eigenlijk beweerde.

'Heb je er spijt van?'

Liz haalde haar schouders op. 'Soms wel, soms niet.' Ineens leek ze wel een meisje van tien. 'Ik weet dat Robert niet de ware voor me was. Ik moet er nog zo vaak aan denken hoe mama als oma geweest zou zijn. Ik wou dat ik haar had kunnen bellen, zij had wel geweten wat het beste was.'

Ze liep naar haar jasje, dat over een stoel hing, haalde een sigaret uit haar zak en stak hem op. Toen sloeg ze ineens haar armen om me heen en gaf me drie snelle, stormachtige kussen op mijn wangen. Ik streelde over haar haar en de geur van de rook vermengde zich met het honingachtige aroma van haar shampoo.

Ik moest er weer aan denken dat haar verloofde bij onze laatste ontmoeting zowat geen woord had gezegd en vaak ongeïnteresseerd in het niets had gestaard of op zijn pieper had staan tikken. Zich vervelen uit angst om vervelend te zijn.

'Waarom hield je eigenlijk van hem?' vroeg ik. 'Er ging niets van hem uit.'

'Daarom juist, geloof ik. Hij was zo leeg, zo aangenaam leeg. Ik kon van hem maken wat ik wilde. En hij had niet één kwetsbare plek. Hij was totaal onkwetsbaar, dat fascineerde me.'

*

De ochtend schemerde troosteloos grauw, maar we gingen toch naar zee. Liz had een zwarte bikini aan en een zonnebril op. Ze ging op het strand liggen lezen en haar huid vertoonde al een rood waas van het melkachtige zonnetje. Ik woelde met mijn tenen in het zand en keek naar mijn broer, die in de ijskoude zee zwom. Hij sloeg stram met zijn armen op het wateroppervlak en maakte al de hele dag een zenuwachtige indruk. Later zei hij dat hij een paar keer per jaar zijn bloed liet onderzoeken en nog steeds op de uitslag van de laatste tests wachtte.

'Waarom begin je dan eigenlijk aan die hele toestand?' vroeg Liz.

Hij haalde zijn schouders op.

'*Hunde, wollt ihr ewig leben*?' vroeg ze met een minachtend gebaar. 'Ik zal wel jong sterven, maar dat kan me niet schelen,' zei ze, en dat was na de zware afgelopen maanden precies wat we niet wilden horen.

'Welnee.'

'Jawel, dat wéét ik.' Onze zus rekte zich ongegeneerd en provocerend uit op haar handdoek en stak een sigaret op. 'Ik sterf jong en uitgerekend als ik eindelijk gelukkig ben. Dan gebeurt er iets en dan ben ik ineens dood.' Ze keek ons om beurten aan. 'Maar dat is oké. Ik ben zowat overal geweest, ik heb zoveel gezien, de ochtendnevel in Manhattan en het oerwoud in Ecuador, ik heb parachutegesprongen, heb veel minnaars gehad en een wilde, moeilijke tijd meegemaakt, maar daarvoor ook een gelukkige, beschermde jeugd, en ik heb heel veel over de dood geleerd. Het maakt niet uit dat ik jong sterf, want ik kan toch zeggen dat ik geleefd heb.'

Marty schudde alleen zijn hoofd. 'Hoe verwaand moet je zijn om zo te praten?'

'Hoe gefrustreerd moet je zijn om dat verwaand te noemen?'

Terwijl zij samen verder discussieerden, slenterde ik langs het strand. Liz heeft gelijk, dacht ik. Ze had onvoorwaardelijk lief, vergooide zich onvoorwaardelijk, faalde onvoorwaardelijk.

En ik?

Uit de verte naderde een ijscoman, die zijn karretje voor zich uit duwde. Hij had een transistorradio bij zich waar luide muziek uit kwam. Ik haalde diep adem en voelde de zilte lucht in mijn longen. Voor me lag de met zilver bespikkelde zee. De ijscoman kwam dichterbij en nu hoorde ik welk liedje er werd gedraaid.

It's wonderful, it's wonderful, it's wonderful
good luck my baby
It's wonderful, it's wonderful, it's wonderful
I dream of you...

De afgelopen jaren had ik steeds weer aan Alva gedacht. Ik had haar gemist en vervloekt. 's Nachts wakker gelegen en teruggedacht aan de zinnetjes die ze in mijn boeken had geschreven, de keren dat ze met haar vingers door mijn haar had gestreken en lachend had gezegd dat ik zulke kleine oortjes had...

Nooit de moed gehad haar voor me te winnen, altijd alleen maar bang geweest haar te verliezen.

Destijds wilde ik het niet toegeven, maar nu waren al mijn banden met school verbroken en nog steeds kon ik Alva niet vergeten. Ik vroeg me vaak af wat ze tegenwoordig deed. Mobieltjes waren een zeldzaamheid en internet stond nog in de kinderschoenen, dus ik kon haast geen spoor van haar vinden. Ik had ergens gehoord dat ze in Rusland woonde, maar meer wist ik niet. Ik had alleen het gevoel dat alles met mij anders zou zijn gegaan als zij er nog was. De jaren na het internaat, de verkeerde studiekeuze die niemand me had afgeraden, en uiteindelijk mijn verhuizing, nee, mijn vlucht van München naar Hamburg. Op niet één van mijn foto's stond Alva en zonder haar was er niets meer wat me tegen de eenzaamheid beschermde.

*

Na een paar dagen kon ik Marty overhalen met me te gaan hardlopen. Elke ochtend draafden we door het dorp, langs de kerktoren de heuvel op tot aan de boom met de afgehakte tak. Daar keerden we altijd om. Tevreden rustten we uit op het bankje, keken uit over de weiden in het dal in de ochtendnevel en renden dan terug naar huis, waar onze zus en Elena, die inmiddels ook was aangekomen, al op het terras zaten.

'Vrouwen, wij honger hebben,' zeiden we als we hijgend de veranda op kwamen. 'Ugh, squaw, breng eten.'

Ik trommelde als een gorilla op mijn borst en Marty maakte apengeluiden. Ik geloof dat hij het heerlijk vond om eens gewoon wat te dollen.

'Ga eerst nog maar een rondje,' zei Liz. 'Zolang jullie nog zo veel praatjes hebben, zijn jullie niet moe genoeg.'

Tot mijn verbazing was het bijna altijd mijn broer die aan het daaropvolgende ontbijt de conversatie gaande hield. Hij hield weliswaar niet van romans, maar hij was een hartstochtelijk lezer van biografieën en kranten. Hij was niet iemand die het leven intuïtief begreep, hij moest zijn wijsheid met pijn en moeite bijeensprokkelen door te lezen. Maar hij kon goed vertellen, vaak sprak hij aan tafel heel beeldend over een bijzondere nieuwe expositie, een meesterlijke kunstvervalser uit Engeland of een belangrijke ontdekking op het gebied van de priemgetallen.

Na het ontbijt trok hij zich meestal een paar uur op zijn kamer terug om te werken. Liz, die altijd iets te doen moest hebben, ging wandelen, met mij badmintonnen of in haar eentje naar de stad. Ik zat graag met een boek op het terras waar Elena aan haar dissertatie werkte, ze had psychologie gestudeerd en ging promoveren. We konden goed met elkaar opschieten, ook zonder veel woorden.

Niets wees nog op de ruzie.

Die avond was Elena naar een studiegenote in Marseille. Mijn broer, mijn zus en ik gingen naar het kleine kerkhof van Berdillac. Het was er stil en donker, Liz stak twee kaarsen aan. Het flakkerende licht bescheen de namen van onze grootouders en onze oom Éric. Ik keek naar de zerken. Ik had de drie doden nooit gekend. Oom Éric was al jaren voor onze geboorte overleden, hij was maar eenentwintig geworden. Over de exacte omstandigheden van zijn dood had niemand ons ooit ingelicht. Ook over onze grootvader, die meubelmaker was geweest, wisten we niet veel, alleen had tante Helene een keer gezegd dat hij een enorme driftkop moest zijn geweest en zich uiteindelijk blijkbaar dood had gedronken. 'Hij heeft Éric maar een paar maanden overleefd,' zei mijn broer, alsof hij mijn gedachten had geraden.

Ik was blij toen we weer weggingen.

We voelden ons bijna bevrijd toen we weer thuis waren. We dronken drie, vier flessen Corbières en vertelden elkaar anekdotes over vroeger. Liz had het over haar ex-vriendjes ('Ze zagen er allemaal veel te goed uit, als prachtig verpakte cadeautjes. En als je ze openmaakte, bleek er een ouwe schoen in te zitten'), en op een gegeven moment kwam het gesprek op Marty's Noorse correspondentievriend Gunnar Nordahl, in wiens bestaan we nooit echt hadden geloofd.

'Bestond hij nou echt of had jij hem verzonnen?' vroegen we.

'Natuurlijk bestond Gunnar,' zei mijn broer. Hij bestudeerde zijn wijnglas. 'Oké, hij bestond niet.' Hij schudde zijn hoofd. 'Ik heb een willekeurige Noor uit het telefoonboek jarenlang brieven geschreven en me vaak afgevraagd of hij ze eigenlijk ooit heeft gelezen.'

'O god, ik wíst het!' riep Liz triomfantelijk. Hij liet het gelaten over zich heen komen als iemand die zich diep vanbinnen onkwetsbaar voelt.

Later liet Liz een gele minirok zien. 'Moet je zien, uit een winkeltje vlak naast de universiteit waar alleen meisjes van negentien rondliepen.' Ze grijnsde. 'Als we straks uitgaan, moeten jullie eens raden wat ik aantrek.'

'Ik ga absoluut niet meer uit.' Marty frunnikte aan zijn bril. 'En ik wil je stemming niet verpesten, maar helaas ben je geen negentien meer.'

'Wie zegt dat?'

Ze nam allerlei malle poses aan totdat hij begon te lachen en ons toch naar de stad reed. Zijn laatste volle wijnglas liet hij staan, maar Liz moest het hare nog snel even leegdrinken.

In een club in Montpellier dansten we met ons allen totdat het ochtend werd en wat me vooral is bijgebleven is dat Liz zich onder al die onbekenden op de dansvloer zo thuis voelde. Niet alleen omdat ze zo veel zelfvertrouwen had, maar omdat ze zich gewoon overal welkom voelde.

Het was al zeven uur 's morgens en ik lag net in bed toen ik luide stemmen hoorde. Voorzichtig keek ik vanaf de trap de zitkamer in. Liz stond in het midden van de kamer, Marty zat een beetje in elkaar gedoken op de bank. Ze zagen me niet.

'Ja, dat zou ik weleens willen weten,' zei Liz. 'Je doet hier verdomme alsof je koning Babar bent en hangt de zorgzame broer uit, maar waar was je toen we je nodig hadden?'

'Sorry, maar als hier iemand zijn snor heeft gedrukt, dan ben jij het wel,' zei Marty kalm. 'Bovendien moest íémand in de familie toch geld verdienen.'

‘Geld is het enige wat jou nog interesseert. Beurskoersen, onroerend goed, je internetstart-up, al die shit.’

‘Klets toch niet als een puber,’ zei Marty. ‘Verschrikkelijk. De waarheid is dat jij toen gewoon helemaal weg was.’

‘Wanneer?’

‘Toen papa en mama net dood waren. Je hebt ons in de steek gelaten, je was altijd met je eigen mensen de hort op, voor ons sloot je je af, je interesseerde je totaal niet meer voor ons. Ik heb geen idee hoe jij je toen voelde, maar voor ons was het een afschuwelijke tijd, we hadden nauwelijks vrienden, we hadden niets. En wil je weten waarom? Omdat wij niet hadden geleerd vrienden te maken, want wij drieën hadden altijd elkaar gehad. En toen ben je zomaar uit ons leven verdwenen, al had je beloofd op ons te passen. Kun je me dan nú misschien uitleggen waarom je dat hebt gedaan, waarom je ons zomaar in de steek hebt gelaten?’

Die vraag leek Liz van haar stuk te hebben gebracht. Ze pakte een perzik uit de fruitschaal op de eettafel en begon ermee te spelen.

‘Ik was toen nog veel meer kind dan jij,’ zei ze. ‘Ja, ik heb altijd van jongs af aan gepraat en gedaan alsof ik de rijpe grote zus was. Maar in werkelijkheid vond ik het heerlijk om kind te zijn. Ik vond het heerlijk om onzin te kletsen, met mama te knuffelen en urenlang op mijn kamer te zitten tekenen. Ik wilde helemaal niet volwassen worden, althans niet zo snel. En toen was ineens alles weg. Van de ene seconde op de andere. Jules was overal nog te klein voor en jij was een freak in zwarte kleren die zich van iedereen had afgekeerd, was je dat vergeten?’

Met een schouderophalen gaf Marty haar met tegenzin gelijk.

‘We waren allemaal beschadigd,’ zei ze, ‘en daar reageerden we allemaal verschillend op. Ik zorgde ervoor dat het nooit meer stil was, dat mijn geest nooit tot rust kwam. Ik heb me zo in het leven gestort omdat ik alleen maar kon huilen op de schaarse momenten dat ik alleen op mijn kamer was en even kon nadenken.'

'Maar waarom heb je ons zo in de steek gelaten?'

'Als ik voor jullie had kunnen zorgen, dan had ik dat gedaan. Maar daar had ik niet de kracht voor. Weet je hoe mijn eerste keer was? Weet je dat?'

'Jij hing altijd met die oudere jongens rond en...'

'Nee, dat was gelogen. Weet je hoe mijn eerste keer echt was?'

Marty werd steeds stiller. 'Nee.'

'Ik weet niet eens hoe hij heette.' Haar stem trilde. 'We zaten nog maar een paar weken op het internaat en de meisjes op mijn verdieping lachten me uit om mijn knuffelbeesten, mijn kinderlijke stripverhaaltjes en mijn uncoole kleren. Ik wilde dus bewijzen dat ik harder was dan zij, ik was bereid me erger te laten kwetsen dan welk ander meisje ook. Daarom zei ik als enige ja toen ze ons in een club drugs aanboden. Ik weet niet wat het was, maar daarna zag of voelde ik zowat niets meer. En toen kwam die jongen. Hij was begin twintig en hij had iets verloederds, iets kouds, wat ik niet begreep. Ineens trok hij me van de dansvloer af en toen we ver genoeg weg waren, maakte hij zijn broek open. Ik wilde niet, maar ik was niet sterk genoeg om me te verzetten. Ik was nog helemaal van de wereld door dat spul, ik dacht aan München en aan papa en mama en aan jullie en hoe ver weg dat ineens allemaal was. En ondertussen neukte hij me, zomaar.'

Marty beet op zijn onderlip en zweeg.

'Ineens was ik iemand die ik nooit had willen zijn. En hoe langer het duurde, hoe moeilijker ik nog naar jullie terug kon. Jullie wisten niet hoe het was om 's morgens om zeven uur op speed op de dansvloer in een club in de provincie te kotsen, op acid met iemand naar bed te gaan of naast iemand wakker te worden die je pas een paar uur geleden voor het eerst had gezien. Jullie wisten niet hoe het voelt om je zo in alles te verliezen. Jij ging nog helemaal op in je schoolboeken en je computerspelletjes en Jules in zijn droomwereld. Er is zo veel dat tussen ons in staat... Nog steeds.'

Ze keken allebei zwijgend naar de grond. Het tafereel had iets van een schaakpartij waarbij nog maar twee stukken op het bord stonden, van elke kleur een van dezelfde soort, die elkaar niet meer konden slaan. Zoals twee lopers, een zwart- en een witveldige.

'En als we dat nu eens samen deden?' vroeg ik vanaf de trap.

Ze keken op, maar waren nauwelijks verrast door mijn aanwezigheid.

'Je hebt gelijk,' zei ik tegen Liz. 'Wij weten niets van de dingen die jij weet. Jij hebt ervaringen die wij hebben gemist. Alleen die drugs al. Jij hebt dingen gezien en gevoeld die Marty en ik ons niet eens kunnen voorstellen. Zo heb je vaak verteld hoe ongelooflijk LSD is. Dus waarom doen we dat niet eens samen? Dan kunnen wij ook meepraten.'

Liz dacht even na en schudde toen haar hoofd. 'Jullie gaan geen drugs gebruiken, jullie zijn gewoon niet...'

'Zie je,' viel ik haar in de rede, 'dat bedoel ik nou: "Jullie zijn gewoon niet zoals ik." Dat ging je toch zeggen? Dat kunnen we ook niet zijn als je ons niet de kans geeft. We spreken elkaar al jaren nauwelijks meer. Laat ons ook eens in jouw leven toe.'

Liz dacht na. 'Zelfs al zouden we dat doen, hoe had jij aan LSD willen komen?'

'Dat is niet het probleem,' zei Marty nogal verrassend. 'Dat kan ik wel regelen, ik ken genoeg mensen, ook hier. De vraag is alleen wat er mis kan gaan.'

We bespraken de voors en tegens en besloten dat we die trip pas zouden nemen als Elena terug was, dan kon zij op ons passen. Toen ze van ons plan hoorde, was ze weliswaar niet enthousiast, maar uiteindelijk liet ze zich ompraten.

Drie dagen later stopte er een grijs busje voor ons huis. Marty kletste wat met de vriendelijke bestuurder en kwam toen terug met een plastic zakje. Even later zaten we met ons drieën naast elkaar op de bank met de kleurige vloeitjes in onze hand. Liz deelde mee dat we ze gewoon moesten doorslikken, dat was alles. Ik keek naar het mijne. Het was felblauw en het smaakte naar niets.

Het effect liet op zich wachten. Marty ging de *Figaro* halen en lezen. Liz liet zich achterover zakken en deed haar ogen dicht. Ik keek naar Elena, die tegenover ons zat en mijn blik beantwoordde. Toen moest ik slikken en kreeg heel even de laffe smaak van mijn jeugd in mijn mond, een mengeling van rook, kantine-eten, goedkoop bier en het moment dat Alva mijn hand pakte. Ik dronk een glas water en de verre, synesthetische echo op mijn tong verdween.

Mijn broer was de volgende die iets leek te merken. Gefascineerd keek hij naar zijn krant, mompelde dat de letters in elkaar overliepen, liep toen naar Elena en legde zijn hoofd in haar schoot.

Op hetzelfde moment spoelde er een golf herinneringen over me heen, alsof er iemand door mijn leven bladerde. Een paar hoofdstukken terug: de begrafenis van tante Helene. Die was het jaar daarvoor aan een herseninfarct overleden, zomaar uit het leven geplukt. Op weg naar de rouwbijeenkomst had Marty een afstandelijke, bijna emotieloze indruk gemaakt, terwijl hij toch heel veel van onze tante had gehouden. Zwijgend was hij de begraafplaats op gedraaid terwijl Liz en ik tegen elkaar zeiden dat het lot ons weer in de steek had gelaten. 'Wat een onzin,' had Marty toen ineens gezegd. 'Er bestaat geen lot, net zomin als er een god bestaat. Er bestaat niets, of alleen wij mensen, wat op hetzelfde neerkomt. Het is absurd om daartegen in opstand te komen. De dood is statistiek en die lijkt op dit moment in ons nadeel te zijn, maar ooit, als alle mensen om ons heen en ook wijzelf uiteindelijk dood zijn, is de statistiek weer in evenwicht. Zo simpel ligt het.' Maar toen we een halfuur later bij de rouwbijeenkomst naar de kist keken waar onze tante in lag, begon hij tot mijn verwondering ineens verschrikkelijk te huilen. Een hartverscheurend gesnik, iedereen in de rouwkapel keek naar hem terwijl hij op Liz' schouder hing en zich door haar in haar armen liet nemen.

Toen bladerde mijn hoofd alweer verder terug en ik zag hoe ik als kind in de huiskamer stond en van mijn tante hoorde dat mijn ouders dood waren. Marty stond bleek en roerloos naast me, maar hij had net zo goed mijlen bij me vandaan kunnen staan. Langzaam ontvouwden de woorden hun onvatbare betekenis, sijpelden overal binnen, in de grond, die bobbelig leek te worden, in mijn ogen, die alleen nog door een waas konden zien, in mijn benen, die me door de kamer lieten tollen. De schokgolven bereikten even later ook Liz toen ze binnenkwam en meteen bezorgd naar me keek. 'Wat is er?' vroeg ze, maar ik kon en wilde het niet zeggen, alsof ik haar tegen de werkelijkheid kon beschermen door te zwijgen.

'Ik zie hetzelfde,' zei Liz naast me, of ik dacht dat ze dat zei.

Ik wilde haar vertellen hoe anders alles was geworden, hoe anders ík was geworden, maar dat kon ik niet. Mijn hart klopte sneller, mijn hoofd werd door beelden overspoeld. Mijn vader die me een bal toegooide. Hoe Liz een wit Barricadesteentje als mascotte in haar zak stopte. Mijn moeder die me 'slakje' noemde en me voorlas. Hoe ik de bloem voor haar 'onweerstaanbare taart' zeefde. Alles door elkaar, alles zo dichtbij, zo mooi, zo snel dat ik er haast niet meer tegen kon.

Ik haalde diep adem, in, uit, diep in, diep uit.

'Het is te veel,' zei ik telkens weer. 'Ik kan niet meer. Hou nou op.'

Liz pakte mijn hand. 'Rustig maar,' zei ze. 'Alles is goed.'

De tranen liepen over mijn wangen, de kleuren in de kamer lichtten op, ik zag ieder kerfje in mijn eigen hand. Mijn adem gierde door mijn keel, mijn borst leek wel dichtgesnoerd. Maar toen – van het ene moment op het andere – was alles weer vrij en kon ik normaal ademen. Ik moest lachen van opluchting. Ik keek telkens weer naar Elena, die op me lette en de ruimte door haar rust onder controle hield.

'Ik weet nu wat ik op mijn twaalfde graag had willen schilderen.' Liz boog zich naar me toe. 'De laatste jaren was ik het vergeten, maar nu weet ik het weer. Ik wilde vier honden schilderen die als mensen op het strand met een bal speelden. Ze moesten grappige namen krijgen en ouderwetse kleren aanhebben.'

Ik knikte, blij dat ik zo dicht bij haar was.

Alles versmolt nu met elkaar terwijl mijn bewustzijn uit de klem werd gerukt en ik in de tijd terugreisde.

Ik was... Ik bén ineens Marty, die als kind aan een speelgoedauto met benzinemotor zit te knutselen. De wonderbaarlijke precisie waarmee de onderdelen op elkaar aansluiten, dat geluksmoment als de motor start en de techniek onder de carrosserie ineens betekenis krijgt.

Ik ben Liz, ik schilder iets veelkleurigs op een vel papier en plotseling ontstaan er levende wezens die ik zelf geschapen heb, en dat is zo geweldig dat ik er helemaal in opga. En in mijn hoofd zitten nog veel meer stralende beelden, zo veel dat het soms pijn doet, en ik kan het aan niemand vertellen of laten zien, zodat ik af en toe overmoedig moet worden en wild door de kamer moet rennen om al die energie kwijt te raken en af te schudden.

Ik ben mijn moeder, die naar haar kinderen kijkt terwijl ze spelen en groter worden, en ik hoop dat ik ze nog een tijdje bij me kan houden. En ik heb er vrede mee dat ik mijn vrijheid voor dit leven heb opgegeven, al mis ik die soms wel.

En ik ben mijn vader, die in de auto naar zijn werk rijdt en het liefst meteen zou omkeren en naar huis rijden, naar zijn gezin, maar dat kan niet, zoals er zoveel niet kan. Ik vraag me af wanneer alles verkeerd begon te lopen en of het misschien al vanaf het begin de verkeerde kant op is gegaan. En ik denk eraan dat ik mijn jongste zoon Jules kort voor mijn dood met Kerstmis een oude camera heb gegeven, die hij niet gebruikt. Daarover komt het nog tot een laatste gesprek en...

'Dat weet ik nog,' zeg ik. Haarscherp zie ik hem voor me zoals hij me terneergeslagen en geschrokken aankijkt met zijn pijp in zijn hand. Mijn schuld. Mijn grote schuld.

'O god, nu weet ik het allemaal weer.'

Nog steeds heb ik mijn ogen dicht. Nu ben ik mezelf, ik ren over een wei en zie ongelooflijke groentinten. Ik ruik geurig hooi, hars en vochtig mos; mijn zintuigen zijn tot de rand gevuld. Het regent en drijfnat kom ik bij een bos aan. Binnen een paar seconden loopt de dag over in de nacht. Ineens is het donker en koud en ik voel dat hier gevaar op de loer ligt. Ik moet me een weg banen door ondoordringbaar kreupelhout. De scherpe zwarte takken dringen in mijn huid, ik bloed.

'Er is iets verkeerd,' zeg ik. 'Er is iets helemaal mis. Het houdt maar niet op.'

Ik merk dat er iemand aan me schudt, maar ik houd mijn ogen stijf dicht en ren door. Ik ken dit bos. Ik ben er sinds mijn kinderjaren nooit meer weg geweest, het is mijn thuis geworden. En als ik niet uitkijk, zal ik in dit bos sterven.

Ik bereik het midden en zie duidelijk een beeld voor me: ons leven dat bij de dood van onze ouders bij een splitsing in de weg komt en de verkeerde afslag neemt, zodat we sindsdien een ander, verkeerd leven leiden. Een oncorrigeerbare fout in het systeem.

Op de weg door het binnenste struikel ik en ik word aan een

afgevallen tak gespietst. De tak dringt tot midden in mijn hart. Ik bloed ter plekke dood, alles wordt warm en licht, heel prettig, en tegelijk het meest troosteloze gevoel dat ik ooit heb gehad omdat ik alles moet loslaten en alles kwijtraak...

Met een ruk deed ik mijn ogen open. Ik was drijfnat.

'Ik wil niet dood,' riep ik. 'IK WIL NIET DOOD!'

Van alles afscheid moeten nemen. Alle gedachten, alle herinneringen, alle hoop uitgewist. Het scherm voor eeuwig op zwart.

Ik dook op de grond ineen en huilde. 'Ik wil niet dood,' mompelde ik almaar. Liz kwam tegen me aan liggen, Marty en Elena hielden mijn handen vast. Ik voelde de nabijheid van de anderen en hoe warm en gezellig het bij ons thuis was. Maar dat alles leek heel ver weg, want ik zat diep in mezelf en daar was alleen kille angst.

*

De laatste dag van onze vakantie zat ik met mijn broer op het strand. Het was fris, de verkoelende wind woei door ons haar. Langs de kust dobberde een vissersschuit langs, die zijn contouren op het wateroppervlak schetste.

'Hé,' zei Marty.

'Ja?'

'Jammer dat we elkaar zo weinig hebben gezien.' Hij zette zijn bril af en kneep met duim en wijsvinger in zijn neusbrug. 'Ik ben de laatste tijd waarschijnlijk niet zo'n goede broer geweest.'

'Maar wel een betweter.'

'Misschien wel, ja.'

'Een betweter en een enorme klootzak.'

'Dank je, het is me duidelijk.'

We keken elkaar aan. Mijn broer klopte me op de schouder en

deed ineens ontzettend jong aan. 'Maar ik maak het weer goed.'

Die middag, toen mijn broer en zus al aan het pakken waren, liep ik samen met Elena nog een laatste keer door het dorp.

'Waar zijn Marty's tics eigenlijk gebleven?' vroeg ik. 'Dat vijf keer afsluiten, de deurkruk volgens een geheime code een paar keer omlaag doen, op de stoep niet op de voegen tussen de tegels trappen... Hoe is hij daar vanaf gekomen?'

Elena sloeg haar ogen neer. 'Het werd steeds erger,' zei ze. 'Op het laatst liet hij zich vijf keer per jaar op kanker onderzoeken en kon hij nooit meer op de roltrap of met de lift omdat hij het gevoel had dat dat ongeluk bracht.'

'Wát?'

Haars ondanks moest Elena lachen. 'Ja, roltrappen en liften waren "kwaadaardig". In het begin hield hij dat voor me verborgen, hij maakte er zelfs grappen over als me iets opviel. Maar er kwam een moment dat die dwanghandelingen zijn hele leven bepaalden. Sinds een paar maanden zit hij in therapie.'

Het huis kwam weer in zicht. Uit de verte zag ik Marty, die de kofferbak vollaadde. Hij floot er een melodietje uit *Carmen* bij.

'Is hij die tics nu kwijt?' vroeg ik.

'Was het maar waar. Ik geloof wel dat het beter gaat, maar vaak heb ik het gevoel dat ze er nog steeds zijn, dat hij ze nu alleen beter verborgen weet te houden. Ik probeer hem weleens te betrappen, al is dat nog niet gelukt.'

Toen ik de tuin in liep, knikte ik naar mijn broer. Een moeilijke jeugd is een onzichtbare vijand, dacht ik. Je weet nooit wanneer hij toeslaat.

Deel 2

IK HERSTEL VERBIJSTEREND snel van mijn motorongeluk. Het duurt niet lang of ik kan weer lezen, televisiekijken en telefoneren en ik heb ook de complete diagnose gezien: milt gekneusd, rechterscheen- en kuitbeen gebroken, sleutelbeen gebroken, zware hersenschudding. De artsen zeggen dat ik geluk heb gehad.

Geluk. Een woord waar ik tegenwoordig weinig mee kan.

Er wordt aangeklopt. Marty heeft mijn kinderen meegebracht, Elena is er ook en zelfs Toni is speciaal voor mij naar München overgevlogen.

Mijn kinderen hollen naar mijn bed en omhelzen me. Vincent heeft een tekening voor me gemaakt van een grijnzende man op krukken, Luise zet een knuffelbeest op mijn nachtkastje om me gezelschap te houden. Ze zijn al zeven, maar ik vind het nog steeds een wonder dat ze echt bij mij horen. Dat ik voorgoed hun vader ben, ook als ik zou emigreren, als me iets noodlottigs overkwam of als ik ze niet meer zou willen zien.

Luise wijst naar mijn gipsbeen en mijn halskraag. Net als de vorige keer dat ze hier was, vraagt ze of ik nu doodga, en ik schud mijn hoofd. Ze knikt opgelucht. Vincent lijkt met mijn antwoord niet echt genoegen te nemen. Hij frunnikt met zijn vingers en in zijn ogen zie ik angst.

Ik besluit me te vermannen en speel de optimistische, vrolijke clown die ik altijd voor mijn kinderen ben geweest, vertel over de dagelijkse gang van zaken in het ziekenhuis en stel vragen.

'Hoe is het bij oom Marty en tante Elena?'
Mijn zoon zwijgt.
'Leuk,' antwoordt Luise voor hem.
'Wat hebben jullie gisteren gedaan?'
'Naar de dierentuin geweest, we hebben een leeuw gezien, van heel dichtbij.'

Ze heeft plezier, denk ik. Na alles wat er gebeurd is, heeft zij plezier om een arme opgesloten leeuw. Ik neem mijn dochter in mijn armen en geef haar een kus.

'En jij?' vraag ik aan Vincent. 'Welke dieren vond jij het leukst?'

Hij kijkt op, maar kan me niet langer dan een paar seconden recht aankijken. 'De slangen,' zegt hij dan zacht.

Ik werp Marty een bezorgde blik toe en hoop vurig dat mijn zoon later geen weerloze schepsels gaat ontleden en hun bloed onder de microscoop bestuderen.

Dan gaan we allemaal samen dieren tekenen: een olifant, dan muizen, giraffen en een tijger. Toni's pogingen mislukken jammerlijk ('Die arme beesten zouden geen dag in leven blijven als ze zo in elkaar zaten als jij ze tekent,' zegt mijn broer), maar Vincent tekent verbijsterend precies. Vooral zijn giraffe is goed gelukt. Als ik hem een compliment geef, glimlacht mijn zoon voor de eerste keer. De glimlach verschijnt plotseling en is zo ontwapenend en mooi dat ik me heel even geen zorgen over hem maak.

*

Als het bezoek weg is, begint de avond. Buiten trekken vale wolken langs en ineens krijg ik het gevoel dat het donker door het raam naar me kijkt. Ik verlang naar mijn vrouw, maar die zit in het buitenland, een reis die voor haar heel belangrijk is. Ik heb gezegd dat ik haar niet zal storen, dat ik het thuis wel red en dat ze haar Duitse mobiel niet eens mee moet nemen. Ze zit in Rusland, in Jekaterinenburg om precies te zijn, en het kan nog dagen duren voordat ze een vlucht vindt. Tot dan ben ik hier alleen.

Die nacht slaap ik slecht. In mijn droom speel ik steeds weer de film af waarin ik met de motor van de weg raak en val.

Dat was het dan, dacht ik op het laatste moment nog, en misschien ook: dit wordt zwaar. Ik weet het niet meer precies.

Dan word ik wakker.

Ik knip het lampje aan. Op mijn verzoek heeft mijn broer een fotoalbum en twee romans voor me meegebracht: *Zeit, fliegst du davon* van A.N. Romanow en *Tender is the Night* van F. Scott Fitzgerald. Beide boeken heb ik vaak herlezen en altijd blijf ik weer bij vertrouwde scènes en beschrijvingen hangen. Uiteindelijk dommel ik in. Ditmaal geen droombeelden, alleen leegte.

*

De volgende ochtend laat lig ik in gedachten verzonken als ze belt. Ze zit nog vast in Jekaterinenburg; vanwege een groot congres zijn alle vluchten volgeboekt.

'Ik hou het hier niet meer uit,' zeg ik. 'Wanneer kom je eindelijk?'

'Binnenkort ben ik bij je.'

'Ik stond al haast op het punt om naar jou toe te komen, dat is blijkbaar makkelijker.'

'Niet zo sarcastisch. Met al dat titanium in je lijf van de schroeven en de plaatjes was je niet eens door de beveiliging gekomen.'

Ze vraagt naar de kinderen. Mijn broer en Elena kunnen goed met ze overweg, dus ze is gerust. Ik zeg nog dat ik van haar hou en dan hangen we op.

Ditmaal komt Marty alleen. Hij staat voor het raam en kijkt in het daglicht. Zijn overhemd lijkt wel op maat gemaakt, de vouwen in zijn broek zijn messcherp, maar hij wordt de laatste tijd wel steeds kaler. Ik kijk naar mijn broer, die nooit sentimenteel is of aan het verleden hangt, maar van iedere toevalligheid in zijn leven iets eigens, iets bijzonders heeft gemaakt. Ineens zie ik voor me hoe we als zeventigers naast elkaar zouden staan. Ik heb Marty niet uitgezocht en eigenlijk verschillen we in ieder opzicht van elkaar, maar hij heeft iets wat hem van alle anderen onderscheidt: hij is er altijd. Al eenenveertig jaar naast me.

'Waarom heb je het gedaan?' vraagt hij.

Dat is de vraag waarop ik heb gewacht.

'Dus jij gelooft ook dat het geen ongeluk was?'

'Hoezo "ook"?'

Ik denk aan het gesprek met de jonge ziekenhuispsychologe, die ook van mening was dat het geen ongeluk was; er werden geen remsporen aangetroffen.

'Dus een zelfmoordpoging of zo?' vroeg ik om haar te provoceren.

Die vraag had ze niet rechtstreeks beantwoord.

'Het is belangrijk dat u de werkelijkheid onder ogen ziet,' had ze ten slotte gezegd. 'Ik weet wel dat u weer in uw droomwereld vlucht. Maar u moet accepteren wat er gebeurd is. Uw gezin heeft iemand nodig die in het hier en nu leeft.'

Daarop had ik geen antwoord gegeven.

Ik keek mijn broer lang strak aan. 'Waarom zou ik een eind aan mijn leven willen maken? Ik heb twee kinderen en die zou ik nooit in de steek laten. Het was een ongeluk, ik was gewoon de controle over het stuur kwijt.'

Marty lijkt me niet te geloven. 'Dat ding is trouwens total loss,' zegt hij alleen. 'Ik snap niet waarom jij ineens zo nodig motor moest gaan rijden. Veel te gevaarlijk.'

*

Als hij weg is, probeer ik me weer aan mijn dagdromen over te geven, maar dat lukt niet meer. Ik staar uit het raam. Er glijden een paar zwaluwen door de lucht. Ik bedenk ineens weer dat ik me vroeger voorstelde dat ik kon vliegen als het niet goed met me ging.

Ik blader wat in het fotoalbum. Afgezien van de foto's met mijn vrouw kijk ik het liefst naar die met mijn broer en zus. Op sommige staat Liz op een feest met een cocktailglas in haar hand en een strijdlustige blik zonder een spoor van twijfel. Dat is nu vijftien jaar geleden en het is moeilijk onder woorden te brengen hoe ik haar hier mis.

Er klopt een verpleegkundige aan. Samen met hem maak ik – door krukken ondersteund – voorzichtig een eerste wandelingetje door het park van het ziekenhuis. Mijn gebroken been doet haast geen pijn meer en ook mijn sleutelbeen heelt mooi; mijn hoofdpijn is bijna weg. Ik word verblind door het daglicht, dat ik ontwend ben, en ik haal diep adem en ga op een bankje zitten. Overal om me heen kwetteren de vogels en de zon beschijnt het park uit een wolkeloze hemel.

Ze is dood, denk ik.

Even heb ik moeite mijn kalmte te bewaren. Aan iets anders denken, aan iets anders denken. De gedachten tollen door elkaar heen in mijn hoofd en ineens komen de Berlijnse jaren weer terug. Ik weet weer hoe ik op eenzame ogenblikken door mijn huis danste, door een radeloze gekte overmand. Ik denk aan de kelder in Zwitserland en het doosje geweerpatronen. En hoe ik het schrijven terugvond. Een steeds snellere montage van onsamenhangende beelden, en ineens zie ik ook weer voor me wat er voor mijn motorongeluk is gebeurd. De afgrond kijkt me aan.

En ik kijk terug.

De weg terug

(2000-2003)

EEN JAAR OF TWEE na de vakantie in Frankrijk met mijn broer en zus stopte ik met fotograferen. Na een afwijzing van een bevriende curator zette ik woedend een krat met al mijn camera's erin op straat. Toen ik ze een uur later toch terug wilde, was alles weg. Dat was het begin van een maandenlange neergang. Ik stond steeds later op totdat ik tot diep in de middag sliep, blowde te veel, schreef een paar korte verhalen die ik niemand liet lezen en zocht aldoor ruzie. Mijn toenmalige vriendin ging bij me weg. Ik was te gesloten, te veel van mezelf vervreemd, en ze kon ook niet meer tegen die blik alsof ik in mijn eigen ontoegankelijke wereldje leefde. Het deed me nauwelijks iets. Net als bij mijn eerdere relaties was ik niet verliefd geweest en diep vanbinnen had ik het gevoel dat dit allemaal toch niet mijn echte leven was. Dat ik het nog steeds wilde verruilen voor dat waarin mijn ouders nog leefden. Die gedachte kwam steeds weer terug, als een in mijn ziel ingeweven vloek.

Toen Liz over de vacature bij Yellow Records vertelde, zegde ik mijn flatje in Hamburg op en ging bij haar in Berlijn wonen. Het muzieklabel zat aan een binnenplaats achter de Kottbusser Damm en was gespecialiseerd in singer-songwriters en indierock. Zo werd ik van de ene dag op de andere juridisch medewerker en later scout, maar ik had net zo goed in het buitenland kunnen gaan wonen of weer gaan studeren. Destijds had ik het niet zo precies kunnen formuleren, maar ergens had ik het vermoeden dat ik de weg kwijt was. Het probleem was alleen dat ik niet wist wanneer of waar ik die was kwijtgeraakt. Ik wist niet eens meer welke weg het was.

*

Kort na mijn dertigste verjaardag, in januari 2003, reed ik op mijn Vespa door de stad toen er een rode Fiat naast me stopte. Waarom kon ik mijn ogen er niet van afhouden? Ach ja. Alva. Die had vroeger ook zo'n auto. Ineens wist ik weer hoe het tussen ons was afgelopen. Hoe ik haar had gevraagd met me mee naar München te gaan. En hoe ze bij wijze van antwoord met die man naar bed was gegaan en mij had gedwongen daar getuige van te zijn. Dat was het geweest.

Nou ja, niet helemaal.

Het laatste weekend van onze schooltijd was ze onverwacht naar me toe gekomen. Ze keek me stralend aan alsof er nooit iets was gebeurd en vertelde dat ze misschien een jaar vrijwilligerswerk in Nieuw-Zeeland ging doen. We hadden het erover dat we elkaar in de toekomst waarschijnlijk nauwelijks meer zouden zien en dat het zo vreemd was dat je elkaar jarenlang elke dag zag en dan ineens nooit meer. Eigenlijk was ik nog beledigd, maar ze had iets kwetsbaars in haar ogen dat me raakte, en toen pakte ze mijn arm en vroeg of we dat weekend samen iets zouden doen. Er waren haar bepaalde dingen duidelijk geworden en daar wilde ze het graag met me over hebben.

Ik was zo verrast dat ik eerst geen antwoord paraat had. Ik beloofde haar in elk geval te bellen en zij zei dat ze dat heel graag wilde.

Maar ik heb niets van me laten horen.

Het hele weekend heb ik om de telefoon op onze verdieping heen lopen draaien. Maar ik kon haar niet bellen. Ze had me doelbewust gekrenkt en blijkbaar betekende ik niet veel voor haar, al bezwoer ze me van wel, want het zag ernaar uit dat ze me binnenkort voorgoed ging verlaten. Hoe kon ik haar dat vergeven? Maar tegelijkertijd wilde ik haar dolgraag zien. Ik hoopte dat zij mij zou bellen, maar dat deed ze niet.

Toen ik maandag weer op school kwam, zei ze niets tegen me. De hele tijd keek ze bijna demonstratief weg. In de pauze ging ik naar haar toe.

'Sorry,' zei ik, nadrukkelijk nonchalant met een hand tegen de muur geleund. 'Ik had je willen bellen, maar het was zo'n gekkenhuis dit weekend!'

Misschien heb ik zelfs verteld dat ik op een feest een meisje had ontmoet van wie Alva wist dat ze me leuk vond. In elk geval gaf het me een heerlijk gevoel van genoegdoening dat ik een beetje wraak kon nemen voor wat zij mij had aangedaan. Ik verwachtte zelfs dat ze spijtig zou knikken of tenminste verrast zou zijn door mijn koele gedrag. Maar ze keek me alleen maar vragend aan.

'Ach ja,' zei ze, 'dat is waar ook, dat was ik helemaal vergeten. Nou ja, geeft niet.'

Dat was de laatste keer dat ik Alva sprak.

*

Een paar dagen nadat ik die rode Fiat had gezien, ging ik Liz van haar werk halen. Onze gezamenlijke zomer in Berdillac was inmiddels bijna vijf jaar geleden. Ze had op de avondschool alsnog haar eindexamen gehaald en was een docentenopleiding gaan volgen; ze liep nu stage als docent muziek, kunstgeschiedenis en Duits en dat ging goed. Ik zag haar met een paar jonge docenten het gebouw uit komen. Uit de verte leek ze nog langer, een imposante verschijning. Ze had een tas over haar schouder en ze lachte. Duidelijk de leidende figuur, de anderen keken bewonderend naar haar op. Wie niet wist dat ze allang over de dertig was, had haar midden twintig gegeven, alleen haar gezicht was iets voller geworden.

We kookten in Liz' met prullaria en foto's volgepropte en al wat verslonsde appartementje – 'we kookten' hield in dat zij kookte en ik toekeek – en natuurlijk hadden we het ook over de verhuizing van onze broer. Marty had zijn bedrijf kort daarvoor voor een exorbitant bedrag verkocht en doceerde nu aan de technische universiteit in München. Hij en Elena hadden een huis gekocht in de buurt van de Englischer Garten.

'Kun je het je voorstellen?' Ik wiebelde op de keukenstoel. 'Hij woont maar een paar straten van ons oude huis.'

'Ik wist wel dat hij ooit een keer zou terugkomen.' Ze hakte de basilicum fijn. 'Maar ik had verwacht dat het langer zou duren.'

'Ik ga niet terug naar München. Waarom zou ik?'

'Omdat we er destijds niet vrijwillig zijn vertrokken.'

Liz stak een paar wierookstokjes aan. Uit haar installatie klonk Mexicaanse folk en zij neuriede mee. Ze had verteld dat ze bij muziekles voor haar leerlingen gitaarspeelde, voor de kleinsten als beloning kleine poppetjes of diertjes in hun schrift tekende en die zomer een toneelstuk met hen ging opvoeren. Ze was dan wel jarenlang de weg kwijt geweest, maar nu kwam haar leven naar mijn idee eindelijk weer in de buurt van het soort bestaan dat ze zou hebben gehad als onze ouders niet waren omgekomen. Ze had de terugweg gevonden en ook mijn broer leek weer bij zichzelf te zijn teruggekeerd. Ikzelf had daarentegen een paar dagen eerder in een café een groep aan een ander tafeltje gezien waar een man van mijn leeftijd het middelpunt was. Hij maakte zijn vrienden aan het lachen en gaf met een haast tergende nonchalance de toon aan. Ik schrok en keek weg, maar iets in zijn gedrag liet me niet los en ineens viel me de gedachte in dat ikzelf die man had kunnen zijn als een paar dingen anders waren gelopen.

Buiten klonk gejoel. Een groep kinderen rende over de betonnen binnenplaats.

'Hoe oud zou het nu zijn geweest?' vroeg ik, nog half in gedachten.

De vraag was te plotseling en ongepast, de blik van mijn zus werd donker. 'Vijf,' zei ze.

'Denk je er nog vaak aan?'

'Niet meer zo vaak als vroeger. Maar soms word ik ineens bang dat dit mijn kans was en dat ik geen kinderen meer zal krijgen. De eerste keer, op het internaat, was ik nog te jong. Maar toen met Robert had ik de juiste leeftijd. Wie weet of het ooit nog lukt.'

Ze maakte het nog altijd uit met haar vriendjes om niet zelf te worden verlaten en ook haar laatste relatie, met een Nederlandse acteur, was op de klippen gelopen. 'Hij is van een betoverende domheid,' had ze een keer gezegd.

Marty had ook nog geen kinderen, maar wel sinds een paar jaar een hond, die hij met een verfrissend gebrek aan creativiteit Hond had genoemd. Kortgeleden had hij laten weten dat alles uiteindelijk toch gedoemd was ten onder te gaan, dus waarom zou je nog kinderen nemen?

Daar kon Liz zich over opwinden. 'Dat nihilistische geklets van Marty altijd,' zei ze. 'Maar je weet dat het niet klopt. Al die nihilisten en cynici zijn eigenlijk gewoon bang. Ze doen alsof het allemaal niets voorstelt, want dan kunnen ze uiteindelijk ook niets verliezen. Hun houding lijkt onaantastbaar en superieur, maar uiteindelijk heb je er niets aan.'

Hoofdschuddend stak ze een sigaret op. 'Het alternatief voor leven en sterven is het niets' – het witte staafje wipte op en neer tussen haar lippen – 'maar zou het nu echt beter zijn als deze wereld niet bestond? Wij leven, maken kunst, hebben lief, kijken om ons heen, lijden, genieten en lachen. We bestaan allemaal op miljoenen verschillende manieren, want het niets bestaat niet en de prijs daarvoor is nu eenmaal de dood.'

Ineens dacht ik weer aan Alva en de rode Fiat. Die nacht had ik gedroomd dat ik door oorlogsgebied liep. Er vielen helikopters uit de lucht, er sloegen bommen in, mensen om me heen zakten in elkaar en vielen. De stad was ten dode opgeschreven, maar ik liep stug door, dwars door de vuurlinie, want ik had gehoord dat Alva in een huis in het centrum vastzat. Ik dwaalde door de stad tot ik uitgeput was en ontkwam een paar keer ternauwernood aan de dood, maar ik bereikte nooit mijn doel. Toen werd ik wakker.

Daarna was alles weer teruggekomen. In mijn droom gebeurde alles in zijn eigen tijd, of liever gezegd, er was helemaal geen tijd, en zo was het ook alsof ik net nog mijn rondjes om het sportveld had gelopen terwijl Alva lezend aan de kant lag. Vaak was ik toen naast haar gaan liggen en probeerde de bladzijden van haar boek om te blazen. Daar glimlachte ze om, maar op een middag reageerde ze ineens geërgerd. Ze omklemde haar boek met beide handen; blijkbaar stierf er op dat moment een geliefd personage tussen haar vingers. Pas toen zag ik dat ze huilde. Het was niet mijn bedoeling geweest haar te ergeren en ik kon er niets meer aan veranderen dat ik dat intieme moment met haar deelde. Ik keek naar haar rood aangelopen gezicht en begreep ineens hoeveel ze van literatuur hield, veel meer dan alle andere mensen die ik kende. En het feit dat ze naast me zat en zo ontroerd raakte door een verhaal, ontroerde mij ook. Ik had haar het liefst in mijn armen genomen en beschermd, vooral tegen zichzelf en alle dingen die ze me nooit vertelde, maar toen was alles anders gelopen en nu lag dat al elf jaar achter ons.

Die avond vond ik na enig speurwerk Alva's mailadres. Ik

schreef haar. Ik rekende niet op antwoord, maar volgde een innerlijk gevoel. Eerst werd het een ellenlange brief, maar uiteindelijk bleven er maar twee zinnen over:

Ik ben dertig en heb nog geen kinderen.
En jij?

*

Ze schreef niet terug. Een paar dagen, zelfs weken, hoopte ik stiekem nog op antwoord, maar toen gaf ik het op. Ik had in het verleden geroepen en geen echo teruggekregen.

Dat voorjaar nam ik vakantie om Marty te gaan opzoeken, die met Elena een paar dagen in Berdillac zat. Ik parkeerde mijn huurauto voor het huis aan het eind van de Rue Le Goff. Meteen kwam de hond naar me toe gesprongen, een husky. Marty en Elena hadden hem als pup gekregen en hij was inmiddels volwassen en sterk, een bijna majestueus dier met een zwart-witte vacht en intelligente felblauwe ogen.

Ook Elena's zus was er met haar drie kinderen. Toen ik Elena begroette, maakte ze een wonderlijk droevige indruk. Mijn broer daarentegen had iets eeuwig jeugdigs. Om hem te plagen zei ik dat hij steeds meer op onze vader ging lijken en dat ik hem binnenkort een pijp en een lichtbruin leren jack zou moeten geven.

Met ons zevenen maakten we een uitstapje. De kinderen speelden met de hond, Marty en ik bleven een stukje achter. Ik merkte dat hij met zijn gedachten elders was. Na een tijd wees hij naar Elena, die haar neefje op haar schouders hees.

'Ze is dol op kinderen,' zei Marty.

'Weet ik.'

'En ze kan ze zelf niet krijgen.'

Ik bleef staan. 'Sinds wanneer weten jullie dat?'

'Natuurlijk begonnen we het zelf al te vermoeden. De laatste twee, drie jaar gebruiken we geen anticonceptie meer en de laatste maanden hebben we het gericht geprobeerd. Toen er niets gebeurde, heeft Elena zich laten onderzoeken...'

Marty zocht mijn blik. 'Weet je, ik weet voor mezelf helemaal niet zeker of ik wel zo nodig kinderen moet. Ik vind het wel een leuk idee dat ik met mijn kind aan een autootje met afstandsbesturing zou knutselen en zo, maar voor mij is het geen must. Maar zij is dol op kinderen, ze heeft altijd kinderen willen hebben. We hebben zo veel kamers... De laatste weken huilt ze veel.'

We slenterden langs de weg die naar het vertrouwde bos liep.

'Ik ga met haar trouwen,' zei Marty met de stoïcijnse kalmte die hij als een watermerk in zich leek te dragen. 'Dat wilden we dan wel nooit, maar ik denk dat het nu het enig juiste is. Wat vind jij?'

'Ik vind het goed klinken.'

Marty keek me verlegen aan. 'En ik zou graag willen dat jij dan mijn getuige bent.'

'Je getuige? Daar kies je normaal gesproken toch iemand voor uit die je graag mag?'

'Ik dacht: voor jou maak ik een uitzondering.'

In het bos rook het fris en kruidig en ik voelde de naderende avond. We kwamen bij de rotsachtige rivier met de oude boomstam erover.

'Onvoorstelbaar dat ik daar als kind gewoon overheen liep.' Ik tikte met mijn voet tegen het hout. 'Dat is meer dan twee meter boven het water, als je valt, breek je al je botten.'

'Als kind was je nooit bang.'

Ik ging op de boomstam staan. Het leek alsof ik een betoverde plek betrad, een poort naar het verleden. Na twee stappen werd ik duizelig. Het water raasde onder me door, grotere rotsblokken staken boven het water uit, al waren ze minder scherp dan in mijn herinnering. De boomstam wiebelde en bij elke stap kreeg ik het gevoel dat ik zou uitglijden en vallen. Ik begon te zweten en hoorde weer de vermanende stem van mijn vader die zei dat het veel te gevaarlijk was. Al zijn angsten woonden als ongewenste huurders in mijn hoofd.

'Kom terug,' zei ook Marty. 'Dat ziet er echt niet goed uit!'

'Als kind ben ik heel snel doorgelopen, alleen zo lukte het.'

Ondertussen was ik al op een kwart, maar de reddende oever leek eindeloos ver weg. Dit is de weg terug, dacht ik. Weer degene worden die je was. Toen gleed ik uit. Alleen dankzij een reflex en een beetje geluk bleef ik op de been. Mijn hart bonkte in mijn keel. Dit had geen zin. Voorzichtig draaide ik me om en liep terug naar Marty. Als een bokser die in de touwen hangt, verslagen door zijn jongere ik.

*

Na de verkoop van het bedrijf had Toni twee jaar in Los Angeles gewoond om daar aan de Chavez School of Magic, een beroemde goochelschool, te studeren en in zijn vrije tijd op de motor door alle staten te rijden of naar het zuiden, tot aan Vuurland. Nu was hij verrassend genoeg in Berlijn en totdat hij een huis had gevonden, sliep hij bij mij op de bank.

Op een avond zat ik met hem in een bar toen mijn zus toevallig binnenkwam. Ze keek niet links en niet rechts en zag ons niet, maar ging bij een groepje vrouwen aan een hoektafel zitten, stak een sigaret op en trok meteen het hele gesprek naar zich toe. Met haar wijnglas in haar hand had ze een zekere glamour en ze praatte zoals een uitgedroogd iemand drinkt: gulzig, ieder woord telde.

Toni wilde al naar haar toe, maar ik hield hem tegen. Ik hoorde Liz' donkere podiumstem over openingszinnetjes vertellen. 'De mooiste was op een gothicfeest in de Lower Eastside,' zei ze luid, 'toen ik werd aangesproken door een man in het leer met een baard en opgeplakte hoorns.'

'Wat zei hij dan?' vroeg een van haar vriendinnen.

Liz haalde uit het moment wat erin zat. 'Hij kwam heel dicht bij me staan en vroeg met een diepe stem: "Ben je bereid het bed met een demon te delen?"' Haar geschater schalde door de bar, een tikje ranzig, en de andere vrouwen lachten mee.

Toni keek telkens naar haar. 'Heeft ze nu eindelijk op mijn brief gereageerd?'

Later gingen we allemaal samen naar de Club der Visionäre. Toni en Liz gingen naast elkaar op de steiger zitten met hun voeten in de Spree. Toni flirtte doorlopend met haar, wat zij prachtig vond. Ze zag hem niet meer alleen als vriend van haar broer, maar als een man; ze leunde nonchalant naar achteren en bekeek hem taxerend. Een van de schouderbandjes van haar zwarte jurk was afgezakt, haar blonde haar hing los en ze had haar blote benen over elkaar geslagen. Ze lag op de loer, ze wilde weten of Toni's geplaag maar gespeeld was, of hij eigenlijk gewoon aardig was of dat hij werkelijk dat ongrijpbaar mannelijke had. Ze had weer haar spottende, berekenende blik waar ook iets destructiefs in zat en waar Toni zich tegen teweer moest stellen. Een seconde, twee seconden... Toen gaf hij zich gewonnen. Altijd weer. Ik zag het gebeuren. Geen schijn van kans.

Zelf probeerde ik met een paar kennissen van Liz in gesprek te komen, maar dat lukte niet echt en toen de hele groep nog naar een andere club wilde, nam ik afscheid. Thuis wachtte me de stilte, een al jarenlang vertrouwd geluid. Maar wat stond dat kluizenaarsbestaan me inmiddels tegen, dat onvermogen om aan het leven deel te nemen. Altijd alleen maar gedroomd, nooit echt wakker geworden. Kijk nou, dacht ik, waarom wil je in gezelschap vaak niets liever dan alleen zijn terwijl je het alleen-zijn haast niet meer uithoudt?

Ik klapte mijn laptop open. Twee nieuwe mails. Marty schreef dat Elena's familie het plannen van hun huwelijk helemaal naar zich toe had getrokken en hij niets had in te brengen. Het andere bericht was van een vroegere studiegenoot rechten, een groepsmail. Geïrriteerd klikte ik hem weg. Ik keek nog wat televisie en zapte langs alle zenders zonder te kiezen. Net toen ik naar bed wilde gaan, kwam er nog een mailtje binnen. Het was om 02:46 verstuurd. Ik wreef in mijn ogen en klikte het open.

Heb de laatste jaren vaak aan je gedacht.
Hopelijk maak je het goed. Het zou leuk zijn om elkaar weer eens te zien.

Alva

*

De weken daarna bracht ik in een aangename spanning door. Zelfs Marty's huwelijk met alle feestelijkheden en zijn Kroatische schoonfamilie konden me maar heel even afleiden. Het leek alsof mijn hele verleden door een enkel berichtje weer tot leven was gekomen.

Alva woonde in Zwitserland. Na wat heen- en weergeschrijf – soms duurde het dagen voordat ze antwoordde – besloten we elkaar halverwege in München te ontmoeten. Niet veel later vertrok ik naar mijn geboortestad en greep de gelegenheid aan om die middag bij mijn broer langs te gaan. Hij en Elena waren net terug van hun huwelijksreis naar Spanje.

'Zenuwachtig?' vroeg Marty. We waadden door de torenhoge stapel huwelijkscadeaus die een flink stuk van de huiskamer besloeg; een deel was nog niet eens uitgepakt.

'Ik kan me haast niet voorstellen dat ik haar zo meteen weer zie.'

'Heeft ze een vriend?' vroeg mijn broer. Hij mikte op een lichtgroen pakje. De neefjes van Elena hadden hun airsoftgeweren laten liggen en wij schoten ermee op de cadeaus.

'Ik heb gehoord dat ze getrouwd is,' zei ik en ik loste een schot op een langwerpig, in rood papier verpakt voorwerp. Het rammelde, het was duidelijk een set bestek.

'Dus jij hebt het ook gehoord.' Mijn broer schoot drie keer snel achter elkaar op een wit pakje dat op een ladekast in de huiskamer stond en op de grond viel. Het barstte open en er kwam een goedkope keukenklok in de vorm van een lachend poppetje uit.

Walgend pakte Marty het ding op. 'Wat een rotzooi.' Hij zette het klokje terug op de ladekast. 'Wat voor mensen geven zoiets?'

'Dat komt doordat je geen echte vrienden hebt.'

'Jij hebt ook geen vrienden.'

'Weet ik. Als ik ooit trouw, komen er van mijn kant maar drie mensen. Jij, Liz en misschien Toni.'

'Het spijt me, dat worden er maar twee,' zei mijn broer. 'Ik heb geen tijd.'

'Je bent wel veranderd sinds je getrouwd bent. En niet in je voordeel.' Ik mikte op het poppetje en schoot tussen de vissenogen totdat het weer van de kast af viel en doormidden brak.

'Waar woont Alva eigenlijk precies?' Marty vuurde een hele serie af op een blauw pak.

'In Luzern, al een paar jaar. Misschien spreekt ze intussen Schweizerdeutsch.'

Plotseling richtte Marty zijn wapen op mij. 'En als ze nou echt getrouwd is?'

'Daar ga ik wel van uit.' Ik mikte op hem. 'Ze heeft het verdiend.'

'Maar je gaat er toch niet echt van uit?' Marty grijnsde. 'Ik zie het aan je. Je hebt toch nog hoop.'

'Geen commentaar.'

'Hoop is voor debielen.'

'Pessimisme ook.'

Hij wees met zijn kin naar links. Het grootste cadeau. Een reusachtige, in zuurtjeskleurig glanspapier verpakte vaas op de tafel. 'Bij drie?'

'Bij drie!'

'Een, twee... drie!'

Gelijktijdig schoten we ons magazijn leeg. De vaas wankelde even en viel toen rinkelend op de grond. We lachten en keken toen om ons heen. De hele kamer lag aan puin. 'Vlug opruimen,' zei Marty. Hij blies in de loop van zijn airsoftgeweer. 'Elena komt zo thuis.'

*

De bar waar ik met Alva had afgesproken was in het Glockenbachviertel, vlak naast het huis van mijn overleden tante.

Ik was zo zenuwachtig als een puber en arriveerde een kwartier te vroeg. Ik wilde al weer vertrekken (om er niet als eerste te zijn) toen ik de roodharige vrouw aan het tafeltje naast de ingang zag. Ze had haar benen over elkaar geslagen en was met de serveerster in gesprek.

Secondenlang keek ik naar Alva's smalle neus, haar bril met het zwarte montuur, de fraai gewelfde mond met de volle lippen, het tere sleutelbeen. Haar bleke, nog altijd smetteloze huid en haar slanke figuur. Op het eerste gezicht deed ze vreemd aan, zo volwassen. Haar ogen waren nog het meest veranderd. Ze waren nog steeds groot en stralend groen, maar al het koele was eruit verdwenen. Ik vroeg me net af hoe dat kwam toen ze mij ook zag.

'Hé,' zei ze.

Hoe had ik de klank van haar stem kunnen vergeten! Een korte omhelzing, en ik glimlachte zo breed dat mijn wangen pijn deden, maar ik kon er niet mee ophouden. Zij zat op de gestoffeerde bank, ik op een stoel. Tussen ons in stond een rond tafeltje.

'Sinds wanneer kom jij op tijd?'

'Eigenlijk nog steeds niet,' zei ze. 'Maar ik wilde je absoluut voor zijn om je te zien binnenkomen... En nu heb ik het moment toch gemist.'

Alva had een zwarte spijkerbroek en een grijze trui met een diep decolleté aan en maakte een zelfbewuste, mysterieuze maar ook ietwat matte indruk.

'Ik heb iets voor je meegebracht,' zei ik en ik overhandigde haar mijn cadeautje.

'Mag ik het openmaken?'

Ze scheurde het papier er niet af, maar maakte het voorzichtig, bijna liefdevol open. Ze trok het album eruit. '*Pink Moon* van Nick Drake.'

'Weet je nog?' vroeg ik. 'Die hebben we gedraaid toen je voor het eerst op mijn kamer kwam. Je vond hem mooi, dat weet ik nog.'

Ik geloof dat ze er blij mee was, ze keek er tenminste telkens weer naar en streek met haar vingers langs de afgesleten randjes van de plaat.

In het begin praatte ik van opwinding te snel. Alva luisterde terwijl ik wat details van mijn leven schetste en vertelde toen over haar literatuurstudie in Moskou, waar ze al na één semester mee was gestopt. Een kort wederzijds aftasten.

'En wat doe je nu voor werk?' vroeg ik ten slotte.

'Eerlijk gezegd werk ik niet.'

'Waarom niet?'

Ze haalde haar schouders op. Ze deed alsof het geen rol speelde, maar zelfs na al die jaren zag ik het nog steeds als ze zenuwachtig was. Ze liet overduidelijk een paar beslissende hoofdstukken uit haar verhaal weg, liep met een wijde boog om haar jaren in Rusland heen, zei niet wat ze tegenwoordig deed en had het alleen over gebeurtenissen van lang geleden.

Ze streek met haar handen over de tafel en pakte de mijne. 'Ik vind het zo geweldig om je hier te zien. Ik was bang dat je niet zou komen.'

'Waarom?'

Ze trok haar handen terug. 'Je ziet er goed uit,' ze nam me keurend op, 'en je hebt een mooie lach, Jules. Dat wilde ik vroeger op school al tegen je zeggen. Als je lacht, lijk je een ander mens, niet zo gesloten. Je zou veel meer moeten lachen.' Ineens was ze op dreef. 'Ja, precies, zo.' Plotseling kordaat: 'Maar wat doe jij eigenlijk?'

'Ik werk voor een platenlabel.' Ik bestelde een borrel, zij een cappuccino. 'Ik had eigenlijk naar Italië gewild, maar toen hoorde mijn zus over deze baan. Ik ben niet ontevreden. Veel juridisch gedoe, maar steeds vaker begeleid ik ook bands.'

Dat klonk allemaal heel goed, maar Alva leek niet erg enthousiast.

'Muziek past natuurlijk bij je. Maar ik had altijd gedacht dat je zelf iets zou gaan maken, dat je bijvoorbeeld zou gaan schrijven. Ik vond je korte verhalen geweldig. Maar waarom fotografeer je niet? Dat vond je toch altijd zo leuk om te doen?'

Ze geloofde heel erg in me en dat ontroerde me. Zij was de enige die mijn verhalen en mijn foto's echt mooi vond.

'Ik heb het ook als fotograaf geprobeerd, maar dat is nooit echt van de grond gekomen. Op een gegeven moment ben ik dus maar gestopt.'

'Waarom?'

'Te veel afwijzingen. Te frustrerend.'

Alva dacht na. Een korte blik: 'Ben je er echt om die reden mee gestopt?'

Zoals altijd doorzag ze me.

'Nee. Ik besefte gewoon dat ik...' Ik bewoog mijn glas heen en weer en liet de twee ijsklontjes die in de barnsteenkleurige vloeistof baadden heen en weer walsen. 'Laat maar, zo belangrijk is het niet. Ander keertje.'

We zwegen. De eerste opwinding van het weerzien was inmiddels gezakt en alles deed vormelijk en geforceerd aan. Even had ik het gevoel dat ons eigenlijke ik heel ver weg was en dat we twee onderhandelaars naar dat café hadden gestuurd die geen bevoegdheid hadden om over de echt belangrijke dingen te praten.

'Naar wat voor muziek luister je tegenwoordig?' vroeg Alva ten slotte.

Ik pakte mijn MP3-speler en ging naast haar op de bank zitten. We pakten allebei een oortje en luisterden naar een paar bands. Bij elk nummer ontdooide ze iets meer.

'Dit is mooi,' zei ze toen ik haar 'Between the Bars' van Elliott Smith liet horen. Ze straalde. 'Dit vind ik echt geweldig.'

Toen we naast elkaar muziek zaten te luisteren was het heel even net zo vertrouwd als op het internaat.

'Ben je gelukkig?' vroeg ik.

Geïrriteerd deed ze het oortje uit. 'Wat?'

'Of je gelukkig bent.'

Ze leek de vraag te willen ontwijken en ik werd al bang dat ik te direct was geweest. Toen haalde ze haar schouders op. 'En jij?'

Ook ik haalde mijn schouders op.

'Daar zijn we het dus over eens,' riep ze vrolijk.

Ik wees naar haar cappuccino. 'Ik had eigenlijk gedacht dat we samen dronken zouden worden als we elkaar weer zagen.'

'Dat kan altijd nog.'

'Wat dacht je van een gin?'

'Beter van niet. De laatste keer dat we gin dronken, liep het een beetje uit de hand, weet je nog? Je hebt voor me gedanst en ik was straalbezopen. Het had niet veel gescheeld of ik had me op je gestort.'

Dat zei ze zomaar, en daarna bekeek ze de drankkaart.

Twee borrels later zaten we nog dichter tegen elkaar aan. Ik weet niet of het door de alcohol of door de muziek kwam, maar ineens voelde het alsof we elkaar gisteren nog hadden gezien, alleen was dat 'gisteren' jaren geleden. Ik had al een trein gemist en besloot ook de volgende te missen. Ik sprak inmiddels een beetje met dubbele tong, maar ik zei tenminste eindelijk alles wat ik wilde zeggen.

Ook Alva leefde op.

'En de vrouwen?' vroeg ze.

'Ach, je kent me. Ze vallen bij bosjes om mijn nek, daarnet onderweg naar hier nog twee. Het is niet te doen.'

Ze gaf me een tik op mijn arm en de hele avond werd één lang 'weet je nog?' en 'ongelooflijk zoals we toen...', we wisselden verhalen uit, zij vertelde zacht dat ze nog steeds naar cassettes luisterde om te kunnen slapen, ze had het over haar Russische jaren en dat er in Moskou in de metro venters door de treinstellen liepen die de forenzen seksspeeltjes, zelf gekopieerde dvd's en boeken probeerden aan te smeren ('Er ontbreken altijd een paar belangrijke bladzijden, maar zo'n boek kost dan ook haast niets'), en ik vertelde van het huwelijk van Marty, dat mijn broer als een slecht afgestelde robot met zijn bruid had gedanst, maar dan wel weer in accentloos Kroatisch had gespeecht, en buiten was het allang donker en we hadden het over de eenzaamheid die ons af en toe overviel (ik: 'Ik ga kapot aan dat voortdurende alleen-zijn' en zij: 'Ja, maar het tegengif voor eenzaamheid is niet toevallig samenzijn met willekeurige mensen. Het tegengif voor eenzaamheid is geborgenheid.' Ik wenkte een kelner: 'Daar drinken we op!'), en ik kon mijn ogen niet van Alva's mooie *film noir*-

gezicht afhouden, ik keek aldoor in die grote, stralend lichtgroene ogen, nog een borrel en we verzonken in een gelukzalige dronkenschap en ik zei tot mijn eigen verbazing: 'Ik zou het liefst mijn baan opzeggen, uit Berlijn weggaan en alleen nog maar schrijven' en ineens was het alsof ik mijn innerlijke stem had teruggevonden en ik gaf eindelijk toe dat ik Alva had gemist, ja, dat ik al die jaren steeds weer aan haar had moeten denken, en zij zei heel dicht bij mijn oor: 'Ik ook aan jou', en het kriebelde in mijn nek, ik genoot van die fluwelige spanning tussen ons en ik merkte dat onze benen elkaar raakten en de hele tijd vroeg ik me af of zij het ook merkte, of ze besefte dat ze bij het praten aldoor zo dichtbij kwam dat haar haar in mijn gezicht kriebelde en ik haar parfum rook, of ze het misschien zelfs expres deed, en ik wilde het bijna zeggen: dat ik destijds te laat had begrepen dat ik van haar hield, maar zij had het al weer over haar stage in Nieuw-Zeeland en ik miste ook de voorlaatste trein en keek naar Alva's handen waarmee ze onder het praten gesticuleerde, en naar haar tanden als ze lachte, wat ze die avond vaak deed, en ze had zich inmiddels met die ietwat scheve snijtand verzoend en hield geen hand meer voor haar mond.

'Waarom is pizza eten voor jou een vorm van traumaverwerking?' vroeg ze.

'Dat komt door het internaat,' antwoordde ik. 'We kregen daar toen vaak niet genoeg te eten en als er wel genoeg was, dan was het vaak niet te vreten. We kregen eigenlijk te weinig zakgeld om na het avondeten nog een pizza te bestellen, maar af en toe deed iemand dat. Een halfuur later kwam dan het witte pizza-autotje het terrein op rijden. Terwijl degene die de pizza had besteld met de bezorger afrekende en de verrukkelijk ruikende pizza aanpakte, werd hij door ontelbare ogen achter de ramen gevolgd. En hij was nog niet binnen of hij werd bestormd. "Eén stukje maar, je hebt laatst van mij ook gekregen." Of: "Volgende keer als ik bestel krijg je een kwart van mijn pizza, ik zweer het. Eén stukje maar." Je moest de andere kinderen iets geven, meestal was de helft van je pizza al weg voordat je eraan kon beginnen, want de volgende keer was je *weer* op *hun* ruimhartigheid aangewezen. Daardoor was niemand daar ooit verzadigd. Er zit een honger in me die nooit is gestild. Een negen jaar durende geeuwhonger en hoeveel pizza's ik tegenwoordig ook eet, het is nooit genoeg.'

Alva nam een klein slokje. 'Ik moest net weer aan je mail denken.' Een geamuseerde blik. 'Wil je echt nog steeds kinderen?'

Ik knikte. 'Ja, ik zou het beter willen doen dan mijn eigen vader.' Zelfs in die losse sfeer begon mijn stem te trillen. 'Nee, beter dan allebei. Ik zou gewoon willen blijven leven en er altijd zijn. Als de kinderen naar school moesten, als ze in de puberteit kwamen, als ze verliefd werden, als ze volwassen werden. Dat zou ik van ze willen meemaken, ik zou willen weten hoe het is als ze daar niet alleen mee zijn.'

Ineens werd Alva serieus. 'Hoe was dat eigenlijk voor jou toen je met je broer en zus op het internaat terechtkwam? Dat heb ik me vaak afgevraagd. In één klap al je oude vrienden kwijt, je thuis, je alles. Die eerste reis naar dat tehuis moet verschrikkelijk zijn geweest.'

Ik dacht na. 'Eerlijk gezegd weet ik daar niets meer van.'

'Maar zoiets vergeet je toch niet.' Ze wees naar de plaat van Nick Drake. 'Dat je dit nog wist... Dan moet je je dat toch ook herinneren.'

'Het interesseert me niet meer. We waren gewoon ineens op dat internaat – en hoe we daar gekomen zijn... Geen idee.'

Alva was teleurgesteld. 'Ik zat nog maar een paar maanden op die school, we waren toen pas verhuisd. In elk geval moest ik voor de eerste dag bijna overgeven. Ik herinner me nog elke seconde van die dag.'

Dat was nieuw voor me, ik had altijd gedacht dat ze al vanaf het begin op onze school had gezeten. Wat hadden we elkaar in die tijd eigenlijk weinig echt belangrijke dingen verteld.

Ik dacht nog eens na, maar er kwamen geen beelden van de reis naar het internaat boven, hoogstens fragmenten die meteen weer oplosten. Verdwenen plekken in het vaak bereisde landschap van het verleden.

We keken elkaar aan met het gevoel dat we alles hadden gezegd, behalve de dingen die we absoluut wilden verzwijgen.

'Waarom werk je niet?' vroeg ik opnieuw.

Alva aarzelde en streek haar haar naar achteren. En pas toen zag ik de twee fijne lijntjes in haar hals, vlak onder haar linkeroor. Twee lange strepen. Ik wilde er met mijn vinger langs strijken en kon me maar nét beheersen.

'Hoe komt dat?'

Ze keek me geschrokken aan en liet haar haar meteen weer over haar oor vallen. Zenuwachtig dronk ze haar glas leeg en voor het eerst die avond verscheen er weer iets donkers, bijna afwezigs in haar blik.

'Daar praat ik liever niet over,' zei ze zacht. En aan de manier waarop ze haar glas neerzette, aan het zachte gerinkel, hoorde ik dat de betovering van de avond verbroken was, dat de tijd voor ons niet meer achterwaarts, maar weer vooruit liep.

Alva keek op de klok. 'Wanneer ging je trein ook weer?'

Ik had de volgende ochtend een bespreking. Ze bracht me naar het station en in de taxi zeiden we geen woord. Alles was zo snel gegaan en nu had ik niet eens gevraagd of zij nog kinderen wilde. En waarom ze ineens zo gespannen was.

Toen stonden we al op het perron. 'Kom je me eens in Berlijn opzoeken?'

Dat leek ze eerst een leuk idee te vinden, maar toen kreeg haar gezicht iets afstandelijks.

'Ik weet niet of je het al had gehoord, maar ik ben getrouwd.'

Even kreeg ik geen lucht, ik keek naar mijn handen en zag alles alleen nog vertraagd. Pas nu besefte ik dat ik nooit van plan was geweest de laatste nachttrein te nemen, dat ik helemaal nooit meer terug wilde.

Toen ik weer naar Alva keek, haalde ze iets uit haar tas.

'Ik heb trouwens ook een cadeautje voor jou. Ik wist alleen niet wanneer ik het moest geven. Het is van mijn man en mij.'

Een pakje in de vorm van een boek. Ik nam het aan, maar maakte het niet open. En toen omhelsde ik haar gewoon. Alva legde haar handen op mijn rug en ineens drong tot me door hoe uitgehongerd ik al die jaren was geweest. Ze liet me niet los of ik haar niet. Ik geloof dat we wel een volle minuut roerloos omstrengeld op dat perron hebben gestaan en ik werd me ervan bewust dat we elkaar na die avond nooit meer zouden zien. Omdat mijn tijd met haar onherroepelijk in het verleden lag en omdat ik dat niet kon verdragen.

Toen ik in de trein stapte, wilde ik niet dat ze mijn gezicht zag. Ik gooide mijn jas en haar cadeau op een bank, herpakte me een beetje en keek naar mijn medepassagiers, die met elkaar praatten of een krant opensloegen of een laptop openklapten.

Vlak voor het laatste fluitsignaal ging ik nog één keer naar haar toe. Ik voelde haar hand op mijn arm.

'Het allerbeste, Jules.'

Ik knikte. 'Voor jou ook.'

De deuren gingen dicht. Door de krassen op de ruit heen zag ik dat ze me een knipoog gaf. De trein zette zich al in beweging en terwijl ik weer naar mijn plaats liep, trok het station aan me voorbij.

Ik dacht aan de bespreking van de volgende dag, aan het contract dat ik voor een muzikant moest opstellen en toen weer aan Alva zoals ze op het perron had gestaan. Er schoot een onverwachte pijnscheut door me heen. Ik deed mijn ogen dicht. Het was nacht en ik rende door golvende tarwevelden het donker in. Onder het lopen werd ik steeds lichter en ineens steeg ik op. Ik voelde de wind, spreidde mijn armen en ging steeds sneller. Onder me het bos, boven me het niets. Ik wervelde door de lucht en ik vloog weg, steeds verder, alsof ik naar huis vloog.

De vlucht van de tijd

(2005-2006)

IK PAKTE ALVA's cadeau niet uit. Na de ontmoeting in München was de stille hoop die ik al die jaren met me had meegedragen uitgeblust. Vanaf dat moment trad ik mijn lot onverschillig tegemoet en er volgde een betekenisloze tijd, wegwerpbaar als een prop papier.

Pas tweeënhalf jaar later hoorde ik weer iets van haar. Inmiddels was ik al een tijd samen met Norah, een vroegere collega. Ze kwam uit Bristol en was een hypochonder, net als ik; we zapten allebei meteen weg als er iets over ernstige ziekten op tv kwam. Ze was niet verbaasd dat ik mijn jeugd in een tehuis had doorgebracht: 'Toen ik voor het eerst zag hoe je bij het eten alles als een gek naar binnen propte, dacht ik meteen: gevangenis of internaat.' Ze moest voor een stage van drie maanden terug naar Engeland en had daarvoor een paar keer laten doorschemeren dat ze verliefd op me was. Ik beantwoordde haar liefde niet in dezelfde mate, maar dat leek me niet meer zo belangrijk.

Bij het label was ik inmiddels opgeklommen tot hoofd van de afdeling A&R en ik reisde heel Europa door om acts te zien die een veelbelovende demo hadden ingestuurd. Het was een bevoorrechte positie en er waren jongere collega's die het niet met mijn promotie eens waren. Waarom mag Jules dat allemaal doen, vroegen ze, en ze beweerden dat ik een anachronisme was en veel te onderkoeld. Maar mijn baas steunde me en de acts die ik contracteerde hadden inderdaad succes. Ik koos nooit artiesten die alleen maar bijzonder getalenteerd waren, want daarvan waren er onvoorstelbaar veel. Ik zocht bands en zangers die het wilden. Die het meer wilden dan ik destijds als fotograaf. Ik was ervan overtuigd dat je jezelf kunt dwingen creatief te zijn, dat je aan je fantasie kunt werken, maar niet aan je wil. Het echte talent zat hem in dat willen. Tegenwoordig weet ik zeker dat het die gedachte was waar mijn jongere collega's zich het meest aan stoorden.

Liz en Toni waren ondertussen goede vrienden geworden; mijn zus ging vaak met hem naar de vlooienmarkt, ging naar zijn goochelshows en liet zich uitnodigen voor ritjes op de motor. Er was maar één onderwerp waar nooit over gesproken werd.

'Hebben jullie eigenlijk iets met elkaar?' had ik haar een keer gevraagd.

'Klets geen onzin. Toni is veel te klein.'

'Hij is maar een paar centimeter kleiner dan jij, is dat echt allesbepalend? Ben je zo oppervlakkig?'

Ze had me aangekeken alsof ik volslagen wereldvreemd was. 'We hebben in elk geval niets met elkaar, hij zorgt gewoon voor me.'

Ik wist dat Liz op een nacht iets had geslikt waar ze niet goed op reageerde. 'Een incidentje', noemde ze het zelf. Ze kon mij niet bereiken en had in haar wanhoop Toni gebeld, die meteen was gekomen. Hij had de hele nacht op een stoel naast haar bed gezeten.

'En op een gegeven moment heb ik toen gezegd dat ik van haar hield, altijd al,' vertelde Toni me later. 'Toen zei ze dat ze dat al wist. Ik heb gezegd dat ik niets verwachtte, maar alleen duidelijkheid wilde.' Hij lachte. 'Voor mij zou het genoeg zijn om in de toekomst een beetje op haar te passen, zei ik toen. En zal ik je eens wat vertellen?' Hij keek me aan. 'Ik heb er echt genoeg aan. Ja, natuurlijk zou ik wel meer willen, maar zoals het nu is, is het ook goed.'

'Mag ik je over een paar maanden citeren als ze een nieuwe vriend heeft?'

'Liever niet.'

Ondertussen had Liz een vaste aanstelling als docent aan een gymnasium. Op een avond aan tafel vertelde ze over een leerling die haar stiekem liefdesbrieven schreef. 'Een van de allerslechtsten van de klas,' zei ze. 'Hij schrijft 'gevoelens' altijd verkeerd, zonder de n. Schattig hè.' Ze glimlachte kinderlijk bedeesd.

Die glimlach herinnerde me aan een lang vergeten voorval.

Ik moest weer aan Alva denken en aan onze afspraak in München. Eerst dacht ik aan een sentimentele terugval, maar toen begreep ik dat niet Alva zelf in mijn hoofd was opgedoken, maar het antwoord op een vraag die ze me toen stelde: hoe het voor mijn broer, mijn zus en mij was toen we na de dood van onze ouders voor het eerst naar het internaat reden.

Net als bij een polaroid die zich ontwikkelt, doemde het beeld langzaam op uit het witte niets.

Meer dan twintig jaar geleden, in de tunnel van het verleden, zat ik in de auto op de achterbank naast mijn broer. Tante Helene zat achter het stuur met Liz naast zich. Het vooruitzicht in een tehuis te gaan wonen drukte de hele reis op me. Steeds weer moest ik aan de crematie van mijn ouders denken. Aan de twee kleine kuiltjes waar hun urnen in waren gezakt.

Buiten trokken kale winterlandschappen voorbij, het laatste licht van de dag verdween. En midden in die sombere sfeer begon mijn zus ineens met ons nieuwe thuis te dwepen.

'Ik durf te wedden dat ze daar schooluniformen hebben,' zei ze. 'Een bloesje en een rok voor de meisjes en een pak met das voor de jongens.'

'Ik hou niet van pakken,' had Marty gezegd. 'En ook niet van dassen.'

'En er is daar vast een enorme eetzaal,' ging Liz door. 'Een zwembad is er waarschijnlijk ook. En sportvelden om te tennissen of zelfs te cricketen.'

'Ik hou niet van cricket,' zei Marty, die nu al weken al zijn zinnen begon met 'Ik hou niet van...'. 'Hoe kom je trouwens bij cricket?' vroeg hij. 'Dat doen ze toch alleen in Engeland en in India.'

Maar Liz was al veel verder en toverde ons prachtige slaapzalen voor en goed geoutilleerde gemeenschappelijke keukens. Op het moment zelf was ik verwonderd, maar nu, decennia later, begreep ik dat ze gewoon bang was. Op een servetje schreef ze een laatste keer haar naam. *Liz, Liz, Liz.*

De eerste verwijsborden naar het internaat verschenen. Ik stelde me voor hoe de andere leerlingen de eerstkomende dagen naar me zouden kijken en mijn maag trok samen.

'Het wordt geweldig,' zei mijn zus weer. 'Denken jullie ook niet?'

'Nee!' Marty poetste zijn bril en wierp me een bezorgde blik toe.

Ook onze tante, die het tehuis voor ons had uitgezocht, probeerde ons moed in te spreken. 'Als kind wilde ik altijd naar kostschool. Maar het mocht nooit. Het wordt vast reuzeleuk.'

'Precies, reuzeleuk,' zei Liz onnozel. 'We zijn er zo. Ik kan haast niet wachten.'

Toen we aankwamen en de slecht onderhouden, armoedige internaatsgebouwen, waar nog maar achter een paar ramen licht brandde, in het donker zagen opdoemen, verstomde zij ook.

Uit de auto zag ik de directrice van het tehuis met mijn tante praten terwijl mijn broer en zus hun spullen uit de kofferbak sjorden en onzeker op het parkeerterrein rondhingen. Ik stapte ook uit en wilde met mijn koffer naar hen toe, maar de directrice zei dat de vijfde- en zesdeklassers, waar ik bij hoorde, in een apart gebouw sliepen. Voordat ik begreep dat ik van nu af aan gescheiden van mijn broer en zus zou moeten leven, zag ik Marty en Liz hun spullen oppakken en na een kort afscheid in het grootste van de twee gebouwen verdwijnen. Bij de deur keek mijn zus nog één keer om met een blik waarin alles wat later zou gebeuren al te zien was. Ze kon nog net een glimlachje opbrengen, kinderlijk beschroomd, en toen was ze weg en het zou jaren duren voordat ze weer terugkwam.

*

In de late herfst van 2005 ging ik na een concert in Beieren bij mijn broer op bezoek. Met Elena en haar neefjes en nichtjes gingen we naar de kermis. De middagzon strooide een gouden licht uit over de draaimolens en de kraampjes, overal klonk dreunende muziek en geroezemoes van stemmen en we werden omringd door de geur van gebrande amandelen. Marty vertelde dat boeken binnenkort alleen nog elektronisch gelezen zouden worden.

'Dat is toch waardeloos,' zei ik, 'dan wordt de werkelijkheid helemaal leeggehaald. Boeken, platen en films worden weggegooid en naar een wereld gedigitaliseerd waar je niet in kunt. Dan groeien de kinderen van de toekomst op in lege witte kamers.'

'*White Wall Kids*,' zei mijn broer. 'Ook een goeie naam voor een band.'

Ik fronste mijn voorhoofd. 'Vroeger moest je wachten tot je rolletje ontwikkeld was. Maar niet alleen de foto's waren zo fijn, ook de voorpret van het wachten totdat je ze in handen kreeg.'

'Ja, opa,' meesmuilde Marty. 'Je kunt de klok niet terugzetten.'

Ik maakte een wegwerpend gebaar. Maar iets aan ons gesprek bleef me dwarszitten, als een klein sneetje in je vinger dat je pas even later voelt. Het was de zin: 'Je kunt de klok niet terugzetten' die me bleef bezighouden.

'Alles oké?' Marty stootte me aan. 'Je kijkt zo bedrukt.'

'Ja hoor, alles oké.'

'Ik weet niet,' zei hij. 'Binnenkort word je drieëndertig en ik ben weleens bang dat de tijd je door de vingers glipt. Laatst zei je dat je de pest aan je werk hebt.'

'Ik zei dat ik er niet eeuwig mee door wilde gaan. Nou en? Alles is goed. Maak je alsjeblieft niet aldoor zorgen over mij.'

Misschien zei ik dat laatste iets te hard.

'Verdomme, Jules, ik wil helemaal geen ruzie met je. Maar ik wil ook niet dat je op een gegeven moment wakker wordt en merkt dat je eind veertig bent en dat al je kansen verkeken zijn. Je leeft nog steeds in een droomwereld.'

Hij pakte me bij mijn schouder. 'Je moet het verleden eindelijk eens vergeten. Weet je wel hoeveel mensen er slechter aan toe zijn dan wij? Jouw kinderjaren en de dood van onze ouders zijn jouw schuld niet, daar kon je niets aan doen. Waar je wél iets aan kunt doen is het effect dat die dingen op je hebben. Jij bent als enige verantwoordelijk voor jezelf en je leven. En als je nu blijft doen wat je altijd hebt gedaan, krijg je ook alleen wat je altijd al gekregen hebt.'

Ik zweeg en de resterende minuten in de drukte bleef ik op mezelf. Toen zag ik de Kop van Jut. En toen overviel het me ineens. Zonder na te denken betaalde ik, pakte de hamer en liet hem met al mijn kracht op de zwarte stip neerkomen. De metalen kogel sprong omhoog, maar kwam niet verder dan tachtig procent.

Nu haalde ik alles uit de kast, al mijn opgekropte woede en frustratie, en sloeg nog een keer. Ditmaal haalde de kogel maar vijfenzestig procent.

Een blikken clownsstem uit het apparaat lachte me uit. 'Hebben we niet meer in huis?'

Ik sloeg weer toe. Zeventig procent.

'Is dat alles?' vroeg de schrille automatenstem met een hees lachje.

En weer sloeg ik met de hamer op het zwarte stipje, en nog een keer en nog een keer, maar alles wat ik in me had was te weinig, gewoon te weinig, en de kogel kwam nooit bovenaan.

Die avond maakte ik het cadeau van Alva open.

*

Het was een witte paperback. *Der verwandelte Gedanke und andere Erzählungen* van A.N. Romanow. Een nostalgisch cadeau, net als mijn Nick Drake-album, Romanow was in onze schooltijd een van onze favoriete schrijvers.

Eerst las ik Alva's opdracht, die ze vrij kort had gehouden. Haar man had er kennelijk ook nog iets onder geschreven.

Beste Jules,
Van mijn vrouw heb ik veel goeds over je gehoord.
Ik wens je veel leesplezier.

Hartelijke groet,
Alexander Nikolaj

Ik las de zinnetjes telkens opnieuw. Was dat echt mogelijk? Ik herinnerde me het enthousiasme waarmee Alva me in het internaat over de korte verhalen van Romanow had verteld. De eerbiedige klank in haar stem als ze me een passage voorlas. Waarom had ze die keer in München niet verteld dat ze met hem getrouwd was? Had ze me de vernedering willen besparen omdat ik nog niet boven zijn enkels uit kwam?

Ik reed op mijn Vespa de stad uit. Tegen het invallen van de avond, in het blauwe uur, kreeg de omgeving iets mysterieus, iets lokkends. Het licht leek wel van een andere wereld. Alleen het doffe rumoer van de stad was in de verte nog te horen en hier, buiten, helemaal alleen, werd ik me er scherp van bewust dat ik mijn tijd had verspild; het deed lichamelijk pijn. Me druk gemaakt over minuten als ik een bus moest halen, maar jaren vergooid door niet te doen wat ik wilde.

Die nacht nog schreef ik in een luchtig mailtje aan Alva en haar man dat ik het boek met een vertraging van maar een paar jaar eindelijk had gelezen en erg blij was met het cadeau en de nogal verrassende opdrachten. In tegenstelling tot de vorige keer schreef Alva meteen terug. Ze besloot:

Mijn man en ik zouden het heel leuk vinden als je een keertje langskwam. We wonen tegenwoordig in een chalet bij Luzern, waar je altijd welkom bent.

Ik hoop dat we elkaar nog eens zien,
Alva

Haar prompte antwoord en de meteen herhaalde uitnodiging grepen me aan. Ik hoopte weer zoals ik op mijn vijftiende had gehoopt. Op mijn dertigste had gehoopt. Maar tegelijk voelde ik dat ik die geschiedenis eindelijk moest afsluiten als ik niet de rest van mijn leven schimmen wilde blijven najagen. Het telefoontje van Norah kwam als geroepen. Ze zei dat ze zich erop verheugde me binnenkort weer te zien en dat ze een verrassing voor me had. 'Zet je maar schrap,' zei ze alleen. '*You will like it.*' Toen ik had opgehangen bedacht ik hoe graag Norah met me danste en dat ze uit Engeland altijd scones voor me meebracht, die ik zo lekker vond, en ik dacht aan haar mooie gezicht met het minuscule moedervlekje op haar bovenlip dat ze voor de grap Simon noemde. Weer werd ik me ervan bewust dat ik haar leuk vond, dat ik haar de afgelopen maanden had gemist, dat ze echt was. Een mens voor wie ik iets betekende.

Mijn besluit nam ik na een gesprek met Toni. Hij had een appartement in de buurt van de Oranienburger Straße. In de woonkamer stond een enorme biljarttafel, in de hal hingen ingelijste foto's van Will Steacy en litho's van Rothko, zijn werkkamer stond vol stellages met gereedschap, lichtgeneratoren, slijpmachines, soldeerapparaten en andere spullen die hij nodig had voor zijn trucs. In zijn nieuwste nummer gebruikte hij op het toneel een groene laserstraal, die hij verboog of in de knoop legde en waar hij met zijn hand doorheen ging om er op onverklaarbare wijze een kapstokhaak aan op te hangen die in de lucht leek te zweven, alleen gedragen door het groene licht.

We legden een biljartje, zoals meestal als ik bij hem was. Dat deden we al op het internaat als we bijna elk weekend samen met mijn broer naar De Jackpot gingen. Marty was een van de beste biljarters van onze school; hij leek wel een personage uit een B-film met zijn keu, zijn lange vette haar, zijn sik en zijn lange zwartleren jas. Tegen hem konden we nooit op.

'Ze heeft een vriend,' zei Toni onder het spelen. 'Hij is best aardig.'

'En nu?'

Radeloos keek hij naar de ballen. Toen mikte hij op de gele. 'Ik weet het niet. Ik hou gewoon van je zus, ik ben verliefd op haar. Het deel van mij dat van haar houdt, gunt haar die vriend. Het deel dat verliefd op haar is kan hem wel aan stukken scheuren.'

Hij stootte mis. 'Ik weet wel dat jij je al heel lang afvraagt waarom ik het niet eindelijk opgeef,' zei hij. 'Waarom ik het contact met je zus niet gewoon laat verwateren en een ander meisje zoek om mee te leven, iemand die ook heel leuk is. En dat ik dan soms nog even bij mezelf denk: jammer dat het met Liz niets is geworden, maar dit is ook heel mooi, meer zat er nu eenmaal niet in.' Hoofdschuddend: 'Maar ik kan niet anders.'

'Weet ik.'

'Het zal nooit iets worden, maar misschien zeg ik over een half jaar wel heel iets anders en ga ik mezelf voor de gek houden, maar nu ben ik tenminste eerlijk.' Hij legde zijn keu weg. 'Ik bedoel, als je je hele leven de verkeerde kant uit loopt, kan dat dan niet toch de juiste zijn?'

*

Een dag in januari, grijs, roetkleurig avondlicht viel in de coupé, de wolken kregen een metalige glans langs de rand. De trein minderde vaart, rolde uit en kwam tot stilstand. In Luzern stond Alva al op het perron. Ze gaf me drie kussen op mijn wangen en ging me voor naar haar auto, waar haar man wachtte.

'Niet te geloven dat je echt bent gekomen,' zei ze onder het lopen, waarmee ze samenvatte wat ik dacht.

A.N. Romanow was al zevenenzestig, maar zag er minstens tien jaar jonger uit.

'Alexander,' zei hij en hij gaf me een hand. 'Heel prettig kennis met je te maken.'

Zijn accent was nauwelijks te horen. Romanow was een lange, slanke, gedistingeerde verschijning met golvend grijs haar, die avond nog elegant in het pak met het bovenste knoopje van zijn overhemd open. Zijn hoekige gezicht leek wel gebeiteld, hij had een kwajongensachtig trekje om zijn mond en straalde iets ouderwets mannelijks uit; je kon je niet voorstellen dat hij vroeger een vechtpartij uit de weg zou zijn gegaan of niet wist hoe je een lekke afvoer repareerde.

Alva noemde haar man niet Alexander, maar Sasja, de liefkozende Russische afkorting van zijn naam. Terwijl ze ons naar het chalet reed, vertelde Romanow me over de omgeving. Ik was diep onder de indruk van de sonore stem van de man van wie ik uit zijn boeken zo veel intieme gedachten kende. Romanow was doorgebroken toen hij begin twintig was, een intellectuele dandy wiens romans en novellen in dertig talen waren vertaald. Ondertussen was zijn roem wat verbleekt; die bestond alleen nog op internet, waar ik naast berichten over zijn eerste huwelijk ook verschillende zwart-witfoto's had gevonden, sommige met beroemde kunstenaars uit zijn tijd, andere waarop hij eenzaam rokend voor een club in Camden staat.

Alva en hij woonden sinds twee jaar niet meer in Luzern, maar in een bergdorpje dat Eigenthal heette, aan de voet van de Pilatus. Het was een landelijke omgeving, afgezien van wat boeren en autochtonen woonde hierboven niemand en de meeste vakantiehuizen leken onbewoond. In de verte klonk het melodieuze getoeter van de gele postauto.

We kwamen bij een uitgestrekt landgoed, omgeven door een halfvergane houten afrastering. Het chalet zelf was een imposant gebouw met een stenen fundament; de bovenste verdieping met de dakspanen was van hout. Daarachter strekte zich een tuin uit en een wei die met een dun ijslaagje was overdekt. Een afgelegen plek die nooit helemaal toegang tot de wereld leek te hebben gevonden. Ik zette mijn spullen in de logeerkamer en vroeg me even af wat ik hier eigenlijk deed.

Die avond aten we raclette met aardappels en witte wijn. Op de platenspeler op de ladekast draaide een jazzplaat.

'*Time Further Out*,' zei ik. 'En daarnaar luisteren jullie onder het eten?'

Dat vond Romanow leuk. 'Soms. Vind je het mooi?'

'Mijn moeder hield veel van Brubeck.'

'Ik ken Dave uit mijn tijd in San Francisco. Een heel plezierige man, na een optreden kwamen we vaak in dezelfde bar en we hebben urenlang met elkaar gepraat.'

Alva keek me even aan. 'Je moet weten dat Sasja hem in de jaren zestig voortdurend heeft gestalkt. Hij is hem van concert naar concert achternagereisd. Ooit heeft Brubeck uit medelijden vijf minuten met hem gepraat.'

Romanow legde zijn hand op de hare. 'Ik kan haar nooit meer imponeren. Ik bied haar Dave Brubeck aan, maar zij wil altijd meer.'

Alva streelde vergenoegd over de rug van zijn hand. De vertrouwelijke blikken die ze uitwisselden deden me pijn. Hoe leuk ze zijn karakter vond, zijn ondoorgrondelijke glimlach alsof hij als enige iets grappigs had opgemerkt en dat voor zichzelf hield. Ik stelde me de gelukkige jaren voor die ze met hem moest hebben doorgebracht. Dat ze hem in het begin misschien nog had afgewezen en daarna geleidelijk was ontdooid. Vroeger had ze me vaak boeken van Romanow uitgeleend. Bepaalde passages waren onderstreept, over de dood van zijn vader of over de verlammende angst niet gelukkig te kunnen zijn. En ze bewonderde hem zelfs nu nog, dat zag ik duidelijk.

'Onderweg hierheen heb ik *Ein unbeugsames Herz* nog eens herlezen,' zei ik. 'Naast *The Snows of Kilimanjaro* van Hemingway het beste korte verhaal dat ik ken.'

'Dank je, maar het wordt wel een beetje overschat.' Romanow strooide peper over zijn kaas. 'Je moet niet vergeten dat ik twintig was toen ik het schreef. Dat is nu meer dan... het is lang geleden. Het is niet strak genoeg, kitscherig en vol fouten.'

'Mij heeft het geraakt.'

Romanow keek naar Alva. 'Hoeveel heb je hem betaald om dat te zeggen?'

'Ik heb alle rekeningen leeggehaald.'

Hij gaf me een hand, net als bij het station. 'Jules, dank je voor die woorden.'

Na het eten gingen we in de woonkamer zitten. We dronken

allemaal iets te veel wijn, Romanows wangen werden rood. Opgewekt vertelde hij dat hij zich heel precies kon voorstellen hoe een ziel eruitzag. 'Die is gemiddeld ongeveer vijfentwintig centimeter groot en zweeft op borsthoogte,' zei hij. 'Ze straalt een soort grijsachtig zilveren schijnsel uit en als je haar beetpakt, lijkt het even alsof je met je hand over de fijnste zijde strijkt voordat je erdoorheen gaat alsof het lucht was.'

Later vertelde hij over zijn vriendschap met Nabokov en zijn reis naar China. 'Ik was toen ongeveer zo oud als jij nu en ik ging elke avond met vrienden naar een illegaal casino in Macau.' Hij zette zijn wijnglas neer om met twee handen te kunnen gesticuleren. 'Er hing daar een wonderlijke criminele sfeer, je kreeg allerlei niet mis te verstane voorstellen, er werd geflirt en met misdadigers en louche zakenlieden gepraat. De eerste avond wilden mijn vrienden naar de speelautomaten, maar ik wilde naar de roulettetafels, dus we spraken af dat we elkaar op slag van middernacht bij de wisselbank weer zouden zien. Met een beetje beginnersgeluk won ik de volgende paar uur tweeduizend dollar, voor mij in die tijd een onvoorstelbaar bedrag. Stipt om middernacht stond ik op de afgesproken plek, maar mijn vrienden waren er nog niet.' Romanow nam een slok. 'Onder het wachten viel me op dat er aan één tafel al een stuk of drieëntwintig keer achter elkaar rood uit kwam. Dit is het moment, dacht ik, dus ik ga erheen en zet honderd dollar op zwart. Geen risico. Maar weer rood. Ik zet nog een keer honderd dollar op zwart en voor de vijfentwintigste keer: rood. Om mijn geld terug te winnen zet ik tweehonderd dollar op zwart. Weer rood. Nu moet ik dus vierhonderd dollar inzetten. Weer niets. Achthonderd dollar. Rood. Op dat moment komen mijn vrienden eraan. Ik leen geld en zet tweeduizend op zwart. Tweeduizend! Maar nee, voor de negenentwintigste keer rood. En terwijl ik als een gebroken man het casino uit strompel, hoor ik de croupier achter mijn rug roepen: 'Zwart.'

Eigenlijk geen bijzonder verhaal, maar hij vertelde het met zo'n meesterlijke timing dat je bij de clou toch moest lachen.

Hij haalde een sigaret uit een zilveren etui. 'Mijn sigaret voor het slapengaan. Wil jij ook?'

Ik bedankte en bewonderde de genietende manier waarop hij de rook naar het plafond blies, hoe hij van dat simpele moment genoot. 'Alva zegt dat jullie elkaar al sinds jullie jeugd kennen?'

'Ja, dat klopt.'

'Hoe zijn jullie elkaar uit het oog verloren?'

'Nou...' Een blik op Alva, maar die keek niet op. Een jarenlang verdrongen tafereel kwam me weer in herinnering: een kaal, liefdeloos ingericht huis. Dat ik daar de trap op was gerend en dat het me heimelijk had opgewonden Alva naakt te zien terwijl toch op hetzelfde moment onze vriendschap werd verbroken. En voor de zoveelste keer vroeg ik me af: had haar moeder me bewust naar boven gestuurd?

Romanow keek eerst mij en toen Alva taxerend aan en er verscheen iets melancholieks in zijn blik.

Hij stond op en kwam naar me toe. We waren even groot. 'Je bent nog jong, Jules. Vergeet dat niet. Je hebt nog tijd.' De nadruk waarmee hij het woordje 'tijd' uitsprak, fascineerde me. Hij nam een laatste trek en drukte zijn sigaret in de asbak uit. 'Fijn dat je bij ons bent. Blijf zo lang als je wilt, je zult zien dat je hierboven uitstekend slaapt.' Hij kuste Alva en liep toen met bedachtzame stappen de trap op.

Toen hij weg was, liet ik me op de bank vallen en schonk nog wat Fendant in. 'Ben je zijn groupie?' vroeg ik maar half voor de grap. 'Zijn muze?'

'Waarschijnlijk allebei,' zei ze. 'Zoveel heeft Sasja trouwens al heel lang niet meer gepraat. Ik denk dat hij indruk op je wilde maken. Hij liep zelfs zonder stok, dat doet hij anders nooit.'

'Ik vind hem aardig. Waar heb je hem ontmoet?'

Alva ging op een kastje zitten en trok haar benen op. 'Tien jaar geleden op een symposium in Sint-Petersburg waar ik als student-vertaler werkte. Hij was toen midden vijftig en zag eruit als een acteur, maar hij had ook iets van George Gershwin. Wat me vooral opviel was dat hij uitstekend Duits sprak en dat de vrouwen zich bij bosjes aan hem opdrongen, zoiets had ik nog nooit gezien. Terwijl hij zijn toespraak hield, keek hij de hele tijd naar mij. Ik weet niet, hij had zoiets nonchalants... Dat fascineerde me.'

'Hoe reageerden je ouders? Komen ze hier weleens?'

'Mijn vader komt een paar keer per jaar. Met mijn moeder heb ik geen contact meer. We hebben elkaar sinds mijn eindexamen niet meer gesproken.'

Buiten was het stil, de dichtstbijzijnde buren woonden ver weg, verborgen achter een muur van inktzwarte onweerswolken. Ik keek naar Alva, die de afgelopen jaren nauwelijks was veranderd. Ze had haar bril op en haar rode haar was opgestoken. In haar hals zag ik de twee ivoorkleurige littekens.

Ze gooide haar hoofd naar achteren. 'Ik zal eerlijk zijn. Ik hou van Sasja...' en opeens bedrukt: 'Maar je moet je door vanavond geen zand in de ogen laten strooien. Hij is al in geen maanden buiten geweest en de laatste tijd wordt hij een beetje... vergeetachtig.'

Boven hoorden we het ruisen van de kraan en toen weer voetstappen.

'Vroeger waren we vaak onderweg. Op reis, lezingen, symposia, hij heeft overal ter wereld zo veel vrienden. Maar hij was vooral zo levendig, zo nieuwsgierig. Toen ik hem nog niet kende, dacht ik altijd dat hij zwaarmoedig zou zijn omdat hij zo veel droevige dingen heeft geschreven. Maar hij straalde een kinderlijk optimisme uit dat heel aanstekelijk was. Daarvan hield ik het allermeest.'

Alva schonk onze glazen weer vol. 'Twee jaar geleden is hij heel erg ziek geweest. Hij is helemaal beter geworden, maar sindsdien is hij veranderd. Alsof zijn betovering was vervlogen, alsof hij ineens een gewone oude man was geworden, met alle gewone angsten en eigenaardigheden van dien. Hij zit alleen nog maar boven te schrijven, hij wil met alle geweld zijn boek nog afmaken. Laatst zei hij dat hij het eind voelt naderen. "Het einde is hier in de kamer," zei hij, "voel jij het ook?' Ik heb hem in mijn armen genomen en het gekke was: ik voelde het ook.'

Haar gezicht vertrok en ze stokte even. Toen vermande ze zich en keek me aan. 'Hij weet trouwens dat jij ook schrijft.'

'Maar ik schrijf toch helemaal niet, Alva, hoe vaak moet ik dat nog zeggen? Dat is jaren geleden.'

'Misschien schrijf je niet op papier, maar in je hoofd wel,' zei ze met haar zachte stem en ze raakte mijn arm aan. 'Dat heb je altijd gedaan. Je bent een herinneraar en een bewaarder en dat weet je.'

*

In de verte ligt het Pilatusmassief in het morgenrood. Het ruisen van een beek. Diep inademen, de heldere lucht. In alle vroegte loop ik mijn rondje, langs de rivier, de boerderijen en de bossen. Bezweet en hijgend kwam ik een uur later weer in het chalet aan. Tot mijn verwondering stond Romanow me op de stoep voor de deur op te wachten.

'Zozo, een atleet,' zei hij. 'Mijn vrouw houdt van atleten, maar dat wist je natuurlijk al.'

'Je vrouw houdt vooral van schrijvers.'

Hij pakte me bij mijn mouw. 'Jules, kom even mee.'

Hij bracht me naar zijn werkkamer boven. Het rook naar warm, droog stof. Een groot bureau met een kleine Olivetti, een klein tafeltje in de hoek, een piano, her en der een paar vellen manuscript en een houten crucifix, meer niet.

'Mijn verstand heeft ruimte nodig,' zei Romanow. 'Vroeger stonden hier nog twee boekenkasten, maar toen ging ik lezen in plaats van schrijven, dus die moesten helaas weer weg. Ik moet werken. De tijd vliegt.'

De tijd vliegt, dat leek wel zijn leitmotiv, hij zei het steeds weer. Een keer zei hij dat hij als kind een gedicht had geschreven, 'Zeit, fliegst du davon', maar dat was bij een verhuizing zoekgeraakt. De titel had hij aan een opera van Schubert ontleend, zijn lievelingscomponist, maar dan met een kleine variatie. De eerste regels van zijn kindergedicht luidden:

Zeit, fliegst du davon,
nimmst du mich mit.

Ik wees naar de piano. 'Speel je?'

'Een beetje.'

Romanow begon een van de *Fantastische dansen* van Sjostakovitsj te spelen. Zijn vingers leken zelf te weten wat ze moesten doen en vonden moeiteloos de juiste toetsen. 'Destijds wilde het conservatorium me niet hebben,' zei hij, 'maar ik heb altijd mijn Olivetti nog. Je zou kunnen zeggen dat ik mijn hele leven heb geprobeerd min of meer elegant in de toetsen te grijpen.'

Toen het stuk afgelopen was, sloot hij de klep. Hij leek iets op zijn hart te hebben. Eindelijk wees hij naar het tafeltje in de hoek. 'Als je wilt, mag je hier wel werken of schrijven.'

'Dank je wel, maar ik wil je niet storen.'

'Je stoort niet, integendeel. Vroeger werkte ik altijd graag in de bibliotheek, ik vond het inspirerend andere mensen aan het werk te zien. In het begin zat Alva vaak bij me, maar die is te nieuwsgierig, daar werd ik zenuwachtig van.' Hij keek me aan.

'Dus wat vind je ervan? Ik zou het fijn vinden om wat gezelschap te hebben.'

Het klonk vrij terloops, maar ik merkte dat het in werkelijkheid een verzoek was, dus meteen na de lunch ging ik bij hem in zijn werkkamer zitten. Zijn bureau stond voor het raam, het mijne tegen de muur. Romanow keek uit over het Zwitserse berglandschap, ik op houten balken. Hij had een leren stoel met wieltjes, ik een plastic klapstoeltje. Een duidelijk verschil in klasse.

Eerst redigeerde ik nog een bericht voor mijn label, maar dat viel me zwaar. Uiteindelijk sloot ik het document af en begon in het wilde weg te schrijven. Het had me aanvankelijk absurd geleken om naast een schrijver te zitten die ik vroeger zo bewonderd had, maar nu motiveerde het me. Mijn fantasie was een stilgelegde mijn en nu reed ik op een lorrie naar beneden en stond er versteld van wat je daar nog allemaal uit naar boven kon halen. Meteen vond ik een paar ideeën en opzetjes die jarenlang in me moesten hebben gesluimerd.

Romanow observeerde me.

'Wat is er?' vroeg ik.

'Je schrijft zo snel. Je hakt gewoon op de letters in. *Klak, klak, klak.*'

Een blik op zijn Olivetti: op het witte vel in de rol stonden maar een paar zinnen. Hij had zijn bril opgezet en van inspanning tuitte hij zijn lippen.

'Waar schrijf je over?'

'Over de herinnering. Een roman die uit vijf verhalen bestaat. Ze zijn allemaal met elkaar verbonden en in de kern gaat het erom hoe onze herinneringen ons bepalen en sturen. Het is...' Romanow dacht even na en snoof toen: 'Het is verschrikkelijk.' Hij stond op. 'Zo verschrikkelijk dat ik de schrijfmachine het liefst uit het raam zou gooien. Het is jaren geleden dat ik voor het laatst iets heb gepubliceerd, ik schuif dit boek steeds maar voor me uit.'

Hij liep door de kamer, leunend op een van de wandelstokken uit de mand in de hoek, stokken waarop hij was aangewezen sinds zijn ongeluk bij een bergtocht een paar jaar geleden. Hij tikte tegen zijn voorhoofd. 'Er zit daar gewoon helemaal niets meer. Een leeggevreten provisiekast. Alles staat in mijn gepubliceerde boeken, op verfrommelde vellen papier, in uitgesproken woorden. Ik kan...'

Hij leek midden in de zin te zijn vergeten wat hij wilde zeggen. Abrupt wendde hij zich af. Nu pas hoorde ik het tikken van de klok die in de hoek aan de muur hing.

'Toen ik zo oud was als jij, Jules, schreef ik ook zo veel. Klak, klak, klak,' zei hij weer. 'Ik was zo zorgeloos. Ik dacht dat het altijd zo zou blijven. Maar het werd steeds minder. Daar moet ik mee leren leven. Maar dat kan ik niet. Niet zolang jij *Ein unbeugsames Herz* mijn beste verhaal vindt. Dat heb ik op mijn twintigste geschreven, tussen neus en lippen door.'

Hij zweeg even. En toen kwam het verschrikkelijke moment dat hij ineens van onderwerp veranderde en het verhaal over het illegale casino woord voor woord herhaalde.

*

De eerste dagen met Alva gaven me het gevoel dat ik na een lange reis thuiskwam. De ogenblikken uit onze jeugd betekenden zoveel meer voor me dan alles wat daarna was gebeurd, ieder gesprek met haar, elke blik, zelfs elke teleurstelling van toen rees als een monoliet op in mijn herinnering. En nu was ik weer bij de bron. Zoals we in de keuken zaten, wijn dronken en dolden, door het bos liepen zonder een woord te zeggen, onhandig iets op de piano speelden, als ik haar verhalen over mijn broer en zus vertelde, of als we ’s nachts op de bank in de woonkamer muziek luisterden en Alva tegen me aan leunde; op al die momenten zag ik bijna letterlijk hoe ons verleden zich weer teder met ons heden en onze toekomst verstrengelde.

Op de derde dag gingen Alva en haar man ’s morgens vroeg naar de stad. Toen ze weg waren, liep ik naar de tweede verdieping. Ik zag dat ze elk in hun eigen kamer sliepen. Er hing een scherpe geur van kruiden, zalfjes en medicijnen op de etage. Alva had me verteld dat Romanow sinds zijn prostaatoperatie zware medicatie nodig had. Zijn kamer deed denken aan de opslag van een antiquair, op het nachtkastje zat – naast een Aziatische mandlamp, een globe en een paar schriften – een grijs geworden speelgoedkonijn. Alva’s kamer deed eerder provisorisch aan: een rond bed waarnaast de boeken tot heuphoge torentjes gestapeld waren; de dracaena en de yucca voor het raam kwamen bijna tot het plafond.

Ditmaal koos ik bij het hardlopen een pad door het natte, met naaldbomen bezaaide bergland. Het wandelpad liep hoger en hoger, helemaal tot boven aan de Chräigütsch. Een ijzige wind gierde over de velden beneden.

Toen ik weer bij het chalet aankwam, stond niet Romanow, maar Alva me bij de deur op te wachten. ‘Ik zag je uit het raam aankomen,’ zei ze. ‘Wie had gedacht dat ik jou nog een keer zou zien hardlopen?’

Na een laat ontbijt gingen we samen wandelen. Het chalet grensde aan een bosje, de bomen stonden zo dicht bij elkaar dat je de lucht niet meer zag en het bos leek wel een lommerrijke, magische onderwereld. Alva liep vlak naast me en haar gezicht was rood van de kou.

‘Ik heb de laatste jaren vaak aan je zus gedacht,’ zei ik na een tijdje, ‘aan haar jasje dat ze gevonden hadden. Ik wou dat je het eerder had verteld, dan had ik je veel beter begrepen.’

Alva zweeg. Ze raapte een steen op en keek ernaar alsof het iets kostbaars was.

'Het was te veel om allemaal te vertellen.' Ze gooide de steen weg. 'Toen mijn zus pas was verdwenen, is mijn vader bijna doorgedraaid. Voor hem was het nog het ergste dat er helemaal geen sporen op dat jasje zaten. Hij zegde zijn baan op, deed mee aan alle zoekacties en ging op eigen houtje met getuigen praten. Hij sliep bijna niet en toen hij niet meer kon, heeft hij zich in een kliniek laten opnemen. Mijn moeder heeft een paar weken alleen maar gehuild en daarna heeft ze er nooit meer iets over gezegd. Alsof Phine nooit had bestaan. Ze heeft haar gewoon doodgezwegen.'

Haar stem werd zachter. 'Mijn ouders maakten alleen nog maar ruzie. Na de scheiding zijn mijn moeder en ik naar een ander dorp verhuisd, vrij ver van ons oude huis. We hebben het nooit aan iemand verteld. Ik had in die tijd depressies en ook zelfmoordgedachten. Maar dan dacht ik altijd: en als Phine nou toch nog terugkomt en ik ben er niet meer?'

Ik wilde haar in mijn armen nemen, maar ze ontweek me. We kwamen langs een bevroren wei. Even kwam ik in de verleiding het schrikdraad aan te raken.

Ze pakte me bij mijn schouder. 'De anderen in de klas hadden geen idee wat ik had meegemaakt, die hadden het alleen maar over de vakantie en over hun ouders en ze leken allemaal zo gelukkig. Alleen jij...' het ging dwars door me heen, 'alleen jij leek niet gelukkig. Daarom ben ik toen naast je komen zitten.'

We zetten koers naar een zomerschuur met de wonderlijke naam Unterlauelen.

'Dan ken je dus dat gevoel,' zei ik rustig, 'dat je leven al vanaf het begin ergens door vergiftigd was. Net alsof je een zwarte vloeistof in een bak schoon water giet.'

'Ik dacht dat reizen wel zou helpen. Na school ben ik een half jaar naar Nieuw-Zeeland gegaan en toen naar Rusland. Later, met Sasja, ben ik overal geweest. Maar het helpt niet.'

'Literatuur wel?'

'Soms wel.'

'En A.N. Romanow?'

Ze glimlachte. 'Ook soms. Ik heb eigenlijk altijd alleen maar gelezen om te vluchten, om me door een paar zinnen of een verhaal te laten troosten. Vroeger wilde ik graag een romanpersonage worden. Onsterfelijk zijn en eeuwig in een boek leven terwijl iedereen daarbuiten me kan lezen en observeren. Idioot, ik weet het.' Met een gegeneerde blik: 'Hoewel, als ik eerlijk ben zou ik nog steeds het allerliefst een romanpersonage zijn.'

En toen begreep ik waarom ze me naar Zwitserland had gelokt: ze voelde zich bekocht. Waarschijnlijk was een van de redenen waarom ze met Romanow was getrouwd dat hij twee van haar lievelingsdrugs kon maken: optimisme en mooie woorden. Maar inmiddels was de bijna zeventigjarige leverancier onbetrouwbaar geworden. Ik stelde me voor hoe Alva de afgelopen paar jaar in de bergen had geleefd. Een vereenzaamde satelliet in een baan om de werkkamer in het chalet waar haar man zich steeds vergeefser aftobde achter de schrijfmachine en nauwelijks nog met haar sprak.

In de zomerschuur gingen we aan een tafeltje zitten. Ze vertelde over haar vader, van wie ze op haar achttiende verjaardag de rode Fiat had gekregen; hij was inmiddels een hartstochtelijk bergbeklimmer geworden. 'Hij moest wel lachen toen hij hoorde dat zijn schoonzoon tien jaar ouder is dan hij.'

'Hoe gaat het met hem?'

'Heel goed, geloof ik. Hij werkt weer, als internist in een groepspraktijk. Hij vond het altijd heerlijk met zijn patiënten te praten en als kind ging ik hem vaak in de praktijk opzoeken.'

'Vroeger vertelde je nooit over hem.'

Ze staarde naar haar bord. 'Toen mijn moeder de voogdij kreeg, is mijn vader naar Augsburg verhuisd. In het begin ging ik nog om het andere weekend naar hem toe, ik had een eigen kamer bij hem, hij gaf me boeken en maakte trektochten met me. Maar toen was er ineens jarenlang geen enkel contact meer. Ik dacht dat dat mijn schuld was, dat ik hem misschien te veel aan mijn zusje deed denken, maar toen ik achttien werd, kwam hij me opzoeken en hebben we gepraat. Ik was zo blij dat ik hem terug had! Pas toen heb ik gehoord dat mijn moeder me zijn brieven nooit had gegeven. Tegen hem had ze gezegd dat ik hem niet meer wilde zien.'

'Waarom?'

'Dat weet ik niet. Ze had altijd iets meer van Phine gehouden en is nooit over dat verlies heen gekomen. We hadden vaak ruzie. Zeiden verschrikkelijke dingen tegen elkaar. Ze was zo kil tegen me, ik was blij dat ik eindelijk weg kon. Ik had gedacht dat het daarbij zou blijven, maar een paar jaar geleden heeft ze mijn vader een brief voor mij gestuurd. Zonder afzender. Ze woont inmiddels in het buitenland, maar daar schreef ze weinig over. Het was in elk geval een mooie brief, een soort afscheid.'

Ze schudde haar hoofd. 'Ik wou alleen dat ze dat allemaal veel eerder tegen me had gezegd. Ik vond het leven zo verschrikkelijk. Ik had het gevoel dat ik onmogelijk iets waard kon zijn als mijn zus verdwenen was en mijn moeder nog steeds niet van me hield. Ik wilde iemand worden die dat verdiende.'

Er blonken tranen in haar ogen. Ik boog me naar haar toe en omhelsde haar.

'Blijf je nog een tijdje?' vroeg ze vlak bij mijn oor. Ik zag haar smekende blik en begreep misschien nog wel eerder dan zij hoe diep haar vraag doordrong.

Ik had twee aanloopjes nodig om tot verbijstering van mijn baas mijn baan op te zeggen. De eerste keer dat ik belde, deed ik alsof ik longontsteking had, maar omdat ik nooit goed heb kunnen liegen, zei ik de tweede keer dat ik niet meer naar kantoor kwam. Tegen mijn natuur in dacht ik geen ogenblik aan de mogelijke gevolgen. En ik schreef op een heel liefdevolle mail van Norah terug dat ik haar voorlopig niet kon zien. Daarna heeft ze me nog een paar keer geschreven en gebeld en mijn voicemail ingesproken, maar ik heb niet meer gereageerd.

Binnen een paar dagen had ik een streep onder mijn oude leven gezet. En dat zonder dat ik wist hoe ik me de toekomst met Alva voorstelde. Ik wist alleen dat ik haar niet nog een keer kon laten gaan. Dat ik niet mijn hele leven wilde boeten voor de fouten die ik als jongen had gemaakt.

'Ik zeg het niet graag nog een keer, maar je kunt het verleden niet terughalen of veranderen,' zei mijn broer aan de telefoon.

'Ja hoor, dat kan best,' zei ik.

*

Ik zat al een paar uur in de huiskamer te internetten toen het me opviel dat Alva niet in huis was. Ik had eerst gedacht dat ze boven bij Romanow zat, maar ik miste haar voetstappen en het geruis van de kraan dat om deze tijd door het gehorige chalet klonk. Ik bleef nog een tijdje in de huiskamer zitten voordat ik naar bed ging. Het was eind februari en buiten sneeuwde het hard. Om zes uur 's ochtends werd ik wakker van de voordeur die in het slot viel. Toen ik Alva later vroeg waar ze al die tijd had gezeten, haalde ze haar schouders op en keek ze me aan alsof ze niet begreep waar ik het over had.

Ook haar passie voor tuinieren was nieuw voor me. Toen het voorjaar werd, was ze urenlang bezig met groente kweken of planten verpotten en begieten, en als ze weer binnenkwam, had ze zwarte nagels en was ze gelukkig. Het chalet was daarentegen het rijk van Romanow en als je dat met een geluid moet omschrijven, dan denk ik aan het langzame, onvermoeibare getik van zijn schrijfmachine.

Op een dag pakte hij ineens zijn wandelstok en daagde me uit voor een duel. Ik pakte ook een van zijn wandelstokken en zo schermden we even. Toen ik er iets over zei, antwoordde hij laconiek: 'Veel zei men, maar het beste daarvan was, dat hij een kind en ook een man was!'

Het schermen had hem duidelijk uitgeput, hij ging op zijn stoel zitten en wiste het zweet van het voorhoofd. 'Wat doen je ouders eigenlijk, Jules?'

'Die zijn bij een ongeluk omgekomen toen ik tien was.'

'Ach, wat verschrikkelijk.'

Ik maakte een wegwuivend gebaar. 'En jouw ouders? Hoe waren die?'

Hij vertelde over zijn moeder, een dichteres uit een oude Sint-Petersburgse familie. 'Ze hield veel van Duitse literatuur en de Duitse taal, dus we hadden altijd een Duits kindermeisje. Mijn vader kwam uit een eenvoudiger milieu in de omgeving van Jekaterinenburg. Een dromerige *moezjik* die altijd grootse zakelijke ideeën had zonder er ooit een met succes in de praktijk te brengen. Ook hij is als kind met zijn familie voor de Oktoberrevolutie gevlucht. Hij heeft mijn moeder in Amerika ontmoet en later zijn we in Nederland gaan wonen. Daar heeft mijn vader zich ook een kogel door zijn kop gejaagd.'

Ik keek hem vragend aan.

'Gebrek aan succes,' zei hij. 'Hij had weer eens een bedrijf de vernieling in geholpen, we wisten niet meer hoe het verder moest en we stonden letterlijk op straat. Dat was zijn schuld. Toen besloot hij er een eind aan te maken. Sommige van onze kennissen vonden dat laf, maar ik vond het consequent.' Hij zocht mijn blik. 'Een zoon heeft altijd instinctief een goede band met zijn moeder, maar zijn vader houdt hij in de gaten, hij wantrouwt en bewondert hem, hij meet zich aan hem af. Ik denk al mijn hele leven over hem na.'

'Ik heb mijn vader nauwelijks gekend,' zei ik. 'Ik vraag me vaak af hoe onze band zou zijn geweest als hij was blijven leven. Zouden we veel contact hebben gehad? Zouden we misschien zelfs met elkaar bevriend zijn? Ik had graag eens met hem in een kroeg zitten praten, allebei volwassen. Er is gewoon helemaal niets. Geen gesprekken, geen gedeelde momentjes, geen vader-en-zoondingen. Pas toen ik twintig was, kreeg ik door dat ik me verkeerd schoor. Ik stond met mijn huisgenoot in de badkamer. "Onder je kin altijd omhoog," zei hij. Dat had ik nooit geweten.'

Ik ging op een stoel naast Romanow zitten. Hij gaf me een klopje op mijn schouder. 'Je bent een goeie kerel, Jules. Ik weet zeker dat je vader je aardig zou hebben gevonden.'

Ik werd verlegen. 'Hoe ben je eigenlijk in Zwitserland terechtgekomen?'

'Hoe ik hier terecht ben gekomen? Mijn eerste vrouw kwam hier vandaan en ik vond het hier al op het eerste gezicht fijn, en bovendien wilde Alva na al die jaren in het buitenland weer terug. Ik eerlijk gezegd ook. Na de perestrojka ben ik naar Rusland gegaan, maar daar heb ik me nooit zo thuis gevoeld als ik had gehoopt.'

'Ik ben trouwens in je briefwisseling met Nabokov begonnen. Klopt het dat je hem als kleine jongen hebt opgezocht?'

Romanow lachte en streek zijn haar van zijn voorhoofd. Heel even leek hij leeftijdloos. 'Zo klein was ik niet meer. Ik zal een jaar of zestien, zeventien zijn geweest en ik had net *Lolita* gelezen. Dat was het eerste boek waar ik echt enthousiast over was, al begreep ik het natuurlijk maar half. Maar die geestige speelsheid, die verbale brille. Ik moest hem ontmoeten. We woonden toen in Oregon en op een nacht ben ik hem gesmeerd om met de

Greyhoundbus naar New York te gaan en hem op de Cornell University te bezoeken. Uitgerekend die dag gaf hij geen college. Ik heb – met een flink aangedikt Russisch accent – gezegd dat ik een neef van hem was, en toen kreeg ik zijn huisadres. Een paar uur later heb ik aangebeld. Hij zette grote ogen op toen hij hoorde dat ik voor hem van huis was weggelopen. We hebben mijn ouders gebeld en daarna gingen we thee drinken en over schrijvers en tennissers praten die we allebei bewonderden. Ik heb hem natuurlijk al mijn verhalen gestuurd, later ook in Zwitserland. Hij heeft ze altijd gelezen, al was hij veertig jaar ouder dan ik.'

Korte stilte. 'Wat gaat Alva doen als ze 's nachts weg is?' vroeg ik. 'Ze is een paar keer verdwenen. Wat doet ze dan?'

'Dat weet ik niet. Ze vertelt het nooit, maar ze doet het al sinds we elkaar kennen. Ik heb altijd het gevoel dat ik haar daar beter niet naar kan vragen. Ik geloof dat ze dat niet zou willen en ze heeft die nachtelijke wandelingen nodig.'

Ik knikte. 'Alexander, mag ik nog iets vragen? Waarom ben je met Alva getrouwd?'

'Waarom ik met haar getrouwd ben?' Romanow herhaalde steeds vaker de vragen die ik hem stelde. Ik zag helemaal een verontrustende toename in de ogenblikken dat hij dingen vergat, ongeconcentreerd was of zijn bril zocht. 'Alva heeft je vast wel over dat symposium verteld waar ze me heeft aangesproken. Mij was ze allang opgevallen, die jonge vrouw die de anderen altijd de weg wees en zo bevlogen was in alles wat ze deed. Bevlogen, maar ook mysterieus. Je voelde dat ze het een en ander had meegemaakt.' Trots: 'En ze was natuurlijk beeldschoon. Vaak neem je iemand uit de verte het beste waar, en zij leek iemand die op hetzelfde moment verdrietig, warm en vrolijk kon zijn. En ze las. Goeie god, wat las ze, op trappen, op stoelen, op de grond, elk vrij ogenblik had ze een boek op schoot.'

'En toen?' vroeg ik zacht.

Hij dacht even na. 'Alva was heel terughoudend. We zijn een paar keer uit eten gegaan, maar zij was bijna schuchter en in het begin zei ze haast niets. Normaal voel ik me op zulke momenten verplicht het gesprek gaande te houden, mezelf misschien ook een beetje op de voorgrond te plaatsen. Maar met haar heb ik voor het eerst van de stilte in mezelf kunnen genieten. Ze was een koele hand op een verhit voorhoofd.'

Later stond ik in mijn eentje voor het grote raam van de woonkamer te kijken hoe het buiten donker werd. In het begin vond ik het 's nachts een beetje griezelig in het chalet. De grijnzende Afrikaanse maskers aan de muren leken wel spookachtig tot leven te komen, de hertenkoppen en andere jachttrofeeën staarden je aan en als je uit het raam keek, zag je vaak alleen een onderwereldlijke schemering boven het dal hangen, later gevolgd door een zwart niets. Vaak zagen we dagenlang geen andere mensen en kregen we het gevoel dat er afgezien van ons hier boven niemand was. Dan werd je door de geluiden van de beschaving weer naar de werkelijkheid teruggehaald: het borrelen van de centrale verwarming of het fluiten van de waterketel op het fornuis. Het was een monotoon, bijna bizar bestaan en na een tijd drong tot me door dat we hier gestrand waren en allemaal ergens op wachtten. En toen ik begreep wat dat was, schrok ik.

*

Op een van die avonden moest ik opeens weer aan de merkwaardige scène denken die ik in mijn jeugd had verdrongen. We hadden in een filmhuis een film van Billy Wilder gezien en in de stad nog iets gegeten. Romanow, die anders niet graag onder de mensen kwam, was bij hoge uitzondering mee. Op de terugweg naar het chalet vertelde hij over de socioloog Max Weber, die ruzie had gehad met zijn vader, die kort daarna overleed. Ze hadden zich dus niet meer kunnen verzoenen en Weber was na de dood van zijn vader een wrak geworden.

'Hij kon geen les meer geven,' zei Romanow. 'Zelfs niet meer praten.'

'Alleen door die ruzie?' vroeg ik.

'Er waren wel meer oorzaken, maar hij kwam er maar niet overheen dat hij zich niet meer met zijn vader had kunnen verzoenen. Daaraan is hij vanbinnen kapotgegaan. Zijn vrouw noemde dat "het kwaadaardige iets wat uit de onbewuste onderlagen van het leven zijn klauwen in haar man had geslagen".'

Terug in het chalet, toen Romanow naar boven was, zette Alva het album van Nick Drake op. 'Ik heb het na onze laatste ontmoeting in München heel vaak gedraaid,' zei ze. 'Ik was er toen van overtuigd dat we elkaar nooit meer zouden zien.' Ze zat op het aanrecht en sloeg haar boek dicht. Ze hield ervan om op de onmogelijkste plekken in huis te zitten.

'Ik hoor je vaak boven met Sasja praten en dan kan ik niet geloven dat je hier echt bent. Met jou samen zijn en praten of muziek luisteren was zo'n belangrijk deel van mijn leven, maar de laatste jaren heb ik vaak gedacht dat het maar een droom was. Alsof het niet echt was gebeurd. En nu lijkt het wel gisteren.'

'Dat komt doordat we nu precies dezelfde muziek horen als toen. De tijd verloopt niet lineair en de herinnering ook niet. Je herinnert je altijd wat je emotioneel het naast staat. Met kerst lijkt het net alsof de vorige Kerstmis heel kort geleden is, al zitten er twaalf maanden tussen. Maar de zomer, die eigenlijk veel korter geleden is, een halfjaar maar, lijkt veel verder weg. De herinneringen aan dingen die emotioneel op het heden lijken, nemen om zo te zeggen een kortere weg. Hier...' Ik krabbelde het op een vel papier, dat ik haar liet zien:

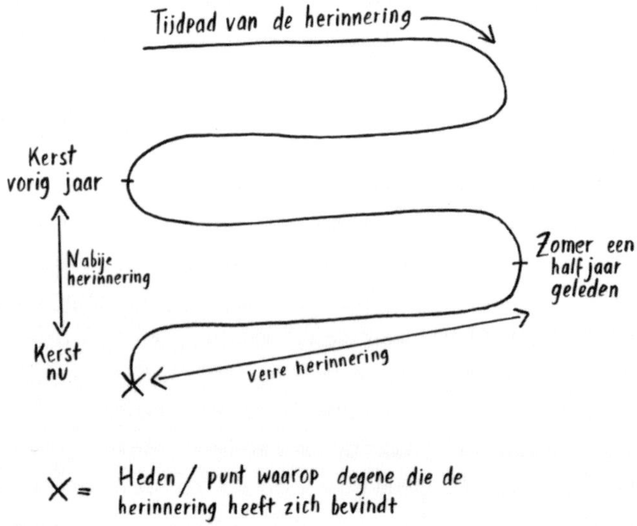

'Zozo. Dus over zoiets denk jij na,' zei ze.

Ik pakte de wandelstok van Romanow en liep er een paar stappen mee door de kamer. Alva kwam naar me toe en pakte me de stok af.

'Loop jij daar nu ook al mee?' Ze liet haar vingers over het gepolijste mahoniehout glijden.

'Geef terug. Ik heb die stok nodig.'

Ze lachte. 'Nee.'

Een zacht gerommel in de verte. In de bergen stak een onweersbui op; er schoten telkens bliksemschichten over de toppen en de nacht lichtte op. Daardoor was het binnen des te behaaglijker, veilig, terwijl buiten de wind door de bomen woei en aan de takken rukte.

Alva kwam dichter naar me toe. 'Waarom ben je écht gestopt met fotograferen?'

'Ik had altijd het gevoel dat ik dicht bij mijn vader was als ik foto's maakte. Toen begreep ik dat dat niet klopte.' Ik kreeg het warm. 'Maar ik was er vooral mee begonnen omdat ik me gewoon...'

Ze kwam nog een stap dichterbij. 'Omdat je je gewoon wat?'

Er kwam een verloren gewaande herinnering boven: een taxi die bij de nachtelijke straatverlichting wegreed en een hoek om sloeg. Ik wilde hem nog iets naroepen, iets belangrijks, maar dat kon ik niet...

Als verdoofd keek ik Alva aan. Moest ik nu zeggen wat ik alleen maar vermoedde, wat ik zelfs tegenover mezelf nauwelijks kon toegeven? Dat ik vanwege een onbewust schuldgevoel mijn beste jaren had vergooid, de verkeerde studie in was gestruikeld en toen weer naar de camera had gegrepen? Dat ik mezelf al die jaren het schrijven had ontzegd terwijl ik er zo van hield?

'Dat vertel ik een andere keer.'

'Een andere keer, een andere keer,' zei Alva meeslepend, en zonder erbij na te denken legde ik mijn hand op haar elleboog. De hand kreeg een eigen leven, kroop voorzichtig langs haar arm omhoog en bereikte haar wang. Nog een halve stap naar haar toe, mijn kin raakte bijna haar voorhoofd. Ik keek naar haar omlaag en zij naar mij omhoog, even aarzelend. Ze pakte mijn hand. Maar op hetzelfde moment deed ze een stap naar achteren, prikte me met de wandelstok in mijn buik en zei welterusten.

*

Ik had nog niet door hoe snel Romanows toestand verslechterde, zelfs niet toen hij in korte tijd twee keer de badkuip liet overlopen omdat hij vergeten was dat hij in bad wilde. Hij was een meester in het verbergen van zijn gesteldheid. Een huis waarvan de voorgevel nog intact was terwijl binnen alles instortte.

Ik liep met hem mee naar de kelder, waar je de verwarming

kon bijstellen en de was kon doen. Beneden sloeg me een overweldigende lucht van schoonmaakmiddel, oude kranten en vochtige muren in het gezicht. In een apart vertrek stonden een stellage met wijn en een wapenkluis. Romanow haalde de geweren uit de kluis en vertelde er iets over. Je had klein en groot kaliber, luchtbuksen, voorladers en dubbelloops jachtgeweren.

'Vroeger heb ik veel gejaagd,' zei hij. 'Maar dat doe ik al jaren niet meer. Ik heb het van mijn vader geleerd toen ik klein was, een jaar of negen. Hij was een uitstekend jager.'

Romanow ving mijn blik en knikte. 'Daarmee heeft hij het gedaan. Met een Browning, zijn lievelingsgeweer. Mijn vader was iemand die kon loslaten. Zijn dood was voor ons verschrikkelijk, maar om zijn moed heb ik hem altijd bewonderd, tegenwoordig misschien wel meer dan ooit.'

Zijn vingertoppen beroerden de loop van het geweer. 'Twee jaar geleden heb ik kanker gehad, toen heb ik de dood begroet. Maar die vond dat ik nog wat tijd mocht hebben. Sindsdien moet ik schrijven. Ik weet dat mijn vrouw daaronder lijdt. Ze zit hier afgesneden van de buitenwereld, ik zeg altijd dat ze een flat in de stad moet huren, maar zij wil bij me blijven. Ik vind het vreselijk dat ik niet meer de man ben op wie ze verliefd is geworden. Maar ik kan niet anders. Ik hoopte dat ze in jou een kameraad vond om mee te praten en mee op te trekken. Het betekent veel voor me dat Alva niet zo geïsoleerd en alleen meer is. Je bent een echte vriend van ons en dat weet ik op waarde te schatten.'

Zo vertrouwelijk had hij nog nooit met me gesproken. Hij legde een hand op mijn schouder en keek me recht aan. Toen wendde hij zich abrupt af.

'Maar wee je gebeente als je haar neukt.'

Het duurde een paar seconden voordat het tot me doordrong. Instinctief deinsde ik een halve stap achteruit. 'Ik wilde niet...'

'Ik ben niet gek.' Romanow keek me nog steeds niet aan. 'De

toekomst laat ik aan jullie jongelui over. Maar zolang ik nog leef, wil ik niet dat ze me bedriegt. Een paar jaar geleden kon ik daar nog zelf voor zorgen, ik weet hoe je een vrouw aan je bindt. Maar tegenwoordig... Beloof me dat je haar niet aanraakt.'

Ik zweeg en keek eerst naar het vuurwapen en toen naar hem.

'Beloof het, Jules!'

Romanow keek me weer aan, zijn blik kreeg heel even iets gevaarlijks en zijn anders zo vriendelijke ogen fixeerden me onverbiddelijk.

*

Het werd juni en ik was al vijf maanden in de bergen. Om mijn spaargeld niet te hoeven aanspreken vroeg ik aan Liz of ze mijn huis in Berlijn wilde onderverhuren. Maar wat is dat allemaal ver weg, dacht ik toen ik met Alva naar het ijskoude bergmeertje reed. Bibberend kwamen we uit het water en we gingen op de handdoeken liggen om in de zon op te drogen. Het rook naar gras en de lucht was wolkeloos blauw. We keken een tijdje naar een paraglider die in de verte afdaalde naar het dal. Ik lag op mijn rug, Alva op haar buik. Ze trok haar benen de hele tijd op en stootte daarbij telkens expres met haar tenen tegen mijn linkerscheenbeen.

'Vind je dat leuk?' vroeg ik.

'Ach... Heb je *The Heart is a Lonely Hunter* eindelijk gelezen?'

'Ja, op school al. Het deed me echt veel, ik heb je er toen zelfs nog een brief over geschreven.'

'Wat gek,' zei ze, 'ik heb nooit een brief van je gekregen.'

'Ik vond hem te kitscherig, dus ik heb hem niet gegeven.'

'Heb je hem nog?'

'Nee.'

'Je liegt, Jules, ik durf te wedden dat je hem nog hebt.'

Er vloog een citroenvlinder over het gras, die vlak voor mijn neus in de lucht bleef hangen.

'Ik wil graag iets van je lezen,' zei Alva.

'Zo ver ben ik nog niet.'

'Wat doen jullie daarboven toch de hele tijd? Ik hoor jullie aldoor praten.'

'We hebben het meestal over jou.'

Weer raakten haar tenen mijn scheenbeen. Ditmaal was het een lichte vermaning.

'Hoe gaat het met Sasja?'

'Moeilijk te zeggen.' Ik vroeg me af hoe ik het moest formuleren. 'Is het je opgevallen hoe verstrooid hij de laatste tijd is? Ik heb het gevoel dat het slechter met hem gaat dan een paar weken geleden.'

'Ik weet het,' zei Alva vlak, als van heel ver weg.

'En wat betekent dat?'

Ze zweeg. Dat was de vraag waarop we geen van drieën een antwoord hadden.

Zelf schoot ik lekker op en werkte aan twee novellen, maar bij Romanow ging het alleen maar trager. Af en toe las hij me een paar zinnen voor of vroeg hij zelfs naar mijn mening. Soms keek hij alleen toe terwijl ik schreef. 'Klak, klak, klak,' zei hij dan weer, soms geamuseerd, soms gedeprimeerd. Het was niet belangrijk dat hij van ons tweeën de beste schrijver was: hij zou er nooit meer zo enthousiast op los kunnen schrijven als ik.

'Zullen we straks een film kijken?' vroeg Alva.

'Alleen als je niet gaat huilen.'

'Ik ga echt niet huilen.'

Dat zei ze altijd. En dan huilde ze toch. Bij melodramatische scènes sprongen haar strijk en zet de tranen in de ogen, zelfs de clichématigste plotwendingen ontroerden haar hevig, zoals wanneer een stel toch nog bij elkaar kwam of als een oude, geblesseerde footballspeler de wedstrijd op het laatste moment in een triomf wist om te zetten. Dan schaamde ze zich en ik vond het heerlijk om haar daarmee te plagen.

'Pas op, zometeen gaan ze zoenen,' zei ik dan. 'Zou je niet liever wegkijken?'

Wat ik inmiddels het meest in Alva waardeerde was haar zorgvuldigheid. Dat woord leek wel speciaal voor haar bedacht. Ze was zorgvuldig als ze haar planten verpotte, een gedachte formuleerde, teder de hals van haar man streelde, een brief schreef of de tafel dekte en de messen en vorken, de borden en de glazen nauwgezet op hun plaats zette. Alsof ze niets meer aan het toeval wilde overlaten.

In de vroege avond ging ik met mijn aantekeningen naar Romanows werkkamer. Al uit de verte hoorde ik muziek. Ik keek om het hoekje van de deur. Romanow zat aan de piano en Alva op een stoel naast hem. Hij fluisterde haar iets toe waar ze om moest lachen. Ze kusten elkaar, maar niet erg hartstochtelijk, en toen speelde Romanow door. Zijn vingers huppelden sierlijk over de toetsen, maar ineens sloeg hij ernaast. Hij probeerde telkens de melodie terug te vinden, maar vergeefs. Hij kon er gewoon niet meer op komen hoe het verder ging. Uiteindelijk sloot hij de klep. Alva zei iets in het Russisch en legde haar hoofd tegen zijn borst, en Romanow streelde haar haar. Zijn neergeslagen ogen lieten me niet meer los.

Die nacht verdween Alva weer een paar uur; pas in de vroege ochtend kwam ze terug naar het chalet.

*

Ik wist van tevoren niet of mijn broer en zus met Alva zouden kunnen opschieten, maar al op het station omhelsden ze elkaar. Liz en Marty zouden het weekend blijven en we reden samen naar het bergdorp. Alva nam de haarspeldbochten bijna overdreven voorzichtig en ik moest er weer aan denken hoe ze vroeger reed.

'Het lijkt hier wel de Gouw, maar dan zonder hobbits.' Marty keek gefascineerd naar de goudgeaderde wolken in de avondlucht. Hij had sinds kort last van een hernia en zat een beetje stijf voorin.

'We halen hier zelfs melk bij de boer,' zei Alva. 'We hebben een melkbus van twee liter en lopen met de nog schuimende melk naar huis.'

'Je bedoelt dat ik met de melk naar huis loop,' kwam ik tussenbeide.

'En ik kook hier nu al maanden voor je.'

'Ik vind het zo jammer dat Jules niet meer kookt,' zei mijn broer. 'Toen hij klein was, stond hij altijd in de keuken. Soms gooide hij zelfs onze ouders eruit, terwijl zij hem nota bene zelf de keuken in hadden gepraat.'

'Dat wist ik helemaal niet,' zei Alva. 'Ik heb hem laatst nog gevraagd of hij ook niet eens wilde koken, maar toen zei hij dat hij dat niet kon.'

In plaats van antwoord te geven keek ik mijn broer en zus alleen maar aan. 'Alva's man vindt het erg fijn dat jullie komen.'

'Ik heb hem gegoogeld,' zei Marty. 'Amerika, Nederland, Rusland, Zwitserland. Hij heeft een veelbewogen leven gehad. Hoe oud is hij nu?'

'Zevenenzestig.'

Marty's blik ging van mij naar Alva. Zij zat achter het stuur en wist dat iedereen in de auto hetzelfde dacht, maar dat kon haar niets schelen.

'Geweldig vind ik dat,' zei mijn zus. 'Als tiener wilde ik ook altijd een veel oudere man.'

'God ja, dat weet ik nog,' zei Marty. 'Je had toen zelfs een paar maanden een vriend van zesendertig en die verloofde van je was ook bijna twintig jaar ouder dan jij. Hij heeft trouwens nooit een woord met ons gewisseld.'

'Mijn broer kan hier niet over meepraten,' zei Liz tegen Alva. 'Die is al honderd jaar met dezelfde vrouw. De enige die hij ooit heeft gehad.'

Marty drukte een kus op zijn trouwring en trok een superieur gezicht.

Met een voldaan geknerp stopte de auto op het met kiezelsteentjes bedekte voorerf. Romanow hield ons vanaf het balkon in de gaten als een jager die vanuit zijn paalhut op wild loert. Hij begroette mijn broer en zus weliswaar uitgesproken vriendelijk, maar hij verdween meteen weer tot de avondmaaltijd naar boven zonder zich nog te laten zien.

'Hij is gewoon geen bezoek meer gewend.' Alva stond in de keuken een ui te snijden. 'Waarom heb je eigenlijk nooit verteld dat je van koken houdt? Ik had het leuk gevonden als je me een keer te eten had gevraagd.'

'Als een paar dingen anders waren gelopen, had ik allang voor je gekookt.'

'O ja? Wanneer dan?'

'Vlak voor ons eindexamen. Ik had gevraagd of je samen met mij een flat in München wilde huren en daar zouden we het 's avonds bij een etentje over hebben. Ik had alle boodschappen al gedaan en dacht: als je mijn farfalle met saus proeft, vergeet je je emigratieplannen meteen.'

Ze glimlachte. 'Ach ja, nu weet ik het weer. Waarom is dat er toen ook alweer niet van gekomen?'

Ik keek haar verbijsterd aan en ineens verdween haar glimlach en werd het stil in de keuken. Weer verscheen die diepe groef in haar voorhoofd. Ze roerde zwijgend en zichtbaar gespannen in de pan risotto. Eindelijk legde ze de pollepel weg. 'Sorry.'

'Geeft niet.'

'Wil je toch nog een keer voor me koken?'

Ik nam haar even zwijgend op. Toen knikte ik.

Die avond zat Romanow als versteend aan het hoofd van de tafel; hij wist zich duidelijk geen raad met het bezoek. Hij had een zwart overhemd en een grijs jasje aan, uiterlijk nog altijd onberispelijk. Maar anders dan op de dag dat ik hem voor het eerst ontmoette, zweeg hij voornamelijk.

Marty vertelde over zijn aanstelling als universitair docent en over Elena, die in München een praktijk als psychotherapeut wilde beginnen. Liz daarentegen had het nauwelijks meer over haar werk of haar leven. Ze maakte een onrustige indruk, alsof ze ieder moment kon losbreken. Het wilde dier in haar, dat de laatste jaren tevreden had liggen soezen, roerde zich weer. Het likte zijn klauwen en begon door zijn kooi te ijsberen.

Later, in de woonkamer, leefde Romanow geleidelijk op. Ik weet niet meer waar hij eerst over begon, alleen nog dat hij over zijn eerste vrouw vertelde, de dochter van een schatrijke industrieel uit Zürich. Hij vierde het verschijnen van zijn roman *Die Unberührbarkeit der Seele* in de Kronenhalle en raakte daar aan de bar met haar in gesprek.

'Helaas is ze veel te jong gestorven,' zei hij. 'Ik heb altijd gedacht dat dat het ongeluk van mijn leven was. Ik ging naar Rusland, bereid om me terug te trekken. Maar toen kreeg ik nog een keer een geschenk van de goede God.'

Romanow hief het glas om met Alva te klinken. Ik wist dat hij dat van de goede God serieus meende, hij zei soms dingen die alleen een idioot niet zou geloven.

Hij schonk zijn wijnglas nog eens vol en zat op zijn praatstoel, sprong van anekdote naar anekdote en meende ons aangenaam bezig te houden, maar die avond zag ik dat niet hij over de verhalen heerste, maar de verhalen over hem. Zijn brein leek onophoudelijk aan het werk en trok alle mogelijke laden open. Ik zag dat het Alva pijn deed, al wilde ze het niet laten merken.

Toen hield Romanow midden in een zin op en keek mijn broer en zus onderzoekend aan. Zijn blik verried onzekerheid, hij leek even niet meer te weten wie hij eigenlijk voor zich had. Een ongemakkelijke stilte. Eindelijk glimlachte hij en vroeg Liz en Marty verbazingwekkend normaal en beheerst of ze voor het eerst in deze streek waren en hoe ze het hier vonden. Algemene vragen die hij ook aan een willekeurige onbekende had kunnen stellen en die ik inmiddels herkende als onderdeel van zijn camouflagetactiek. Kort daarna bracht Alva hem naar boven.

In de woonkamer maakte zich een ongemakkelijke stilte van ons meester. Marty fronste zijn voorhoofd, maar zei nog niets.

Liz stak een sigaret op. 'Hij heeft iets.' Ze dacht even na. 'Hij moet er vroeger waanzinnig goed hebben uitgezien.'

'Hij lijkt een beetje...' Marty aarzelde. 'Een beetje verward. Niet de hele avond, maar het steekt telkens de kop weer op. Hoe gaat Alva daarmee om?'

'Het grijpt haar erg aan. Maar ze wil er met mij niet over praten, ze heeft niet eens gezegd wat er precies met hem aan de hand is. Ik neem aan dat het alzheimer is, maar zeker weet ik het niet.'

'En hoe ga jij daarmee om?' Liz keek me aan. 'We beginnen ons een beetje bezorgd af te vragen wat je hier eigenlijk doet. Ik bedoel, hoe is dat met Alva, hebben jullie...'

Ik schudde mijn hoofd.

Liz sloeg haar ogen ten hemel. 'Lieve Jules, jij bent een van de meest romantische mensen die ik ken. En het is natuurlijk bepaald niet makkelijk met haar man,' ze tikte een askegeltje van haar sigaret, 'maar jezus, hoelang zit je hier nu al? Een paar máánden?'

Gekraak op de trap. Alva kwam weer binnen, nam een glas

wijn en knikte ons toe. 'Fijn dat jij een broer en een zus hebt,' zei ze tegen mij.

'Het is ook fijn dat mijn broer een vrouw heeft,' zei Liz.

Ik wierp haar een boze blik toe en ergerde me daar op hetzelfde moment aan, want nu had ik niet gezien hoe Alva daarbij keek.

Het was een van de eerste zwoele zomernachten en we gingen buiten op de veranda zitten. Vanwege zijn rug ging Marty op de grond liggen. Het dal voor ons was in duisternis gehuld en op de tegenoverliggende berghelling had iemand een groot kampvuur aangestoken.

'Jammer dat Toni niet mee kon,' zei ik en ik keek Liz aan. 'Heb je zijn hart al gebroken met je nieuwe vriend of komt dat nog?'

'Ik geloof dat het al zover is.' Ze maakte een verontschuldigend gebaar.

Mijn broer keek naar Alva. 'Eigenlijk zijn wij het eenzaamste gezin van de wereld,' zei hij vanaf de grond. 'We delen met ons drieën één beste vriend. *Best-friend-sharing* noem ik dat weleens, je zou zelfs een bemiddelingsbureau kunnen beginnen dat Toni verhuurt aan mensen zoals wij. Als je een maandabonnement neemt, kun jij ook met hem bevriend zijn.'

'Jullie hadden tenminste al die tijd iemand,' zei Alva. 'Ik ben mijn beste vriend al bijna vijftien jaar kwijt.'

Ze beantwoordde mijn blik niet.

Ik was blij dat mijn broer en zus zo goed met Alva konden opschieten en haar aardig leken te vinden. Toen Liz vroeg of Alva zelf broers of zusjes had, viel ze even stil, maar na een korte aarzeling vertelde ze over Phine, die misschien nog ergens leefde of allang dood was, en tot mijn opluchting leek ze het bevrijdend te vinden dat ze daarover kon praten.

Het zachte grijs van de ochtendschemering werd lichter. Ik herinnerde me niet veel keren dat ik een zonsopgang met iemand had gedeeld. Een paar keer op het internaat en toen met Liz en Marty in Montpellier. Het was alsof in het schemerige ochtendlicht de ware aard van de mensen tevoorschijn kwam, alsof veinzen dan niet meer mogelijk was. Zo zaten we daar met ons vieren te praten en te kijken hoe het eerste zonlicht op de bergtoppen viel.

*

Toen Marty en Liz weg waren, leek het chalet ineens leeg en veel te groot. In het begin wisten we ons geen raad met de herrie die mijn broer en zus meebrachten, maar nu hadden we moeite met de stilte die ze achterlieten. Romanow kon nog steeds helder en verstandig praten, maar hij leek niet meer in staat in abstracte bewoordingen over een grotere samenhang te spreken, hij verdwaalde vooral minutenlang in details. Verder legde hij steeds vaker zijn spullen op vreemde plekken neer. Soms vond ik boeken in het badkamerkastje of een theekopje in het schoenenvak in de garderobekast.

Op een avond zat ik met Alva in de huiskamer te scrabblen. Het vertrek werd alleen verlicht door een kaars en een klein lampje. Buiten regende het zachtjes en daardoorheen hoorde je telkens de bellen van de koeien. Alva zat in kleermakerszit in de luie stoel. Ze wilde net een woord leggen toen we boven Romanow hoorden lopen.

Plotseling smeet ze de letters in haar hand op het bord.

'IK TREK DIT NIET MEER!' riep ze. 'Ik kan zo niet verder. Hij wordt gek, Jules.' Ze stond op. 'Er is niets meer over van de man die ik heb gekend. Soms heb ik het gevoel dat ik mijn leven met een vreemde deel.'

Haar lippen trilden. 'Elke dag verliest hij weer een stukje van zichzelf. Elke dag vergeet hij meer van mij. Af en toe lijkt hij dan weer helemaal normaal, maar ik weet dat hij vanbinnen aan het verdwijnen is.'

'Kun je daar niet met hem over praten? Hem helpen?'

'Dat wil hij niet. Bovendien bestaat hiervoor geen hulp.' Ze liet de woorden even inwerken.

Toen zuchtte ze. 'Ik moet iets drinken.'

Ze haalde een fles whisky uit de provisiekast. We dronken een paar glazen zonder er echt dronken van te worden. Terneergeslagen keken we naar de keukenkast naast de vriezer.

'Hoe komt dat eigenlijk?' Ik wees naar de dunne littekenstreepjes onder haar oor.

'Dat is in mijn begintijd in Rusland gebeurd, lang voordat ik Sasja leerde kennen.' Ze praatte zacht voor zich uit zonder me aan te kijken. 'Ik woonde toen in Moskou en mijn leven had iets van een nachtmerrie. Ik kende daar helemaal niemand en kwam de verkeerde mensen tegen. Ik liet me steeds verder meeslepen en heb dingen gedaan die je niet moet doen.'

'Zoals?'

'Ik wil liever niet in details treden.' Ze maakte een wegwerpend gebaar. 'Het is al lang geleden. Uiteindelijk heb ik er een streep onder gezet. Mijn vader heeft me geld gegeven en ik ben naar Sint-Petersburg gegaan.'

Ze had het maar zelden over haar Moskouse jaren en vaak kreeg ik de indruk dat er toen iets in haar kapot was gegaan of dat er een deel van haar in die duisternis was achtergebleven. Ik wilde dat ik erbij was geweest, dat ik het had kunnen voorkomen.

'Wat doe je als je 's nachts weggaat?'

'Niets. Lopen. Ik ben soms graag alleen om na te denken over alles waarbij ik anders niet wil stilstaan.' Ze keek me aan en zei toen: 'Daar ben ik mee begonnen omdat ik ervan overtuigd was dat ik op een nacht niet meer van zo'n wandeling zou terugkomen. Dat ik gewoon zou verdwijnen. Dat gaf me elke keer een gevoel van grenzeloze vrijheid.'

'Wilde je je van kánt maken?'

'Dat zei ik niet. En tot nu toe ben ik ook altijd teruggekomen.' Iets toeschietelijker: 'Soms denk ik dat ik het alleen nog maar uit gewoonte doe. Ja, het is een tikje vreemd, ik weet het.'

Ze dronk haar glas in één teug leeg. Toen keek ze me met een hulpeloze blik aan. 'Jules, ik wil dat je weggaat. Liefst morgen al.'

Ik kon mijn oren niet geloven.

Pas nu voelde ik het gewicht van de alcohol, ik was verlamd, moe. Niet in staat om op een gepaste manier te reageren of haar blik te beantwoorden.

'Zo wil ik niet met jou doorgaan,' hoorde ik haar zeggen. 'Ik weet wat Sasja te wachten staat, dat valt niet meer te ontkennen, en daar wil ik jou niet in meesleuren. Je kunt ons nu echt beter alleen laten. Het is mijn man die hier ten onder gaat, het is míjn taak.'

Ik zat daar nog steeds als verdoofd. Ik stelde me voor hoe ik morgen met mijn tas uit het chalet weg zou gaan. Hoe ik Alva en haar man achterliet en zoals al zo vaak in mijn leven een zinloze vrijheid tegemoet ging.

Het is mijn man die hier ten onder gaat.

Plotseling hoorde ik in alles wat ze had gezegd het refrein van haar jeugd, een zacht: 'Ik ben niet goed genoeg.'

Ik zag de elfjarige Alva weer voor me, die verlegen meeliep naar mijn kamer in het internaat en mijn spullen inspecteerde. En de onbereikbare negentienjarige die zichzelf zo haatte dat er voor mij geen plaats was. De vijfentwintigjarige die ik nooit had gekend, pas verliefd en waarschijnlijk gelukkig. De zachtmoedige getrouwde dertigjarige die me in München naar de trein bracht. En nu, jaren later, zat ze naast me met al haar wonden en angsten, niet in staat de juiste beslissing te nemen.

De ijskast zoemde wat voor zich uit en buiten kletterde de regen. Mijn adem ging sneller terwijl ik mijn hand tegen Alva's wang legde en haar hoofd naar me toe draaide. Ze kromp even ineen en haar hele lichaam spande zich.

Ze leek iets te willen zeggen, ik hoorde het geluidje waarmee haar tong zich van haar gehemelte losmaakte. Op dat moment kuste ik haar op de mond. Ik voelde haar verrassing en haar aarzeling. Toen beantwoordde ze de kus.

*

De volgende ochtend werd ik even na zessen in mijn kamer wakker. Ik trok mijn hardloopschoenen aan en ging naar buiten. Er vielen regendruppels van de blaadjes van de bomen, mistflarden zweefden over het landschap en in het dal verdichtte zich de melkachtige damp. Een tafereel als uit een sprookje. Maar toen brak langzaam de zon door. Even voelde ik me weer twintig, toen schoot ik weg.

In het begin merkte Romanow niets van de verandering die zich vlak voor zijn neus voltrok. Hij ging helemaal op in zichzelf en zijn verwaaiende geest. Alva sliep net als altijd in haar eigen bed en in zijn nabijheid vermeden we elk vertoon van tederheid.

'Jules, je maakte een gelukkige indruk,' zei hij niettemin op een dag van achter zijn bureau. 'Je zit al de hele week stil en vergenoegd te tikken. Waar werk je momenteel aan?'

'Nog steeds aan die twee novellen. De eerste gaat over een getrouwde man die de controle over zijn dromen kwijtraakt. Hij droomt niet meer elke nacht iets anders, maar steeds hetzelfde. Hij droomt van een ander leven, andere mensen, een ander beroep en een andere vrouw, van wie hij ook houdt. Al snel worden die twee realiteiten even sterk. Als de vrouw in zijn droom sterft, heeft dat ook grote gevolgen voor de werkelijkheid.'

Ik had de novelle de titel *Een ander leven* meegegeven; het verhaal speelde in de Eerste Wereldoorlog. De hoofdpersoon wordt uiteindelijk opgeroepen voor militaire dienst, terwijl hij in zijn dromen vredig op het platteland woont.

Romanow pakte zijn wandelstok en liep naar mijn tafel. Hij had zijn bril op. Hij las een paar zinnen. Toen hij klaar was, liet hij zijn hand op mijn schouder rusten, wat voor mij aanvoelde als een compliment of aanmoediging. Ik vertelde hem ook in grote trekken over de tweede novelle. Die deed een beetje denken aan *The Curious Case of Benjamin Button* van F. Scott Fitzgerald, waarin iemand achterstevoren leeft; mijn verhaal ging over een man bij wie de tijd steeds sneller ging. Als je een paar minuten met hem praatte, was er in werkelijkheid al een halfuur voorbij. Als een vrouw met hem uit was en het voor haar precies drie uur had geduurd, dan waren er al zeven voorbij, soms zelfs twaalf. Die man bleef zijn hele leven eenzaam. De mensen gingen hem mijden zodra ze zijn geheim hadden ontdekt en hij was op zoek naar iemand die het op de koop toe nam naast hem oud te worden omdat een paar jaren en de herinneringen met hem kostbaarder waren dan een heel leven zonder hem.

Die dag was ik optimistisch gestemd, ik haalde de melk, waste af en deed de was. Fluitend deed ik die avond vroeg de kelderdeur open en schrok. Romanow stond midden in de kelder onrustig in zichzelf te praten. Toen hij mijn aanwezigheid opmerkte, viel hij stil en nam me van hoofd tot voeten op.

'Hoe laat is het?' vroeg hij.

'Kwart voor zeven.'

Die informatie leek hem eerder te verwarren dan te kalmeren.

'Kwart voor zeven 's avonds,' verduidelijkte ik.

'En wat kwam ik hier doen?'

Mijn blik viel op de wapenkluis. 'Je wilde de verwarming hoger zetten. Het is te koud in huis.'

Daar leek Romanow even over na te denken. Toen knikte hij. 'O ja, dat was het.' Hij wierp me een vriendelijke blik toe en liep naar de thermostaat.

Ik werkte nog een paar dagen aan mijn beide novellen en liet ze toen aan Alva lezen. Voor novellen waren ze erg lang en ze waren nog niet helemaal af, maar het ging niet zozeer over de verhalen als wel om de blik in mijn innerlijk. Er waren dingen die ik niet kon zeggen, alleen schrijven. Want als ik praatte, dacht ik en als ik schreef, voelde ik.

We lagen op mijn bed. Alva hapte in een appel en haar blik vloog over de zinnen. Ik keek gespannen toe. Eén keer moest ze lachen onder het lezen en dat voelde ik alsof ik in een nachtelijke straat stond waar op slag alle straatlantaarns aanfloepten. Op een gegeven moment viel ik in slaap. Toen ik midden in de nacht even wakker werd, lag Alva nog steeds naast me te lezen; ze leek helemaal in de tekst op te gaan en zei dat die heel dichtbij voelde. Ik zag nog dat ze naar haar flesje water greep en een slok nam; toen vielen mijn ogen weer dicht.

Uren later werd ik weer wakker. Het was buiten al licht, maar het moest nog heel vroeg in de ochtend zijn.

'Eindelijk!' Alva kwam in haar ondergoed bij me op schoot zitten en omcirkelde mijn navel met haar vinger. Haar rode haar zat in een knot en ze had geen bril op. Ik moet haar vragend hebben aangekeken, want ze wees naar de twee verhalen die met duidelijke leessporen in een wanordelijke stapel op het nachtkastje lagen. En toen, net voordat ze zich op me stortte, zei ze vijf magische woorden die nog steeds in mijn oor zijn blijven hangen.

'Jules, dit is echt goed.'

*

Die middag zat ik in de werkkamer. Romanow probeerde niet eens meer te schrijven en staarde me de hele tijd aan.

'Gaat het?' vroeg ik.

Hij knikte afwezig en stond op. Toen greep hij ineens naar zijn borst. 'Het steekt,' zei hij; zijn stem klonk breekbaar.

Op het ergste voorbereid rende ik naar hem toe. Een muurvaste greep en voordat ik wist wat me overkwam zat ik met mijn hoofd onder Romanows arm geklemd. Hij ramde mijn schedel tegen zijn bureau en op de toetsen van de Olivetti. Eindelijk kon ik me losmaken. Zijn hand raakte me in mijn gezicht. Toen ging hij briesend op zijn stoel zitten.

Ik was zo geschrokken dat ik ook op mijn plaats ging zitten. Mijn hoofd bonkte. Ik proefde de metalige smaak van bloed in mijn mond.

'Dacht je dat ik het niet doorheb als iemand mijn vrouw neukt?' hoorde ik hem zeggen. 'Ik ben oud, maar niet blind. Wie denk je wel dat je bent? Casanova de meesterverleider? Oude mensen slapen slecht. Ik ben elke ochtend om vijf uur wakker en sinds ik hier met Alva woon ga ik om die tijd altijd naar haar kamer om te kijken hoe ze ligt te slapen. Vannacht lag ze niet in haar bed. En ze was ook niet uit wandelen zoals ze vaak doet. Ze was bij jou.'

Ik voelde met mijn tong of mijn lippen kapot waren en zweeg.

'Ik heb je gevraagd of je haar tot mijn dood niet wilde aanraken. Dat was een verzoek.'

'Dat was een bedreiging.'

Romanows kaken maalden. 'Je hebt de stervende bedelaar bestolen, je kon niet eens wachten tot hij dood was...'

Hij mompelde iets in het Russisch, bitter klinkende woorden. Ik kon me wel voorstellen wat hij zei. Het leek wel een omgedraaide zandloper waarbij – zonder dat hij er iets tegen kon doen – elke seconde meer korreltjes uit zijn kamer in de mijne vielen.

Ik liep langzaam naar hem toe. 'Sinds mijn elfde is Alva de belangrijkste persoon in mijn leven. Ik zou haar niet kunnen...' Instinctief besloot ik hem niet te vertellen dat Alva me weg had willen sturen. 'Ik vind het heel erg, Alexander,' zei ik alleen. 'Het spijt me zo. Maar het gaat niet alleen om jou en mij, het gaat ook om Alva. Om wat zij wil.'

Romanow gaf geen antwoord en zijn blik gleed over me heen. Ten slotte wees hij naar mijn bureau. 'Ik wil die twee verhalen van je graag lezen.'

'Je hebt nog nooit iets van me gelezen. Misschien hou je helemaal niet van mijn stijl, misschien bevalt mijn werk je niet.'

'Je slaapt met een vrouw van wie je houdt,' zei hij mat. 'Alles wat je nu schrijft is óf verschrikkelijk, óf heel goed.'

*

Romanow en Alva hadden een lange woordenwisseling gehad, ik had Alva's steeds energiekere stem gehoord. Ze leek toch al nauwelijks meer met zijn aansluipende verval te kunnen leven. Ze sliep slecht en sleepte zich door het huis met diepe wallen onder haar ogen. Ik wilde dat ik iets voor haar kon doen, wat dan ook. Het leek wel alsof ze elke dag banger werd voor een duidelijk besluit en tegelijk verlangde ze daarnaar.

Laaghangende mist in de boomtoppen, grijze lucht boven de bergen. Eind oktober viel de eerste sneeuw al, zodat we nog meer aan huis waren gebonden. Ik liep nog wel elke ochtend mijn rondje, maar de ijzige lucht sneed in mijn gezicht en ik werd koud tot op het bot.

Romanow had me laten weten dat hij mijn verhalen mooi vond en had er verder nooit meer iets over gezegd. Hij tikte weer langzaam maar onvermoeibaar verder op zijn schrijfmachine. Ik kreeg de indruk dat hij zich met zijn eindeloze getik voorgoed in onze herinnering wilde verankeren.

Op een keer bedreven we de liefde op mijn kamer toen we weer die vermanende klaagzang van de schrijfmachine hoorden. We probeerden het te negeren, maar het getik hield niet op en uiteindelijk duwde Alva me van zich af. Zonder iets te zeggen, bijna huilend, kleedde ze zich aan en ging naar hem toe.

Of Romanow nog zo woedend op me was weet ik niet. Op een ochtend was hij buiten op de weg verdwaald en gevallen en toen ik hem overeind hielp, omhelsde hij me, wat hij nog nooit had gedaan.

Hij sleepte nu voortdurend een boek van Nabokov met zich mee. Waar hij ook was, hij had het altijd bij zich, hij liet het maar één keer op de keukentafel liggen. Ik wilde het voor hem naar boven brengen, maar toen viel mijn oog op het briefje dat eruit stak. Het eerste wat ik zag was mijn naam. Daarnaast stond in een bijna onleesbaar kriebelhandschrift een korte beschrijving van mijn uiterlijk en het woord *vriend*. Daaronder: 'Alva, rood haar, bril, jong. Mijn vrouw' en nog een paar beschrijvingen, zoals zijn werk- en slaapkamer, zijn geboortedatum en heel groot 'Zwitserland, 2006'. Maar ik schrok het meest van de twee woorden die hij rechts in de marge had gekrabbeld.

1. Schrijven
2. Kelder

Ik bracht het boek – *Geheugen, spreek* – met het briefje naar de eerste verdieping. Romanow nam het in ontvangst zonder een woord te zeggen. Ik was bang geweest dat ik met een verwarde man te maken had, maar hij begreep het meteen. Het zou het laatste heldere gesprek zijn dat ik met hem had.

'Ik ben ziek, zoals je wel zult hebben gemerkt,' begon hij. Hij zat op zijn bureaustoel. 'Mijn vrouw dacht eerst dat de prostaatoperatie mijn leven had veranderd, maar het was het algemene onderzoek daarvóór. Ik heb nog geprobeerd het voor haar geheim te houden, maar ze was er al snel achter.'

Hij liet zijn kin zakken. 'Het klopt niet meer in mijn hoofd, dat merk ik zelf ook. Ik wilde hier buiten wonen omdat er in de stad te veel op me af kwam. In het begin kwamen er nog vrienden en kennissen op bezoek, maar ik wil mijn rust. Hierboven zijn nog maar weinig dingen waar ik op hoef te letten. Mezelf, mijn vrouw, jij, deze kamer, mijn boek. Maar mijn verstand verdwijnt steeds sneller.'

'Waarom zoek je geen hulp? Je zou thuiszorg kunnen inschakelen.'

'Daar heb ik het met Alva over gehad. Dat wil ik allemaal niet, telkens voor controle naar de dokter, pillen, geheugentraining. Schrijven is mijn therapie.' Hij wendde zich af. 'En ik wil ook niet dat Alva voor me moet zorgen. Ik wil dat mijn vrouw vrij kan zijn.'

'Liever een verpleeghuis dan?'

'Je snapt het niet.' Romanow laste na elke zin een korte pauze in en woog zijn woorden. 'Mijn moeder werd al heel jong dement, ze is in een verpleeghuis overleden. Op het laatst was ze een kwijlend mensje dat niets mooier vond dan een poppenkastvoorstelling. Mijn moeder was dichteres, een intellectueel met een scherp verstand. Maar ze kon niet loslaten, niet tijdig reageren. Ik heb nog een paar weken om zelf over mijn leven te beslissen. Ik weet dat het moment niet ver meer is dat mijn hersenen er definitief mee ophouden en ik niet langer heer en meester over mezelf ben. Dan ben ik niet meer in staat alles zelf tot een goed einde te brengen en zou ik tot het eind in een tehuis moeten vegeteren.'

Hij trok een la open. 'Maar daarvoor moet ik nog een paar dingen regelen. Dit hier...' hij haalde een grote envelop tevoorschijn, 'is voor jou. Lees het na mijn dood. Niet eerder.'

Aarzelend nam ik de envelop aan. 'Waarom vertel je dit allemaal aan mij? Waarom vertrouw je me nog?'

'Omdat je het me verplicht bent, Jules.' Romanow ademde diep in en uit. Zijn hand greep naar me. 'De laatste tijd zie ik weer duidelijk mijn kinderjaren voor me. Koude winter, 's avonds aan tafel in Amerika, gesprekken met mijn ouders die ik allang vergeten was. Al die momenten komen weer terug, ze achtervolgen me.' Hij masseerde zijn nek. 'Ik moet nu loslaten, snap je wat dat betekent? Weten dat je leven binnenkort voorbij is? Dat je je verstand vaarwel moet zeggen, omdat het bij je weggaat en nooit meer terugkomt?'

Hij schudde zijn hoofd. 'Ik weet nog dat ik zo oud was als jij nu, dat alles nog voor me lag en ik de dood kon trotseren. En nu zit ik hier in een brandende bibliotheek waar ik niets meer kan redden.'

Zijn mond begon te trillen.

'Laat me mijn zaken nog regelen,' zei Romanow zacht. 'Ik kan nog niet loslaten. Maar ik zal er bijtijds voor zorgen.'

*

Als Alva het de weken daarop over de toekomst van haar man wilde hebben, schoof ik dat steeds op de lange baan. Ik wilde hem tijd geven, ik waste zijn kleren, deed boodschappen en steunde hen beiden zo goed ik kon. Romanow was er altijd trots op geweest dat hij alles zelf kon, maar nu kostte het hem zelfs moeite zich aan te kleden, zodat hij zich vaak door Alva moest laten helpen.

Af en toe maakte hij plannen die uit een ver verleden kwamen. Op een avond begon hij over een bezoek aan zijn allang overleden broer in Amerika. Toen hij onze blikken opmerkte en zijn vergissing inzag, vertrok hij zijn gezicht. 'Dit kan toch niet waar zijn,' mompelde hij bij zichzelf.

Ook nieuw en beangstigend waren zijn driftbuien.

'Ik heb jou niet nodig!' schreeuwde hij een keer tegen Alva waar ik bij was, en voordat ik kon ingrijpen, rammelde hij haar hard door elkaar. 'Ik kan het zelf wel!'

Alva verzette zich niet. Ik ging tussen hen in staan en hield hem vast. Romanow probeerde zich los te rukken en riep iets in het Russisch wat ik niet verstond. Het duurde een hele tijd voordat we hem hadden gekalmeerd, maar al kort daarna leek hij zich het voorval niet meer te herinneren en pakte hij teder Alva's hand.

Toen we later alle drie samen aan de lunch zaten, deelde ze mee dat ze zo niet verder kon. Bij dat gesprek liet ze tactvol bepaalde dingen weg om mij de details van zijn verval te besparen.

'We zouden iemand kunnen laten komen om je te verzorgen,' zei ze.

Romanow antwoordde niet. Uit angst iets verkeerds te zeggen sprak hij inmiddels nauwelijks meer en hij las zelfs 's morgens de krant niet meer, zoals zijn gewoonte was geweest. Alleen als hij at was hij nog helemaal zichzelf en ik keek hoe hij een stukje vlees afsneed, het kruidige aroma opsnoof voordat hij het in zijn mond stak en al kauwend genietend zijn ogen sloot.

'We kunnen je het leven toch makkelijker maken,' probeerde Alva nog een keer. 'En ons ook.'

Romanow staarde naar zijn bord. 'Geen thuiszorg,' zei hij. 'Ik wil niet dat er iemand hier komt.'

Hij trok haar hand naar zich toe en kuste die, stond toen op en schuifelde naar zijn werkkamer. In de eetkamer hoorden we dat hij boven langzaam en koppig op zijn schrijfmachine zat te rammen. De bloemen van de angst. Ik had de prullenbak doorzocht, hij leek geen fatsoenlijke zin meer te kunnen schrijven, het waren eerder lijstjes met namen of cryptische aantekeningen:

Monday rain...
's Avonds een speler. Weggaan terwijl hij blijft.
Uiteindelijk onbeslist.
wat je had gewild.
Maar de vraag blijft

Met dezelfde koppige trots waarmee hij nog altijd achter de schrijfmachine ging zitten, verzette hij zich tegen Alva's zorgen. Elke dag waren er ruzies en beschuldigingen en toen hij buiten weer eens was verdwaald en onderkoeld was geraakt, zei Alva dat het haar het beste leek hem na de kerst onder de hoede van de Christianstift in Zürich te plaatsen, een privéverzorgingshuis. Ze had de situatie tegenover de leiding uiteengezet en meteen een plaats toegezegd gekregen.

Bij die mededeling toonde Romanow geen enkele emotie, maar ik zag hem vaak broeierig in de verte staren.

En toen kwam 17 december, de verjaardag van tante Helene. 'Precies een week voor kerst,' zei ze altijd als we het als kind weer eens waren vergeten. 'Makkelijk te onthouden.'

De hele ochtend had ik last van een vreemde onrust. Er was iets met deze dag, maar wat? Alva was naar de stad en ik belde mijn broer en mijn zus. Twee maanden geleden had ik hen voor de kerstdagen uitgenodigd, maar dat moest ik nu afzeggen. Liz zei dat zij en Toni dan kerst gingen vieren bij Marty in München. Ik zei dat ik ook een dagje kwam als dat te regelen viel.

'Je moet er echt even uit,' zei mijn zus voordat ze ophing.

Ik ging voor het raam staan. De tuin en de weiden waren verdwenen en voor me lag het met sneeuw bedekte dal. Het was doodstil in het chalet. En toen wist ik wat ik miste. Het geluid van Romanows schrijfmachine op de eerste verdieping.

*

Ik vloog naar de werkkamer – leeg. Toen ik een paar seconden later de kelderdeur openduwde, stond Romanow met een zak was voor mijn neus. Zijn wangen waren wasachtig bleek en zijn kin was bedekt met grijze stoppels. Het leek even te duren voordat hij me herkende. Tot mijn opluchting zei hij toen mijn naam.

'Jules, je moet me helpen,' zei hij vriendelijk en op de vertrouwelijke toon waarop hij eerder met me had gesproken. Hij haalde een opgevouwen blaadje uit zijn broekzak. Daarop stond één woord: *kelder*.

'Wat kwam ik hier doen?'

Ik dacht aan Alva, die naar de stad was om boodschappen te doen en aansluitend een afspraak had met de leiding van de Christianstift om de volgende stappen te bespreken. Ondertussen stond ik hier met haar man, die wilde weten of hij nou een wasje wilde draaien of zich van kant maken. Ik dacht ineens weer aan zijn briefje, waarop hij naast een beschrijving van mijn uiterlijk het woord 'vriend' had geschreven. Mijn slapen bonkten toen ik naar het lievelingsgeweer van zijn vader liep en de zware metalen loop aanraakte.

Ik drukte hem het wapen in de hand.

Zelfs nu nog, jaren later, staat die scène in de kelder me haarscherp voor de geest en ik droom er nog vaak van.

'De Browning,' zei hij meteen.

'Je vader, herinner je je die nog?'

'Natuurlijk.'

'Weet je nog hoe hij aan zijn eind is gekomen?'

'Hij heeft zich een kogel door de kop gejaagd. Geloof het of niet, met dit geweer. Ik heb er vroeger veel mee gejaagd. Mijn vader was ook een hartstochtelijk jager.'

Romanow staarde peinzend naar het geweer. Toen veranderde de uitdrukking op zijn gezicht. Ik zag angst en paniek in hem opkomen. Zijn mond vertrok en zijn handen begonnen te trillen.

‘O god, ik weet weer wat ik hier kwam doen,’ fluisterde hij.

Het doordringende besef schokte hem. Met wijd opengesperde ogen keek hij me aan en ik werd me ervan bewust dat dit misschien het laatste moment was dat hij nog controle over zijn doen en laten had. Daar voorbij lag alleen nog de uitgestrektheid van de waanzin voor hem.

‘Doe ik hier goed aan?’ vroeg hij, nog steeds met het geweer in zijn hand. ‘Zeg, Jules? Is dit goed?’

‘Je vrouw is naar de stad.’ Mijn mond was kurkdroog. ‘Ze heeft een afspraak met de leiding van een verpleeghuis. Ze...’

Romanow keek me vragend aan.

‘Je wilt niet naar een tehuis,’ zei ik. ‘Niet zoals je moeder. Snap je?’

Ik zag meteen hoe wanhopig hij naar die herinneringen zocht.

‘Nee, dat wil ik niet,’ zei hij toen eindelijk.

Ik liep naar hem toe. ‘Kun je loslaten? Alexander, kun je loslaten?’

Romanow leek me niet te horen. ‘Met mijn moeder was het op het laatst helemaal mis,’ zei hij bijna kinderlijk. ‘Ze leek wel een dier. Ze wist niets meer, niet wie haar zoon was en niet wie ze zelf was geweest.’ Hij liep naar de kast, haalde er een doosje munitie uit en laadde het geweer. Er viel een patroon op de grond en hij raapte het moeizaam op.

‘Moet ik iets tegen je vrouw zeggen? Ik zal zeggen dat je van haar houdt.’

Romanow antwoordde niet. Met trillende handen streek hij over het geweer. Ik zag dat hij verschrikkelijk bang was.

‘Als kleine jongen keek ik altijd naar de trekvogels,’ zei hij. ‘Waar vliegen ze toch heen, vroeg ik me dan af. Waar vliegen ze toch heen?’

Een stem in mijn hoofd beval me hem het wapen af te pakken en het noodnummer te bellen. Maar ik omhelsde hem en verliet zwijgend de kelder.

Haastig liep ik naar mijn kamer, pakte mijn jack en rende de bergweg af naar het dal. Een keer gleed ik uit en viel in de sneeuw. Ik krabbelde overeind en rende verder. De hele tijd wachtte ik op een schot, maar dat kwam niet. Ik stelde me voor hoe Romanow met het geweer in de kelder stond, alleen met de keus wat hij ging verliezen, zijn verstand of zijn leven. Nog een paar laatste ogenblikken, afscheid van alles nemen, dan die ene seconde van moed vatten, sterk blijven en loslaten.

Ik was al beneden bij de grote weg toen ik de knal hoorde. Een paar vogels fladderden geschrokken op uit de bomen, toen daalde de stilte weer over het dal neer.

Het ontstaan van de angst

(2007-2008)

VOOR DE RIT naar Italië hadden we een auto gehuurd. Vlak voor ons vertrek keken we nog even naar onze nieuwe huiskamer. De muren waren fris geverfd, de vloer was geschuurd en gelakt; pas een paar uur geleden hadden we er de laatste hand aan gelegd. Alva had het erover hoe we het huis na onze terugkomst zouden inrichten en ik weet niet of het kwam doordat ik weer een thuis had of dat ze in de zesde maand van haar zwangerschap was, maar ineens schoten er tranen van geluk in mijn ogen. Verlegen wendde ik me af.

We reden in de vroege avond uit München weg en wisselden elkaar af achter het stuur. 'Zal ik je eens wat zeggen?' Ze trommelde op het stuur. 'Ik geloof dat ik toch weer ga studeren. Ik heb de universiteit en het leren gemist en nou ja, dan ben ik daar maar de oudste.'

'Wat ga je studeren? Literatuurwetenschap?'

Een heftig hoofdschudden. 'Ik heb zoveel met schrijvers te maken gehad, nu heb ik iets anders nodig, iets voor mij alleen. Ik wil iets voor mijn verstand doen.'

Haar ogen fonkelden achter haar brillenglazen en toen ik naar haar gezicht keek, naar de blanke, zachte huid, de fijne zwarte wimpers en het krachtige rood van haar haar, werd ik even overweldigd door haar schoonheid.

We haalden herinneringen op aan de ritjes die we in onze jeugd samen hadden gemaakt: naar verre meren of naar festivals. In mijn overmoed zei ik: 'Krankzinnig toch, dat we elkaar zo lang niet hebben gezien?' Of iets van die strekking.

Alva haalde haar schouders op. 'Toen we op school zaten, dacht ik dat dat van ons heel ingewikkeld lag. Pas later heb ik begrepen dat ik altijd van je heb gehouden.' Ze stond op het punt van rijbaan te veranderen en keek me niet aan. 'Maar toen zat ik al in Rusland. In die tijd dacht ik vaak aan je, maar op een gegeven moment wilde ik je ook maar gewoon vergeten.'

'Dus je hebt me gemist?'

'Ja, vaak,' zei Alva, 'maar meestal was ik blij dat ik van je af was.'

Ze glimlachte. Ik legde mijn hand op haar buik. We hadden nog steeds geen namen voor de tweeling. Ze had onze dochter aanvankelijk naar haar zus willen vernoemen, maar besloot toen toch van niet. 'Stel dat Phine nog leeft?' Bij het zoeken naar namen had ik ontdekt dat 'Alva' in de Scandinavische talen 'bosgeest' betekende. Dat vond ik mooi. Alva bewaakte het bos dat ik sinds mijn kinderjaren nooit meer had verlaten.

Voor ons tientallen vrachtwagens, benzinelucht, talloze koplampen en achterlichten. We passeerden de grens met Italië en verheugden ons op ons hotel aan de Amalfikust, waar we twee weken zouden blijven. Ik bekostigde de reis van mijn spaargeld, maar nodig was dat niet. Alva had bij de dood van Romanow een in mijn ogen schrikbarend groot bedrag geërfd en de verkoop van het chalet en de bijbehorende grond had nog eens bijna een miljoen Zwitserse franken opgeleverd. Geld speelde geen rol meer, of ik dat nu wilde of niet.

'Heb je de uitgeverij nog te pakken kunnen krijgen?'

'Ja,' zei ik. 'Zijn boek komt nu toch in de voorjaarsaanbieding.'

'Krijg je dat voor elkaar?'

'Ik ben al bijna klaar.'

Romanows laatste werk – *Zeit, fliegst du davon* – zou uit vijf novellen bestaan. Drie daarvan had hij al maanden voor zijn dood bij een notaris in Luzern gedeponeerd om ze tegen hemzelf te beschermen. Het eerste verhaal ging over een handelsvertegenwoordiger in Polen, eind jaren veertig. Hij had zijn familie in de oorlog verloren en reisde in de winter door een schraal, koud land waar afgezien van zijn herinneringen helemaal niets was. De volgende novelle, *Licht und Gegenlicht*, speelde in Amerika en ging over een echtpaar uit Oregon dat ging scheiden. De vrouw begreep inmiddels dat haar man haar jarenlang had bedrogen en daardoor liepen haar gelukkige herinneringen aan hem een forse deuk op. Het derde verhaal ging over hemzelf, de in vergetelheid geraakte schrijver Aleksandr Nikolaj Romanow. Daarin beschreef hij hoe hij zijn verstand verloor, in een tehuis belandde en daar zijn leven almaar uit elkaar rafelde en verkeerd weer in elkaar zette. Daarna mijn lievelingsverhaal, nog van voor *Ein unbeugsames Herz*.

De laatste twee novellen waren van mij.

De envelop die Romanow me een paar weken voor zijn dood had gegeven bevatte dertig kantjes scènes, opmerkingen, herinneringen en ideeën. Er zat ook een brief bij.

We zijn allebei dieven, Jules...

stond erin.

Daarom wil ik je een ruil aanbieden. Boek voor vrouw. Dat ben je me wel verschuldigd.

Hij wilde – na bewerking volgens zijn aanwijzingen – de twee verhalen hebben die ik in Zwitserland had geschreven.

'Ik snap nog steeds niet waarom je dat voor Sasja doet,' zei Alva. 'Het was toch maar een verzoek en hij was zichzelf niet meer.'

'Maar het was wel een serieus gemeend verzoek.'

'Maar dan nog. Je gooit je toekomst als schrijver weg. Waarom doe je dat?'

Ik schudde mijn hoofd. Ik kon het niet uitleggen.

Vaak was het verrassend gemakkelijk, maar soms ook haast onmogelijk geweest Romanows ideeën in mijn novellen te verwerken. Het deed een beetje denken aan een transplantatie, vreemde scènes in een manuscript inbouwen. Ik had vaak hele verhaallijnen moeten verzinnen om de gedachten onder te brengen die hij erin wilde hebben. Maar na een tijd kon ik zijn scènes niet meer van mijn eigen verhaal onderscheiden. Ook zijn laatste boek zou weer vol tragiek zijn, maar Romanow had weleens gezegd dat hij het leven nooit had gedramatiseerd, nooit iets had toegevoegd. Hij had alleen nooit weggekeken.

Alva zuchtte. 'En wat ga je doen als je klaar bent met zijn boek?'

'Dan ga ik een baan zoeken.'

Ze gaf richting aan voor de afslag. 'Als ik studeer, moet jij op de kinderen passen.'

'En wat moet ik dan doen?'

'Dan moet je weer je eigen verhalen gaan schrijven. Ik geef mijn geld met alle plezier uit om een veelbelovend schrijver te ondersteunen. Noem het maar een stipendium.'

'Leuk idee.' Ik stapte uit om te tanken.

Alva kwam naar me toe. 'Dat is altijd mijn droom geweest, Jules: een eigen hofdichter die van mij afhankelijk is.' Ze gaf me een kus. 'Mijn huisslaaf.'

'Je bent wel lekker brutaal geworden, *chieftain*.' Ik kuste haar terug, maar beet daarbij even in haar onderlip. 'Pas maar op dat je niet verpest wordt door al dat geld.'

'Dat is allang gebeurd.'

We sloegen koffie en tramezzini in en reden verder. De lucht was diepzwart, het dashboard lichtte op en het was heel gezellig om zo met haar in de auto te zitten. We praatten de hele nacht, luisterden op de radio naar Italiaanse liedjes en dolden wat met elkaar, en Alva zei weer dat ik zulke kleine oortjes had, de kleinste die ze ooit had gezien, en ik beweerde dat dat een teken van grote intelligentie was.

'Als we er zijn, gaan we aan zee ontbijten.' Ze nestelde zich behaaglijk moe in haar stoel. Er verscheen al een naadje zonlicht aan de horizon en we keken zwijgend hoe het landschap voor ons geleidelijk uit het donker tevoorschijn kwam. Alva's vingertoppen streelden mijn onderarm, heen en weer, heen en weer, en misschien was dat het moment waarop ik mijn leven niet meer voor een ander wilde ruilen, zelfs niet voor een leven waarin mijn ouders er nog waren.

*

Toen Romanows boek driekwart jaar later bij zijn Zwitserse uitgever verscheen, stonden er besprekingen in de literaire katernen van de kranten, waarvan vele ook zijn levenswerk belichtten, maar de verkoop was teleurstellend. De naam A.N. Romanow werd nog één keer opgepoetst en toen was het voorbij.

'Dat hoeft hij tenminste niet meer mee te maken.' Verbitterd keek Alva naar het witte boekje in haar hand. 'Over vijf jaar wordt hij helemaal niet meer gelezen. Te somber.'

'Ik blijf hem lezen.'

'Wanneer dan?'

'Als het niet goed met me gaat. Dan zal het me troosten.'

Alva ging bij het kinderbedje staan. 'Waarom zou het niet goed met ons gaan?' Ze keek naar de baby's. 'Ik maak graag de balans op, ook al is die macaber. Het leven is een nulsomspel. Aan de minkant staan bij mij al de verdwijning van mijn zusje, mijn kinderjaren, mijn moeder, de dood van Sasja en vooral het Hoe. Er moet ons dus wel heel veel goeds overkomen om alles weer in evenwicht te brengen.'

'Het leven is geen nulsomspel. Er zijn mensen die alleen maar pech hebben, die alles verliezen waar ze van houden.'

'En jij denkt natuurlijk dat jij zo iemand bent? Ach, lieve stakker.' Alva streek door mijn haar. Zorgvuldig, bedacht ik.

'Vertrouw me maar.' Ze gaf me een kus. 'De komende jaren zijn voor ons.'

Ik tilde onze dochter uit bed. Het was nog altijd een overweldigend gevoel om een van de baby's in mijn armen te houden. Alsof het lichtste deel van mij niet meer in mijzelf zat, maar in hen. 'Hoor je dat?' fluisterde ik in Luises oor. 'De komende jaren zijn voor ons.'

Ik was inmiddels vijfendertig, bijna zo oud als mijn ouders toen ze omkwamen. Ik stond op het punt een drempel te overschrijden die zij nooit hadden bereikt. Het deed me pijn dat mijn tijd met hen steeds verder weg was, dat die alleen het eerste, verre derde deel van mijn leven besloeg. Toen ik Alva als jonge moeder meemaakte, dacht ik vaak aan mijn eigen moeder en vond ik het verschrikkelijk jammer dat ik zo weinig van haar wist. Mijn herinnering aan haar was eerder een gevoel, haar warmte, haar onverwoestbare opgewektheid. Als mens was ze daarentegen een vreemde voor me gebleven en pas nu begreep ik waarom. Ik had nooit een moment van zwakte bij haar gezien. Nooit een ogenblik meegemaakt waarop ze bedrukt of terneergeslagen was. Als een actrice die haar ware zelf achter het masker van de stralende moeder verstopte, was ze door mijn kindertijd gegleden en zo hield ik alleen de weinige altijd gelijke verhalen over die ik van haar kende.

'Jullie vader was eigenlijk helemaal mijn type niet,' had ze een keer tegen ons gezegd. 'Maar ik kon gewoon niet om hem heen. Hij was de gangmaker van een klein groepje studenten en dat wachtte me elke dag voor de universiteit op, en dan vroeg hij of ik met hem uit wilde. Ik zei telkens nee. "Tot morgen dan," zei hij dan altijd met een grijns en een buiging. Ik vond het leuk dat hij zo vasthoudend was. En hij sprak mijn naam altijd verkeerd uit.'

Als ze dat zei, keek ze mijn vader aan, die alsof het zijn claus was, met een overdreven accent 'Magdalena Seitz' zei.

Als ik aan die taferelen denk, die het beeld van een strijdlustige jongeman oproepen, kan ik haast niet geloven dat mijn vader vroeger zo anders was dan in zijn latere angstige tijd. Vermoedelijk had hij toen het overmoedige zelfbewustzijn dat bijna iedereen van begin twintig heeft. Of het was juist het tegenovergestelde: de enige authentieke fase in zijn leven voordat de gebeurtenissen uit zijn jeugd hem in hun greep kregen.

Om licht op zijn verleden te doen schijnen doorzocht ik de opslag. Daar stonden alle dozen met herinneringen uit Berdillac, München, Hamburg en Berlijn. In een daarvan vond ik naast oude familiefoto's ook het rode schrift met de verhaaltjes die ik als kind had geschreven, de kapotte Leica en de Franse brief.

Lieve Stéphane, deze camera is voor jou. Hij moet je eraan herinneren wie je bent en aan datgene wat nooit door het leven kapot mag worden gemaakt. Probeer me alsjeblieft te begrijpen.

Ik legde de brief weg. Wat wist ik helemaal van mijn vader? Als jongeman had hij met plezier gevoetbald en hij wilde fotograaf worden, maar het had hem aan moed en ondersteuning ontbroken. Waarschijnlijk werden hij en zijn oudere broer Éric door hun vader geslagen, vooral als die gedronken had. Daar had tante Helene op gezinspeeld. Al het andere moest ik zien op te maken uit de dingen die ons níét waren verteld. Hoe kwam het dat mijn oom Éric zo jong gestorven was? Zijn dood was een tragisch geheim waarover in de familie niet werd gesproken. Nu was het te laat om het nog te vragen. Mijn vader had zijn verleden bewust naar de achtergrond geduwd en het lukte me niet meer erop scherp te stellen.

*

Ik was alles al weer aan het opbergen toen ik op een oude familiefoto stuitte: mijn ouders met het echtpaar Lehner, destijds heel goede vrienden. Hanno Lehner, een goed uitziende diplomaat die ons toen we klein waren vaak over zijn reizen naar Soedan en Iran had verteld. En Elli Lehner, lerares, net als mijn moeder. Ze moeten op een gegeven moment onenigheid hebben gehad, want in de jaren voor de dood van mijn ouders kwamen ze ineens niet meer over de vloer. Op de foto zaten ze gevieren aan de eettafel bij ons thuis. Mijn vader keek naar Elli, die druk gesticulerend zat te praten. Ook Hanno keek geboeid naar zijn vrouw. Alleen mijn moeder keek niet naar haar. Ze keek ook niet naar mijn vader of in de camera. Ze keek naar hém. Die blik kende ik maar al te goed. Dat was dezelfde dwepende, hongerige blik waarmee mijn zus naar mannen keek die ze wilde. En die ze dan ook kreeg. Maar kon dat wel kloppen? Vertelde die foto het verhaal of vertelde ik het zelf?

Ik zette koffie en werkte verder aan mijn roman. Ik schoot nauwelijks op. De haast manische energie die ik in de tijd in het chalet had gehad, was verdwenen en de dood van Romanow dreunde nog in mij na. Ik had Alva niet verteld dat ik haar man het geweer in handen had gegeven en hoewel ikzelf natuurlijk wist dat ik het niet om die reden had gedaan, verweet ik mezelf soms dat ik mijn concurrent op een elegante manier uit de weg had geruimd.

Ik tikte een tijdje door, totdat mijn gedachten plotseling weer bij mijn vader terechtkwamen. Bij ons laatste gesprek. Dat had ik me heel lang anders herinnerd, maar inmiddels geloofde ik de indrukken die ik bij de LSD-trip had gehad. Dat was een waarheid die ik lang had verdrongen, die als een giftige doorn in me had gezeten en vanuit het donker van mijn onbewuste mijn bestaan had geregeerd.

Wat wel klopte is dat ik het die laatste avond met mijn vader over de camera had gehad die hij me als kerstcadeau had gegeven en die ik nooit had gebruikt. Wat ook klopte is dat we het hadden bijgelegd en dat hij aanbood me te leren hoe je de Mamiya gebruikte. Hij zei dat hij het erg fijn zou vinden als ik ging fotograferen, ik had een goed oog voor thema's en compositie, dat was hem vaak opgevallen.

Maar daarmee was het gesprek niet afgelopen geweest.

We stonden in die tijd op gespannen voet met elkaar en niet alleen vanwege die camera. Mijn moeder was altijd evenwichtig en zichzelf volkomen meester, tegen haar verzette ik me nooit. Als mijn vader me naar bed stuurde, haalde ik mijn schouders op en als hij zijn gezag wilde laten gelden en me tot de orde riep, lachte ik alleen maar. Want daarmee liet hij zijn angst en onzekerheid zien en dat trok ik niet.

Het weekend dat mijn ouders naar Frankrijk gingen, wilde ik met alle geweld naar het feest van een oudere jongen. Die rookte en dronk al en ik vond het een grote eer dat hij mij had uitgenodigd. Maar mijn vader vond het niet goed dat ik daar bleef slapen.

'Maar iedereen gaat, pap. Ik heb beloofd dat ik ook kwam.'

'We hebben het al eerder over die jongen gehad, dat is geen gezelschap voor jou. Ik laat jou daar echt niet zonder toezicht overnachten.'

'Maar als ik niet ga, denken ze dat ik een bangerik ben.'

'Nou, dan denken ze dat maar. In elk geval ga je er niet naartoe.'

Voor hem was de discussie daarmee afgelopen, hij klikte zijn koffer dicht en stopte zijn pijp.

'Ja,' zei ik. 'Ik dacht wel dat dat je niet zou interesseren. Je bent zelf een bangerik.'

Ik voelde meteen dat ik fout zat. Mijn vader draaide zich naar me toe, net zo geschrokken als ik en nog met de pijp in zijn hand.

'Wat zei je daar, Jules?'

'Dat je een bangerik bent,' hoorde ik mezelf hakkelen. Ik kreeg het beurtelings warm en koud, ik ging veel te ver maar kon niet ophouden. 'Nooit durf jij iets. Ik mag nooit wat omdat je zelf overal bang voor bent. Je bent een bangerik en je wilt dat wij net zo worden als jij.'

Een klap tegen mijn linkerwang.

De tranen schoten me in de ogen. 'Je kan me wat,' schreeuwde ik. 'Jij met je rotcamera.' Ik keek hem woedend aan. 'Ik háát je.'

Het was meteen doodstil.

Ik deed een stap naar achteren. Het leek ineens alsof ik mijn vader voor het eerst echt zag. Hij leek diep geraakt en zijn gezicht stond net zo als na het telefoongesprek over zijn ontslag. Iets in me kreeg onmiddellijk medelijden met hem. Toen rende ik naar mijn kamer.

Een halfuur later kwam mijn moeder naar me toe. Ze had haar beige jas aan en omhelsde me ten afscheid, ik rook de seringengeur van haar parfum. 'Doe nou niet zo,' zei ze. 'Dat meende papa toch niet zo.'

'Hij heeft me een klap gegeven.'

'Weet ik. En daar heeft hij heel erg veel spijt van. Hij kan zelf haast niet geloven dat hij zoiets heeft gedaan.' Ze zweeg even. 'Hij heeft op het ogenblik wat... Het gaat even niet zo goed met hem.'

'Gaan jullie daarom weg?'

'Ook.' Ze aaide me door mijn haar. 'Wil je hem niet even gedag zeggen? Hij wil zo graag afscheid van je nemen, de taxi komt zo.'

'Nee,' blafte ik.

Mijn moeder gaf me een zoen op beide wangen en toen hoorde ik haar in de gang ook afscheid nemen van Liz en Marty. Mijn vader vroeg wat er met me aan de hand was.

'Je kent hem toch,' zei ze. 'Hij is koppig.'

'Verdomme...' mompelde hij; het klonk nog steeds geknakt. Hij kwam zelf mijn kamer in, hij wilde met me praten, maar ik wees hem zwijgend af. Toen kwam de taxi en ik hoorde de voordeur in het slot vallen.

Aan dat 'Ik haat je' heb ik nooit meer iets kunnen toevoegen, dus dat is altijd het laatste gebleven wat ik voor zijn dood tegen hem heb gezegd.

Door het raam in de huiskamer zag ik hen beneden in de taxi stappen. Stéphane, mijn vader, hield het portier open voor Magdalena, mijn moeder, en toen reden ze weg en nog steeds zie ik die taxi in het nachtelijke licht van de straatlantaarns de hoek om slaan en uit mijn blikveld verdwijnen.

Het onveranderlijke

(2012-2014)

IN APRIL 2012, ruim tweeënhalf jaar voor mijn motorongeluk: een gezamenlijk paasfeest in München. De koperrode daken in onze straat gloeiden op in de middagzon en de geur van versgebakken taart hing in de lucht. Onder het eten probeerde Marty mijn zoon aldoor met gekke gezichten aan het lachen te maken, maar dat bleek een hopeloze zaak. Vincent was vierenhalf en nogal gereserveerd, en mijn broer was niet bepaald een geboren kinderentertainer.

Na het dessert ging de tweeling de paaseieren zoeken die Elena in huis had verstopt. In de nabijheid van mijn kinderen bloeide ze altijd op, zodat ik vaak en graag met hen langskwam. Soms kwam ik ook alleen, maar dan ging ik naar haar praktijk. Daar was ik mee begonnen toen ik had gehoord dat ik vader werd en niet zeker wist of ik die rol wel op de juiste manier kon vervullen. Tijdens die sessies zei Elena nooit veel, ze luisterde alleen terwijl ik vertelde over mijn stille angst dat ik alles weer zou kwijtraken. En ze doorzag me, meestal zonder woorden. Dan was een enkele vriendelijke of vermanende blik voldoende om me duidelijk te maken wat ze bedoelde. Ik begreep steeds beter wat Marty bij haar had gezocht en gevonden. Elena corrigeerde, zij zag het als iemand van het pad raakte en leidde hem dan met zachte vasthoudendheid weer terug.

Toni was niet meegekomen naar München. Ik besloot Liz maar niet naar hem te vragen. Als Toni vroeger na een optreden een vrouw mee naar huis had genomen, vertelde hij Liz alles tot in de kleinste details en lachten ze er samen om. Liz hing tegen hem aan, pakte zijn hand en gaf hem koosnaampjes. Maar verder ging het nooit. Als ze zelf weer een vriendje had, vertelde ze Toni helemaal niets en trok ze zich helemaal van hem terug. 'De sadiste en de masochist,' zei mijn broer een keer voor de grap, al was het natuurlijk geen grap.

Luise rende naar haar tante toe en kroop bij haar op schoot. Zoals altijd als ze ons uit Berlijn kwam opzoeken, verklaarde Liz plechtig dat zij ook kinderen wilde. Ze was inmiddels tweeënveertig en ik hield er geen rekening meer mee dat dat ooit nog zou gebeuren. 'Ik wil er precies zo een,' zei ze. 'Deze hier is helemaal goed.' Ze gaf mijn dochter een kus op haar hoofd en ze straalden allebei.

Maar al deed mijn zus alsof ze van het gezinsleven genoot, ze hield het altijd maar een paar dagen uit in München. Ik herinnerde me dat ze er ook vroeger als we kerst vierden bij onze tante al altijd tussenuit kneep naar een of ander feest als alles te harmonieus en gelukkig leek, en ik moest weer aan het citaat van Jack Kerouac denken dat ze als tiener boven haar bed had hangen: *The only people for me are the mad ones, the ones who are mad to live, mad to talk, mad to be saved, desirous of everything at the same time, the ones who never yawn or say a commonplace thing, but burn, burn, burn like fabulous yellow roman candles exploding like spiders across the stars.*

*

Gelach uit de huiskamer. Op de bank zaten Alva en de kinderen dicht tegen elkaar aan. Ze had voorgelezen en nu zaten ze een beetje te dollen. Ik kon er geen genoeg van krijgen Alva als moeder te zien. Ze vond altijd de juiste toon en wist, anders dan ik, precies wanneer ze streng moest zijn en wanneer uitgelaten, en ze leek alles te willen geven wat haarzelf vroeger was ontzegd. De kinderen verafgoodden haar.

Ik liep naar de platenspeler. 'Let op,' zei ik, en even voelde ik dezelfde voorpret die ik als kind had gekend als ik mijn broer en zus iets wilde laten zien. Ik legde een album op de draaitafel. Luide gitaarklanken, achtergrondkoortje. Aller ogen waren op mij gericht.

'Wat is dat, pap?'

'Dat zijn de Beatles,' zei ik. '"Paperback Writer".'

Luise leek het leuke muziek te vinden. Vincent daarentegen wipte stomverbaasd en met hoog opgetrokken wenkbrauwen met zijn voet, en toen het afgelopen was, zei hij meteen: 'Nog een keer.'

De kinderen zouden bij Marty en Elena blijven slapen, zodat wij weer eens samen uit konden.

'We zitten nu naar een film te kijken en daarna stop ik ze in bed,' zei Elena die avond aan de telefoon. En voor de derde keer in het gesprek: 'We passen goed op ze.'

'Ja, ja, weet ik toch,' zei ik half lachend.

Toen ik had opgehangen, merkte ik dat Alva naar me keek. 'Wat is er?'

'Je ziet er zo tevreden uit. Je grijnst helemaal.'

'Niet.'

'Jawel. Nog steeds.'

Ik pakte haar hand en trok haar zwierig naar me toe. 'Eindelijk weer eens alleen met jou,' – ik sloeg mijn armen om haar schouders – 'als we de kinderen nu eens bij mijn broer achterlieten en er samen vandoor gingen?'

'Ik dacht dat je het nooit zou vragen.'

Later in het restaurant vertelde Alva over een college dat Marty haar had aanbevolen. De laatste jaren was ze met hem bevriend geraakt en het kwam vaak voor dat ik thuiskwam en hen samen druk in gesprek aantrof. Soms kwam ik erbij zitten, maar eigenlijk vond ik het wel fijn dat ze het ook zonder mij zo goed met elkaar konden vinden. 'Is je weleens opgevallen hoe zij en Liz in veel opzichten op elkaar lijken?' had Marty me na zo'n gesprek een keer gevraagd. Eerst had ik alleen ongelovig gelachen, maar later heb ik vaak over zijn opmerking nagedacht.

Alva had haar studie filosofie allang afgerond en werkte inmiddels aan haar dissertatie; daarnaast zorgde ze voor de verwaarloosde binnentuin. Op haar voorstel had de woningstichting een nieuw gazon laten aanleggen en nu liet ze voor de kinderen (en ook een beetje voor mij) een schommel neerzetten en een boomhut bouwen.

Maar nog altijd vibreerde er iets duisters in haar. Af en toe leek het verleden zijn klauwen naar haar uit te steken; scènes uit haar jeugd en de mij onbekende Moskouse jaren haalden haar in. Vaak had ze dan nachtmerries en woelde ze onrustig in haar slaap voordat ze zich tegen me aan vlijde en weer kalmeerde. Ik had al vroeg moeten leren dat er twee Alva's waren en dat ik de ene niet zonder de andere kon krijgen. Met haar nachtelijke wandelingen was ze weliswaar na de geboorte van de tweeling opgehouden, maar ergens bleef ik bezorgd dat ze op een gegeven moment weer zou verdwijnen en dan niet meer terug kon.

'Ik heb trouwens een stukje in dat kinderboek van die Zweed gelezen.' Ze hing met haar gezicht boven de kaart. 'Magnus Nogwat. Ik vond het erg goed.'

Ik was er allang aan gewend dat ze stiekem meelas met de manuscripten die ik persklaar maakte. Toch deed ik alsof ik dat verontrustend vond.

'Wat zou dat nou?' vroeg ze dan. 'Zolang je me niets van jezelf laat lezen, lees ik dat maar.'

Dat werk als persklaarmaker had ik via de uitgever van Romanow gekregen. Mijn werk aan zijn manuscript was hun goed bevallen en op mijn verzoek hadden ze me aanbevolen bij een uitgeverij in München. Aan mijn eigen roman werkte ik daarentegen nog maar sporadisch. Waarschijnlijk had ik het allang opgegeven als Alva er niet steeds weer naar had gevraagd.

Die avond dronken we iets te veel en Alva vertelde over de tijd voordat we elkaar kenden en hoe heerlijk ze het als kind altijd vond om met haar vader op de dichtgevroren vijver achter hun huis te schaatsen. Terwijl ze daarover vertelde, leek het wel alsof ze van binnenuit straalde. Ik boog me over het tafeltje om haar te kussen, toen schonk ik ons nog een keer bij en ze vroeg of ik haar dronken wilde voeren en ik zei dat dat inderdaad mijn bedoeling was.

Op weg naar huis wankelde ze werkelijk een beetje. Ik wilde haar ondersteunen, maar merkte toen dat ikzelf ook niet al te vast op mijn benen stond. We giechelden en sjokten op elkaar leunend naar de metro.

Die nacht werd ik wakker van een geluid. Ik had heel intens gedroomd en het duurde even voordat ik weer op aarde was. Alva lag naast me te huilen. Geschrokken knipte ik het licht aan.

'Waarom ben ik niet gelukkig?'

Ze sprak onduidelijk en te snel. 'Ik hou van jou, ik hou van Vincent en Luise. Ik hou van alles wat we hebben. Maar soms lijkt het alsof dat niet genoeg is, alsof het nooit genoeg zal zijn, niets. Dan wil ik alleen nog maar weg om nooit meer terug te komen, en ik weet niet waarom.'

Haar woorden zonken diep in me als een steen die in een meer wordt gegooid.

Ik nam haar in mijn armen. 'Het is oké,' zei ik steeds maar weer. Ik kuste haar zachtjes op haar hoofd. 'Ik hou van je zoals je bent.'

'Zo wil ik niet zijn,' zei ze zacht. 'Maar ik kan er niets aan doen.'

'Weet ik.'

Minutenlang hield ik haar stevig vast en praatte troostend op haar in. Omdat ze niet meer kon slapen, bekeken we films totdat het eerste blauwe ochtendlicht de slaapkamer binnenviel. En natuurlijk had dat allemaal niets met de latere gebeurtenissen te maken, maar na die nacht waardeerde ik onze zorgeloze ogenblikken nog iets meer.

*

Een paar uur voordat ik naar het vliegveld moest, speelde ik met de kinderen in de tuin. Luise wilde met alle geweld Peter Pan zijn en Vincent nam verschillende bijrollen voor zijn rekening. De sinds kort voltooide boomhut was het piratenhol dat door mij, de verslagen kapitein Haak, werd verdedigd. Als sabel gebruikte ik de mahoniehouten wandelstok van Romanow, mijn kinderen vielen aan met takken en natuurlijk wonnen ze na een zware strijd, waarna ik smartelijk de geest gaf.

'Hij is dood, hij is dood.' Ze renden lachend om me heen en prikten met hun stokken in mijn buik.

Mijn broer kwam de tuin in met een tas over zijn schouder. Hij zag me over de grond kronkelen en grijnsde. 'We moeten weg.'

Een tripje naar Berlijn om Toni te verrassen op zijn verjaardag. Hij vierde het in een kroeg en leek het erg leuk te vinden dat we er waren, maar hij zag er zo slecht uit dat ik schrok. Van zijn vroegere aanstekelijke uitstraling was niets meer over, hij leek ongelukkig en sterk verouderd. Ook die avond had hij vooral aandacht voor Liz, die eerst liefdevol met hem zat te praten en later aan de bar zat met een man die ik niet kende. Ik zag dat Toni's blik haar aldoor zocht en dat zelfs zijn gespeelde vrolijkheid geleidelijk wegzakte, totdat hij op het laatst zwijgend in een hoek stond. Marty en ik kwamen bij hem staan, maar we konden hem niet opvrolijken en kort daarna ging hij alleen naar huis.

Die nacht zaten we nog lang bij Liz in de keuken. Ze leek te merken wat we dachten.

'Nu is het wel genoeg,' zei ze ten slotte. 'Alsof ik het leuk vind om hem zo neerslachtig te zien.'

'Daar gaat het toch niet om,' zei Marty. 'maar je kwelt hem nu al jaren. Toni had allang een eigen gezin kunnen hebben en gelukkig kunnen zijn, maar jij laat hem niet los. Je doet de deur nooit helemaal dicht, je laat altijd een kiertje open zodat hij steeds weer achter je aan komt. Alleen omdat je het ergens niet zou kunnen verdragen als hij ineens weg was.'

'En wat moet ik daaraan doen? Een relatie met hem hebben, alleen omdat dat het enig juiste zou zijn?'

'Waarom niet? Dat lijkt me helemaal niet verkeerd.'

'Je bent gek.' Ze keek hem ongelovig aan en wendde zich toen tot mij. 'En jij? Denk jij er ook zo over?'

'Nou ja, het ligt mede aan jou dat hij nu geen relatie heeft of getrouwd is, dat hij alleen is.' Liz wilde al antwoord geven, maar ik stak mijn hand op. 'Maar hij zou hoe dan ook niet gelukkig zijn. Het ziet ernaar uit dat jij niets voor hem kunt voelen, maar hij houdt van je. Dat is zijn beslissing, hij wil niet anders, dus jij hoeft jezelf niets te verwijten.'

Liz beet op haar nagels. 'Ik kan niet kiezen wat ik voel,' zei ze zacht. 'Zelfs al zou hij de ware voor me zijn, ik voel geen liefde voor hem.'

'Liefde is toch maar een woord,' zei Marty. 'Waar het om gaat is dat je tevreden bent.'

Liz lachte hardop. 'Wat een slap geklets. Tevredenheid, daar koop ik niks voor, het spijt me. Ik wil opwinding, uitdaging, spanning. Toni is een schat en eerlijk is eerlijk, ik zou me zelfs kunnen voorstellen dat hij de man is met wie ik oud word. Maar alleen als goede vriend. Hij is iemand om van te houden, maar niet iemand op wie ik verliefd zou kunnen worden. Ik wil iemand die me ook weleens afwijst, iemand die me slecht behandelt, iemand om voor te vechten.'

'Waarom? Wie wil zoiets nou?'

Ze haalde haar schouders op. 'Er zijn nu eenmaal vrouwen die niet genoeg hebben aan veiligheid en geborgenheid.'

Marty deed een stap naar haar toe. 'O ja, zoals mijn vrouw bijvoorbeeld. Dat is natuurlijk een geweldig voorbeeld. Die ziet mij en denkt: hm, daar zit perspectief in, en dan blijft ze twintig jaar aan me hangen. Want ik ben dan misschien een beetje saai en geen lot uit de loterij, maar ik ben aardig en welgesteld. Als tiener droomde ze misschien wel van iets anders, maar voor een huwelijk kan het er best mee door. En dan komt het goed uit dat haar man er net zo over denkt en dat alle betrokken partijen genoegen nemen met een aardig gemiddelde. Zoiets?'

Er viel een pijnlijke stilte, want dat was precies wat we vaak over zijn relatie hadden gedacht.

Dat leek mijn broer ook te merken. Hij pakte haastig zijn tas en liep naar de deur. 'Zoals jij ertegenover staat zie ik het somber voor je in,' zei hij tegen Liz. 'Want zo blijf je je hele leven ongelukkig.'

Hij verdween in het trappenhuis.

'Dan is het tenminste nog wel mijn eigen leven,' zei Liz, maar dat hoorde hij niet meer.

*

Alva ging anders altijd in de bibliotheek aan haar dissertatie werken, maar op een avond in de late herfst schreef ze thuis. In de werkkamer brandde gedempt licht en ik stond in de deuropening naar haar te kijken. Plotseling verscheen die rimpel weer tussen haar wenkbrauwen, ze staarde in het niets en beet afwezig op haar vinger. Ik vond het prachtig als ze zo geconcentreerd zat te werken. Ik kon allang aan haar schouders zien of ze gespannen was, en uit het feit dat ze de deur op een kier had gezet kon ik opmaken dat ze gezelschap wilde. Er bestond een vertrouwdheid tussen ons die oneindig leek, als twee spiegels die elkaar weerspiegelden.

Ik sneed een banaan in tweeën, pakte de laptop en ging tegenover haar aan het bureau zitten. We aten de banaan op en tikten zwijgend; af en toe keken we elkaar even aan. Op zulke momenten, terwijl Luise en Vincent in de kamer ernaast sliepen, voelde ik me net zo geborgen als vroeger in mijn kinderjaren en daarna nooit meer.

Ik dacht aan de onbevreesde, zelfbewuste jongen die ik toen was. Maar die was ten tijde van de dood van mijn ouders nog niet sterk genoeg geweest en hij had het veld moeten ruimen voor een ander deel van mijn persoonlijkheid. Ik miste hem niet. Wat ik soms wel miste was de uitgelatenheid die ik op mijn tiende vaak had gevoeld. Zou er in mijn leven ooit nog iets gebeuren waardoor ik weer in zo'n dwaze, zorgeloze roes zou worden gekatapulteerd, al was het maar heel even?

'Er is iets wat me bezighoudt.'

'Brand maar los.'

Ik klapte de laptop dicht. 'Ik heb zitten bedenken hoe het zou zijn gegaan als ik in Frankrijk was gaan wonen. Of als ik een ongeluk had gehad. Als wij elkaar nooit hadden gezien. Er zijn zo veel vertakkingen in mijn leven geweest, zo veel mogelijkheden om iemand anders te worden.' Een blik op Alva. 'Ik bedoel, heb jij je nooit afgevraagd hoe jouw leven eruit zou hebben gezien als je zusje toen niet was verdwenen? Dan zou je nu anders zijn geweest.'

Ze dacht na. 'Ja, dat is wel zeker.'

'De vraag is: wat zou er níét anders zijn geweest? Wat zou het onveranderlijke in je zijn? Dat wat in ieder leven hetzelfde zou zijn gebleven, ongeacht het verdere verloop daarvan? Zijn er elementen in een persoonlijkheid die alles doorstaan?'

'En?'

Ik dacht aan Liz, die altijd al wispelturig en eigengereid was geweest, zelfs toen onze ouders nog leefden. Ook haar fascinatie voor jongens leek gewoon bij haar te horen, net als haar verslavingsgevoeligheid en haar voorliefde voor zingen en stripverhaaltjes tekenen. Het deed er niet toe dat ze dat jarenlang niet had gedaan toen ze verdwaald was. Want of ze nu een inspirerend kinderboek in een winkel zag liggen of met haar broers een LSD-trip nam – de aanleiding deed er niet toe, er was in haar leven altijd een moment geweest waarop het verlangen in haar werd gewekt om weer te tekenen of muziek te maken. En Marty was dan wel geen arts of wetenschappelijk onderzoeker geworden, maar het onveranderlijke bij hem leek misschien dat hij die zeldzame brandstof in zich had waardoor hij ieder doel kon bereiken. Waarschijnlijk zou hij ook in de biologie of in de natuurkunde wel hoogleraar zijn geworden.

'Ik weet niet...' Ik keek Alva aan. 'En jij, hoe denk jij daarover?'

'Hm... volgens Kierkegaard moet het zelf worden afgebroken om het zelf te worden.'

'En dat betekent?'

Ze fronste haar voorhoofd. 'Nou ja, je komt ter wereld en wordt door je omgeving, je ouders, het lot, je opleiding en je toevallige ervaringen gevormd. Dan komt er een moment waarop je zegt, alsof dat vanzelf spreekt: "Ik ben zo en zo".' Ze kwam op mijn tafel zitten. 'Om je ware ik te vinden moet je vraagtekens zetten bij alles wat je bij je geboorte hebt aangetroffen. En een groot deel daarvan ook kwijtraken, want vaak leer je pas door verdriet wat echt bij je hoort... Juist door die breuken leer je jezelf kennen.'

Haar voeten bungelden in de lucht. 'Aan de andere kant heb ik ook geen idee wat er gebeurd zou zijn als mijn leven anders of simpeler zou zijn verlopen. Zo weet ik niet zeker of wij dan bij elkaar zouden zijn gekomen. Waarschijnlijk had ik eerder een zorgeloze, ambitieuze man gezocht die minder nadenkend was. Maar zoals alles nu is gelopen ben jij de ware. Jij alleen.'

'Dat is eerlijk, maar het doet ook een beetje pijn.'

Ze kuste me zacht op mijn slaap.

'En waarom was ik de ware?' vroeg ik.

'Omdat jij alles begrijpt.'

Korte denkpauze. 'En verder? Mijn goede voorkomen, mijn niet onaanzienlijke intelligentie... mijn bescheidenheid?'

'Misschien ook je bescheidenheid, ja.' Ze bekeek goedkeurend mijn haar. 'Nog geen sprietje grijs. Hoe doe je dat toch?'

In plaats van antwoord te geven stak ik mijn hand uit en raakte haar wang aan. Ze deed haar ogen dicht.

Ik dacht aan onze bruiloft, nu een paar jaar geleden. Het kleine feestje in de met lampions versierde tuin van mijn broer en de toespraak van haar vader. Hij en Alva gingen op een heel eigen manier met elkaar om. Hoewel hun contact liefdevol en innig was, zagen ze elkaar maar zelden. Maar ze schreven elkaar vaak en haar vader had erop gestaan onze bruiloft te organiseren.

'Denk je nog vaak aan Phine?'

Ze knikte. 'Dat zal wel nooit ophouden.'

Met een zucht zette ze haar bril af en ze begon de glazen te poetsen. Ze zag bleek. De afgelopen weken leek ze moe en ze had af en toe koorts gehad.

Ik kondigde een pauze af en haalde een fles wijn uit de keuken. Zij zette George Gershwin op. Zelf had ik niets met die muziek, maar Alva was dol op 'haar' Gershwin – ze noemde hem altijd 'mijn George'. Vroeger was ik altijd bang geweest om oud te worden, al had het idee dat ik over veertig jaar nog steeds met haar samen zou zijn iets rustgevends. We zouden samen zitten, lezen, praten of schaken, elkaar soms een beetje plagen en terugkijken op de schat aan herinneringen die we hadden verzameld. Ik stelde me voor hoe haar gezicht eruit zou zien als ze rimpels kreeg en hoe ze zich zou kleden als ze eind zeventig was. Op hetzelfde moment realiseerde ik me dat me dat niets zou uitmaken en het idee oud te worden had niets beangstigends meer.

Later ging ik naar de kamer van onze kinderen. Ze sliepen allebei en ik luisterde naar hun zachte ademhaling. Ik ging naast Luises bed zitten. Een levendig, vrolijk meisje, al haast te zelfbewust. Ze wist al wat ze waard was, iedereen vond haar lief en vergaf haar dus veel. Ze knuffelde nog steeds graag met me, maar ze doorzag me inmiddels. Instinctief wist ze dat ze bij mij opstandig kon zijn en haar moeder altijd moest gehoorzamen. Ik gaf haar een kusje op haar voorhoofd en ging naar het bed van Vincent. Die had in zijn slaap het dekbed weer weggetrapt. Hij was dromeriger dan Luise en bang voor het onbekende. Vaak hield hij me gezelschap als ik in de werkkamer een manuscript persklaar maakte, hij hield van de vreedzame rust, zat op de grond met een vrachtautootje te spelen of vertelde me de verhaaltjes die Alva hem had voorgelezen. Zo stil was hij als baby al geweest, maar waarom eigenlijk? Wanneer was dat besloten?

Ik dekte hem weer toe, haalde een biertje uit de keuken en ging op het balkon staan. Een koel zuchtje wind streek over mijn huid, de geur van vochtige bladeren waaide me vanuit de tuin tegemoet. Ik dronk een paar slokken en voelde de rust van de nacht binnenstromen, en plotseling overviel me een gevoel van bijna behaaglijke weemoed.

*

In januari 2013 vloog ik voor een paar dagen naar Berlijn om met een van onze auteurs aan zijn manuscript te werken. Op een avond sprak ik met Liz af om samen te gaan eten en tot mijn verrassing had ze Toni meegebracht. Hij praatte opgewekt over een goochelshow in Edinburgh waar hij als gast had opgetreden en hij zag er stukken beter uit dan de vorige keer. Hij en Liz waren geen stel geworden, maar ze leek wel serieuzer met hem om te gaan en hem niet meer met haar liefdesperikelen te kwellen.

Toen ik in het vliegtuig terug zat werd het al donker en het landschap verzonk in een schaduwrijke schemering. De aanblik daarvan maakte een diffuse onrust in me los, maar na de landing verdween die meteen weer. In de metro checkte ik mijn telefoon. Alva had een paar keer gebeld zonder iets in te spreken. Ik belde terug, maar ze nam niet op.

Ik ben zo thuis, sms'te ik. *Wat is er?*

Toen ik binnenkwam, zag ik dat de kinderen ruziemaakten. Luise had Vincents giraffe afgepakt om hem met een van haar eigen knuffels te laten trouwen en dat pikte hij niet. Ze kibbelden om de giraffe en ik moest tussenbeide komen.

'Geef terug,' zei ik in mijn vermomming als strenge vader, maar Luise rende gewoon weg en toen ik riep dat ze terug moest komen, lachte ze zo brutaal dat ik bijna zelf moest lachen.

Uiteindelijk kreeg Vincent zijn beest terug, mijn dochter gaf er niet meer om. Ze pakte een haarborstel uit de badkamer en begon luid te zingen.

Vincent tikte tegen zijn voorhoofd. 'Die is stom.'

Ik zei dat ze zich moesten klaarmaken omdat we zo bij hun oom en tante gingen eten, dat stond al lang in de agenda.

'Maar dat heeft mama afgezegd,' zei Vincent.

'Waarom?'

Hij haalde zijn schouders op. Pas toen viel me op dat Alva niet thuis was. Ik zocht in de slaapkamer naar een aanwijzing of een briefje, maar vond niets. Toen ik haar weer belde, ontdekte ik dat ze haar telefoon op het nachtkastje had laten liggen.

'Mama ging maar heel even weg,' zei Luise achter me.

Ik draaide me om. 'Wanneer?'

'Net voordat jij binnenkwam.'

'Zei ze nog waarheen of wanneer ze terugkomt?'

Luise schudde haar hoofd. 'Nee, ze zei alleen dat jij zo kwam en dat je maar vast moest gaan koken.'

Ik werd zenuwachtig. Het was niets voor Alva om de kinderen alleen te laten, al was het maar een paar minuten. Toen hield ik mezelf voor dat ik me zorgen maakte om niets; waarschijnlijk was ze even naar de bibliotheek of een kopietje maken voor haar dissertatie. Ik kookte voor de kinderen, speelde slangen en ladders met ze en bracht ze naar bed. Pas toen ik alleen in de woonkamer zat en de stilte in huis drukkend werd, stak de onrust weer in me op. De bibliotheek was inmiddels dicht. Ik belde Marty en Elena, maar die wisten van niets. Even overwoog ik de politie te bellen, maar ik wilde nog even afwachten.

Ik staarde naar de telefoon, dronk twee flesjes bier, staarde naar de telefoon, liep een rondje om het huis, staarde naar de telefoon, zat een hele tijd in de vrieskou op het trappetje bij de voordeur uit te kijken of Alva er al aankwam. Het werd twee uur, drie uur, vier uur. Ik zette sterke koffie en zocht afleiding. Zapte doelloos alle zenders langs en las een stukje in *Un amour de Swann*, het lievelingsboek van mijn moeder. Maar van vermoeidheid vielen mijn ogen onder het lezen telkens dicht.

Net toen ik even wilde gaan liggen, hoorde ik de sleutel in het slot. Pure opluchting. Ik rende naar de deur. Alva was inderdaad terug, maar haar ogen waren behuild en stonden donker. Ze leek veranderd, als een nachtwezen dat net pas weer haar menselijke gedaante had aangenomen.

'Waar bleef je nou?'

Zwijgend hing ze haar jasje over een stoel.

'Verdomme, zeg op, waar heb je gezeten?'

'Ik moest even alleen zijn.'

Ik had wel een goed excuus willen horen. Of een logische reden voor haar verdwijning. Iets om me te sussen, maar niet dit.

'Ben je weer aan het rondzwerven geweest? Begint dat weer?' Ik ging vlak voor haar staan en merkte dat ik mezelf niet meer in de hand had. 'Je hebt kinderen, verdomme. Hoe kun je nu zomaar weglopen en ons zo in angst laten zitten?'

Ze staarde me aan, haar ogen glansden nog steeds donker. Maar ze was ook geschrokken van mijn woede.

'Ik was ineens doodsbang dat je nooit meer terug zou komen.' Ik trilde van spanning. 'Je kunt met mij toch overal over praten. Ik bedoel, kun je je voorstellen wat wij ons allemaal...'

'Ik heb kanker.'

Er ging een seconde voorbij. Toen wankelde ik naar achteren alsof ik een klap van een onzichtbare hand had gekregen. Die drie woordjes hadden zo'n oerkracht dat ik met stomheid geslagen was, ze namen alle gevoel weg en even wist ik niet wat ik moest zeggen of doen.

'Ik heb je proberen te bereiken,' zei Alva in de stilte die was gevallen. 'Een paar keer. Op een gegeven moment moest ik naar buiten. Het spijt me, dat had ik niet moeten doen.'

Een verlammend gekriebel breidde zich uit over mijn borst naar mijn armen en benen en even had ik het gevoel dat ik weg zou zweven.

'Wat voor kanker?' bracht ik uit. Het leek wel alsof iemand mijn stem op de zachtste stand had gezet.

'Leukemie.'

'Is dat zeker? Hoe weet je dat?'

'Ik ben vorige week al bij de dokter geweest, toen jij in Berlijn zat. Ik had weer koorts, maar ook daarvoor voelde ik me al niet lekker. Ze hebben een paar onderzoeken gedaan, ik wilde nog niets tegen jou zeggen om je niet ongerust te maken. Maar vandaag kwam de definitieve uitslag.'

Ik merkte dat ik was gaan zitten. Toen ik Alva's hand in mijn nek voelde, kromp ik onwillekeurig in elkaar en ze trok haar hand weer terug.

'Kijk me eens aan,' zei ze.

Ik keek stom naar haar op.

'Ik overleef dit, Jules. Dat weet ik.' Ze maakte een verrassend kalme indruk. 'Ik overleef het.'

Ik keek haar in de ogen en geloofde elk woord dat ze zei.

*

Alva had geen bijzonder goede prognose gekregen, maar er waren reële kansen dat de kanker in haar bloed kon worden overwonnen. Ze kreeg meteen chemotherapie en moest voor de eerste behandelingen wekenlang in het ziekenhuis blijven. Ze kreeg de medicatie intraveneus toegediend. Cytostatica: een ander woord voor hoop. Een ander woord voor vergif.

Een nieuwe, hyperreële werkelijkheid die met een helder hoofd nauwelijks te verdragen was. Het leek wel alsof ik in een nevel leefde, een verstomde geest die aan haar ziekenhuisbed zat en over haar waakte. Maar zelfs toen haar haar uitviel liet Alva zich niet kisten. Ze verdroeg de pijnlijke injecties en de grenzeloze misselijkheid, maakte er soms zelfs grappen over. Tegen de kinderen zei ze dat het niets al te ernstigs was en dat ze snel weer beter zou worden. Ik probeerde het haar na te doen. Vertrouwen, vertrouwen. Een doodenkele keer ontviel me dat het lot zich weer tegen ons had gekeerd, maar dan viel Alva me meteen in de rede.

'Zoiets wil ik niet horen,' zei ze nadrukkelijk. En vriendelijker: 'Straks mag je jammeren, als ik weer beter ben.'

Ik knikte. We stonden thuis in de slaapkamer, ze mocht voor het eerst een paar dagen naar huis. Op de radio klonk een chanson. Ik stond er waarschijnlijk nog steeds terneergeslagen bij, want ze pakte mijn hand en deed een paar danspasjes. Dat was verrassend; sinds ik haar kende had ik haar nooit zien dansen, afgezien van een paar onzekere pasjes op ons huwelijksfeest.

We bewogen op de muziek, innig verstrengeld en langzaam, want Alva was nog verzwakt van de chemo. Ze had haar ogen dicht. Het kwam me op dat moment onbegrijpelijk voor dat het leven van deze persoon die me zo na stond, die zo vertrouwd was, wier adem, warmte en emotie ik voelde, in gevaar was.

'Waar ben je nu?' vroeg ik.

'Ik ben hier,' nog steeds met dichte ogen, 'ik dans met jou en probeer nergens anders aan te denken.'

'Is het niet raar dat wij nooit hebben gedanst?'

'Ik hou er niet zo van, zoals je misschien hebt gemerkt.'

De muren van de slaapkamer weken terug en losten op, onze huid werd gladder en we waren weer in het internaat. We waren negentien en we waren voor de regen naar mijn kamer gevlucht, waar we dronken werden van de gin en ik haar...

'Weet je nog dat ik je een keer ten dans heb gevraagd?'

'Dat heb je nooit gedaan.'

'Jawel, ik heb zelfs speciaal een liedje opgezet waarvan mijn moeder dacht dat je daarmee alle vrouwen kon krijgen, maar je wilde gewoon niet met me dansen. Dus toen dacht ik natuurlijk dat je me niet wilde.'

Alva's gezicht vertrok. 'Dat was háár passie, snap je? Niet die van mij. Zij was de getalenteerde van ons tweeën, ze had als klein meisje al bijna elke dag balletles en toen ze verdwenen was, wilde ik niets meer met dansen te maken hebben. Dat herinnerde me te veel aan haar.'

Het was alsof er een ijskoude windvlaag door me heen woei. 'Had ik dat maar geweten,' zei ik, vooral tegen mezelf.

Een tijdje bewogen we zwijgend op de muziek. Ik snoof de vertrouwde geur van haar parfum op, sandelhout en gardenia.

'Vertel eens iets moois over je zus,' zei ik. 'Als ik aan haar denk, zie ik alleen voor me dat ze haar jasje hebben teruggevonden en verder niets. Vertel eens iets waardoor ik een ander beeld van haar krijg.'

Alva dacht even na. 'Phine was heel levendig, bijna te druk,' zei ze. 'En ze was dol op opera. Als kind al luisterde ze veel naar Mozart. We gingen een keer naar *Die Zauberflöte* en toen was ze zo opgewonden dat ze onder de voorstelling begon te hyperventileren en door de theaterarts naar buiten moest worden gebracht.' Ze lachte. 'We waren allebei vaak overmoedig bij het spelen. Voor het slapengaan hadden we een vast ritueel. Als mijn moeder ons welterusten had gezegd, maakten Phine en ik nog twee koprollen op ons bed. Eentje vooruit en een achteruit, en dan pas mocht mijn moeder het licht uitdoen.' Ze schudde haar hoofd, maar ik zag dat ze het beeld koesterde dat ze uit de puinhoop had weten te redden.

Ik deed voor Alva wat ik kon, omringde haar met mijn zorgen, probeerde al haar wensen te vervullen, week niet van haar zijde en voelde me toch nutteloos. Het hielp wel een beetje dat mijn broer bijna elke dag langskwam en ook Elena kwam elke avond van haar praktijk eerst even naar ons toe. Op haar zachtaardige manier zorgde ze ervoor dat iedereen rustig bleef.

De eerste agressieve fase van de behandeling was inmiddels afgesloten en nu begon de maandenlange stabilisatieperiode. Tussen de chemokuren door kon Alva altijd een paar weken naar huis om aan te sterken. Soms was ze zo moe dat ze tot 's avonds sliep en op goede dagen zat ze vaak op de binnenplaats, die inmiddels een echte tuin was geworden. Ik keek graag vanaf het balkon toe terwijl zij beneden op de grond knielde en de aarde omwoelde of iets plantte. Het meest hield ik van het moment dat ze na gedane arbeid het resultaat bekeek. Meestal veegde ze nog even haar voorhoofd af of wreef ze zich in haar handen, maar vooral zag ze er dan zo tevreden uit.

Die zomer hadden we nog steeds geen duidelijke prognose. Inmiddels dachten we alleen nog in blastocyten- en leukocytenwaarden en om afleiding te zoeken gingen we naar Berdillac. Alva verheugde zich erg op het uitstapje, ze wilde meteen naar zee.

'Zijn jullie klaar?' riep ze vrolijk tegen de kinderen voordat ze naar boven ging om haar spullen te halen.

Ik zorgde ervoor dat Vincent en Luise al met de gordel om in de auto zaten en ging zelf ook nog even naar binnen. Toen ik langs de badkamer kwam, zag ik Alva's gezicht in de spiegel. Die uitdrukking had ik nog nooit gezien. Zelfs niet toen ze voor het eerst over haar zusje vertelde. Haar mond was vertrokken en de tranen liepen over haar wangen. Het was pure angst die ik op haar gezicht zag.

Toen ze merkte dat ik daar stond, droogde ze haar ogen. 'Ik kreeg ineens het gevoel dat ik het niet ging redden.' Ze zette haar pruik af. 'En als ik er straks nou niet meer ben? Ik kan het me gewoon niet voorstellen.'

Ze bekeek haar kale hoofd in de spiegel.

'Dat ben ik niet, Jules. DIT HIER, DAT BÉN IK GEWOON NIET!' riep ze plotseling en ik kromp ineen.

Toen liet ze zich op de tegelvloer zakken. 'Ze zijn nog maar zes,' zei ze zacht. 'Ze zijn nog veel te jong.'

*

In september gingen de kinderen naar school. Ik voelde me weer net als toen Alva bijna in de puberteit kwam en ik begreep dat ik haar voortaan met de wereld moest delen. Zij zag er vooral tegen op de kinderen naar school te moeten brengen. 'Ik zie er vreselijk uit met die pruik,' zei ze. 'Ze gapen me straks vast allemaal aan.'

'Onzin, je ziet er geweldig uit.'

Ze zuchtte. 'Jules, je bent nooit een goede leugenaar geweest, maar dit was toch wel een nieuw dieptepunt.'

Toch ging ze de eerste schooldag mee.

Luise verheugde zich enorm op alles, maar Vincent was sceptisch. 'Mag ik niet nog een jaar op de kleuterschool blijven?' vroeg hij aan mij.

'Wil je dan niets leren?'

'Jawel. Maar het was daar zo fijn.'

'De grote school wordt ook heel fijn.'

Weer die grote, ongelovige ogen.

'Nou, ik vind het leuk,' zei Luise.

'Nou, ik vind het leuk,' bauwde Vincent haar na.

Ze waren dan wel een tweeling, maar ze hadden weinig gemeen. Luise was nog altijd levendiger, wilder, zelfs bijna rebels. Met een enthousiasme dat me aan de jonge Liz deed denken was ze erop gebrand de andere kinderen in de klas te laten zien dat zij al kon lezen en schrijven. Ook Vincent kon al een paar woordjes lezen, maar zijn zelfvertrouwen was nog broos. Door de ziekte van zijn moeder was hij nog wantrouwiger en eenzelviger geworden. Hij vertelde me nog maar zelden wat hem bezighield en trok zich steeds meer terug. Alleen bij het voetballen kwam hij los. Ik speelde soms met hem en Luise in de tuin en dan zag ik mijn vader weer voor me zoals hij een balletje trapte in de Englischer Garten en als libero sierlijk naar voren dribbelde. Ik stelde me voor hoe hij nu – waarschijnlijk als gerimpelde zeventiger – met mijn kinderen zou hebben gespeeld en op die momenten miste ik hem heel erg.

Die ochtenden waren Alva en ik voor het eerst sinds jaren weer samen alleen. Aanvankelijk wisten we niet wat we met al die vrije tijd aanmoesten, maar al snel genoten we ervan uitgebreid op het balkon te ontbijten, over artikelen uit de krant te praten en naar muziek te luisteren. Dan nam ik een paar manuscripten mee om in de slaapkamer te werken en haar gezelschap te houden. Als ze zich slap voelde, ging ze in bed liggen en soms ging ze met een boek op het ladekastje zitten met haar rug tegen de muur. Haar lievelingsplekje. Ze was nog steeds het wonderlijk katachtige wezen dat stoelen en banken meed en liever in nissen en op kasten en tafels zat.

Als ze zich beter voelde, maakten we lange wandelingen. 'Ik mis de universiteit,' zei ze een keer zacht en ze raakte mijn arm aan. 'Ik vind het jammer dat ik dat nooit met je heb kunnen delen. Dat gevoel dat je je intellect serieus neemt, dat je iets leert, dat is zo...'

Ze maakte een breed handgebaar omdat het juiste woord haar niet te binnen wilde schieten. 'Jules, ik zou graag willen dat je volgend jaar, als het weer beter met me gaat, een keer meegaat naar een college. Ik weet wel dat ik je een beetje chanteer, maar die ziekte moet toch ergens goed voor zijn.'

De herfst had een tapijt van dode bladeren over de Englischer Garten gespreid. Er kwam een zwaan uit het meer onhandig op ons af gewaggeld.

Alva stootte me aan. 'Wat zou jij volgend jaar willen? Wat zou je doen als je alles kon kiezen?'

'Motorrijden,' antwoordde ik zonder na te denken.

'Echt?'

'Dat wilde ik als kind al. Ik benijdde Toni altijd als hij een eind had gereden en zei dat het een beetje op vliegen leek. Ik weet zeker dat hij enorm overdreef, maar toch zou ik het graag zelf willen proberen.'

'Maar waarom doe je het dan niet?'

'Nou ja... Er zou iets mis kunnen gaan.'

'Er rijden elke dag miljoenen mensen op de motor zonder dat er iets mis gaat.'

'Puur geluk.'

'Dat kan,' zei ze alleen. 'Maar waarom zou jij geen geluk hebben?'

Toen we later in de keuken stonden om de lunch klaar te maken, trilde Alva's telefoon. Na een korte aarzeling nam ze op. We wisselden een blik.

'Ziekenhuis,' fluisterde ze.

Mijn hartslag schoot omhoog. Ik legde de pollepel neer, liep de huiskamer in en begon zenuwachtig te ijsberen terwijl ik telkens naar Alva's gezicht keek of daarop te lezen stond of ze goed of slecht nieuws had gekregen. Waarom duurde het zo lang? Ze kneep haar ogen even dicht, waardoor ik meteen in de diepste wanhoop wegzakte, maar meteen daarna luisterde ze weer geconcentreerd naar de stem aan de andere kant.

Ineens doorstroomde me een warm, bijna elektriserend gevoel. Eerst begreep ik het niet. Toen zag ik dat Alva glimlachte. Ze knikte een paar keer achter elkaar en haar gezicht begon ongelooflijk te stralen. 'Ja, natuurlijk,' zei ze en ze pakte me driftig bij mijn overhemd. Ze trok me naar zich toe, wilde dat ik meeluisterde, maar het gesprek was al voorbij. En toen ging alles snel, ze legde haar telefoon weg en we lagen in elkaars armen, ik hoorde mezelf heel hard iets roepen wat ik zelf nauwelijks verstond en ik drukte haar weer tegen me aan. Ik voelde dat ze over haar hele lichaam trilde.

De behandelend arts had haar meegedeeld dat de kanker helemaal verdwenen was. Hij adviseerde haar van een belastende en riskante beenmergtransplantatie af te zien en meteen met de revalidatietherapie te beginnen.

Ik wilde het telkens weer horen, steeds in andere bewoordingen, en dan nog eens en nog eens. Ik belde Marty en Elena en daarna Liz en toen Toni, die in de metro zat en er haast niets van verstond, en dat was nog het fijnste, want toen kon ik heel hard roepen: 'Ik zei: Alva heeft de kanker overwonnen!'

Maar het ware geluk was niet die eerste bruisende vreugde, maar de diepe, doffe opluchting die daarop volgde. Die middag gingen we met de kinderen in het park voetballen. We trapten de bal heen en weer tot het donker werd, zaten met bungelende benen op de schommel in de speeltuin, aten frietjes bij een snackbar en praatten, aldoor met die stralende glans in onze ogen. Niemand wilde naar huis, niemand wilde de betovering verbreken.

Die nacht in bed konden Alva en ik niet slapen. De euforie brandde nog steeds in ons, we waren klaarwakker. Op haar verzoek ging ik bij het benzinestation haar lievelingsijs halen: vanille-cookie dough. Op de terugweg liep ik eerst normaal, toen steeds sneller en ten slotte rende ik met het zakje in mijn hand hardop lachend de laatste meters naar de voordeur.

Terwijl we het ijs opaten, maakten we plannen voor de toekomst. De afgelopen maanden hadden we niet verder vooruit durven kijken dan tot het volgende telefoontje van het ziekenhuis, maar nu spreidde de horizon zich voor ons uit en we hadden het over geheime wensen, mogelijke reizen of wat we met Vincent en Luise wilden gaan doen als ze groter waren.

'Geef het maar toe,' – ik streelde de fijne littekentjes in haar hals – 'je wist de hele tijd al dat het goed zou komen.'

'Natuurlijk. Tenslotte is het een...'

'Een nulsomspel, ik weet het.'

'Bovendien had ik je niet met de kinderen alleen kunnen achterlaten. Voor mijzelf was het niet zo erg geweest, maar die arme kinderen.'

We hadden het erover dat ik de tweeling alleen had moeten opvoeden en schetsten het somberste scenario. Luise als dichtgeklapte punker met hanenkam, bassiste in een verschrikkelijk slechte band en allang van school getrapt. En Vincent als eenzame zwever die zich bij een twijfelachtige esoterische sekte aansloot en voorgoed met zijn nieuwe vrienden in de Canadese wildernis verdween.

'Een sekte? Zou ik echt zo'n slechte vader zijn?'

'Misschien niet zó slecht.'

'Ze luisteren gewoon niet naar mij, alleen naar jou. Hoe doe je dat toch?'

Ze haalde haar schouders op.

'Sterk in het ei,' zei ik zacht.

Toen ze in slaap viel, bleef ik naar haar kijken. Buiten regende het, de druppels kletterden tegen het raam, maar zij lag er vredig bij, de slaap leek alle duistere gedachten te hebben verdreven. Ze keerde zich naar me toe en legde haar arm over mijn borst. Ik hield hem vast. Ik werd overspoeld door golven van vermoeidheid, maar ik bleef naar haar kijken totdat ik ook in een droom terechtkwam waarin ik met de hond van mijn broer door een eindeloos bos zwierf.

*

Toen het winter werd, was Alva's haar al weer flink aangegroeid. We vierden kerst bij mijn broer thuis, want daar was ruimschoots plaats. Een modern, door ondoordringbare heggen omzoomd gebouw dat eenzaam op een flinke lap grond stond. Het ideale huis voor de slechterik in een film, met talloze overbodige kamers, een reusachtige tuin en technische snufjes zoals een op internet aangesloten ijskast of een uitschuifbaar filmdoek.

'Marty is de veroveraar van het nutteloze,' had Liz een keer gezegd.

Iedereen was er, ook Alva's vader, een kleine, pezige, ietwat merkwaardige man met een Romeinse neus en een melancholiek trekje om zijn mond dat niet helemaal bij zijn verder vrolijke natuur leek te passen. Hij had een vaste blik en een verweerde huid van het vele bergbeklimmen in de Alpen. Eerst omhelsde hij Alva langdurig en toen tilde hij onze kinderen op. Hij stelde hun allerlei vragen en ze weken de hele avond niet van zijn zijde.

We zongen samen. Liz speelde zelfs op haar gitaar, maar weigerde zoals altijd 'Moon River' te zingen.

'Ik zing dat stomme lied pas weer als ik zelf kinderen heb.'

'Nooit meer dus,' zei Marty.

Ze wierp hem een bestraffende blik toe.

Daarna mochten de kinderen hun cadeautjes uitpakken – boeken en lego van ons, kleren van Elena, videospelletjes van Toni en Marty en waterverf van Liz – terwijl wij aan de grote tafel in de huiskamer zaten toe te kijken. We hadden een moeilijk jaar achter de rug en daardoor was het des te mooier om hier samen te zitten en erop terug te kunnen kijken alsof het een boze droom was geweest.

Mijn broer stond met Toni voor de geluidsinstallatie te delibereren wie de muziek mocht kiezen. Hoofdschuddend kwam hij weer aan tafel. 'Met ingang van heden staat het definitief vast: Toni heeft totaal geen verstand van muziek.'

'Daar moet je niets van geloven,' riep Toni. 'Op het internaat heeft hij jarenlang black metal gedraaid en mij voor het leven verpest.'

Zoals altijd als die twee elkaar weer zagen, liepen ze elkaar van pure opwinding eerst te pesten voordat ze met broederlijke vertrouwdheid urenlang met elkaar zaten te praten.

Liz was daarentegen de hele avond heel terughoudend. Op haar vroeger zo gave gezicht tekenden de eerste rimpeltjes zich af. Als ze glimlachte viel het niet op, maar als ze dat niet deed, stond haar gezicht hard. Ze gebruikte weliswaar geen drugs meer, maar ik wist dat ze nog wel steeds te veel dronk, het glas rode wijn hoorde net zo bij haar als haar blonde haar. Ze was nu vierenveertig en leek geen enkel tegenwicht voor het ouder worden te hebben. Ze had altijd alleen van het moment genoten en alles in haar leven steeds weer losgelaten om vrij te zijn, en nu stond ze vrijwel met lege handen.

Toen ik naar haar werk vroeg, trok ze een gezicht. 'Ik word steeds ouder en zij blijven altijd zeventien. Zij hebben altijd hun hele leven nog voor zich, terwijl het mijne steeds meer achter me ligt.'

We zaten alleen in de keuken, het was al laat. Liz vertelde dat ze het net had uitgemaakt met haar vriend, een journalist. Weer niets. Ze liet haar vingers langs de gedeukte rand van de tafel glijden en ineens was alle optimisme uit haar gezicht verdwenen. Ze trok met haar mond, ze probeerde het nog te verbergen, maar het zenuwtrekje kwam steeds terug. Ten slotte kwam ze achter me staan en sloeg haar armen om me heen, net zoals toen we nog kinderen waren. Ik hield haar vast en dacht aan een boot die al lang geleden van de oever was afgeduwd, maar heel zacht. In al die jaren was er nooit iets geweest wat dat eerste piepkleine duwtje had tegengewerkt en zo dreef de boot helemaal alleen steeds verder de zee op...

'Ik weet niet,' zei ik. 'Misschien zou je één keer in je leven iets moeten vasthouden in plaats van altijd meteen door te lopen.'

'Ik wist wel dat je dat zou zeggen.' Ze liet me los. 'Maar het levert niets op om zo te leven. Alles gaat zo snel voorbij en je kunt niets vasthouden. Alleen maar zijn.'

Ze wierp me weer die blik toe, haar blik, en ditmaal hield ik hem vast, want ik wist inmiddels waar ze het over had.

*

In het nieuwe jaar schreef ik Vincent in bij een voetbalclub. Hij reageerde panisch en Luise vond het oneerlijk, want zij wilde ook bij die club. Maar ik vond het belangrijk dat Vincent iets voor zichzelf had, iets waarbij zijn in alles begaafde zusje hem niet kon overtroeven. Bovendien wilde ik dat mijn zoon leerde in een team te spelen in plaats van later eenzaam de honderd meter te lopen in een wedstrijd tegen zichzelf en de tijd.

Geleidelijk lekten de donkere momenten van het afgelopen jaar uit ons weg. Inmiddels zag ik Alva weer dagelijks achter haar laptop in de werkkamer aan haar dissertatie werken. Ze dreigde nog steeds colleges te gaan zoeken waar we het komende semester samen heen konden. 'Tenzij je me eindelijk iets van je roman laat lezen.'

'Ik ben nog niet zo ver. Maar je krijgt hem heus te lezen, beloofd.'

'Dat zei Sasja ook altijd en op het laatst kreeg ik nooit meer iets te zien.'

Onze kinderen waren inmiddels aan hun nieuwe school gewend. Ze hadden nu overdag een eigen leven, waar ik wel over hoorde maar dat ik nooit zag. Op een dag zei Vincent aan tafel dat de meester over 'Muhma Dali' had verteld. Toen ik doorvroeg, legde hij uit dat dat een bokser was.

'O, je bedoelt Muhammad Ali,' riep ik. 'De beste bokser aller tijden.'

Vincent keek me aan met een gezicht van 'Wat jij wil...' en ook mijn dochter probeerde haar desinteresse niet te verbergen.

'Ali was geweldig. Hij had altijd een enorm grote bek. Moet je horen.' Ik stond op en bulderde met wijd opengesperde ogen: '*I am the greatest. I've wrestled with alligators, I've tussled with a whale. I done handcuffed lightning and thrown thunder in jail. Just last week, I murdered a rock, injured a stone, hospitalized a brick. I'm so mean I make medicine sick. Float like a butterfly, sting like a bee.*'

Ik hupte door de eetkamer. De kinderen keken verbluft naar de onverwachte uitbarsting van hun vader.

'En hij beledigde zijn tegenstanders altijd. Zo.' Ik stapte uitdagend op Luise af. 'Jij bent zo lelijk dat je tranen als je huilt naar boven klimmen en langs je achterhoofd naar beneden glijden.' Ze lachte. Ik stootte een paar keer in de lucht en ging naar Vincent. 'En jij schrikt je kapot als je in de spiegel lijkt. Lelijke beer!'

Toen probeerde ik de Ali-shuffle en trippelde snel op de plaats op en neer, wat me niet meer zo goed afging als vroeger. Al snel was ik buiten adem, maar ik ging door. De kinderen schaterden het uit en toen Alva alleen verbaasd haar hoofd schudde, hupte ik om haar heen totdat zij ook begon te lachen.

*

Eind februari kwam ik Marty bij zijn instituut halen om samen te gaan lunchen. Toen hij naar buiten kwam, liep hij met een groepje studenten te discussiëren; de meesten waren half zo oud als hij. Wat was mijn broer sinds zijn jeugd ontspannen en zelfverzekerd geworden! Hij had een elegant grijs pak aan met een blauw overhemd en lichtbruine schoenen en hij droeg – waarschijnlijk om zijn beginnende kaalheid te verbergen – een sportpet. Hij luisterde naar Springsteen, de Talking Heads en Van Zandt, droeg een nauwelijks zichtbare bril en maakte een door en door betrouwbare indruk.

'Waar had je het met je studenten over?'

Marty duwde de deur van het restaurant open. 'Eentje had aan het eind van het college gevraagd of de vrije wil wel bestond.'

'En?'

'Die moet natuurlijk wel bestaan. Maar de vraag is eigenlijk minder belangrijk dan de manier waarop je ertegenover staat. Want zelfs als uit hersenonderzoek zou blijken dat we geen bewuste keuzes kunnen maken, dan nog zou ik dat niet accepteren.' Hij glimlachte. 'Al zou de vrije wil maar een illusie zijn, dan was die nog altijd het enige wat ik had.'

Ik wilde net antwoord geven toen mijn telefoon ging. Alva.

'Kom alsjeblieft snel naar huis,' zei ze.

Ik kreeg een trekkend gevoel in mijn borst. Om de een of andere reden dacht ik meteen aan Vincent. Als er iets was gebeurd, dan ging het om hem.

'Is er iets met de kinderen?' vroeg ik toen ik binnenkwam. 'Is Vincent gewond?'

'Nee.'

Opluchting. Ik liep naar haar toe. 'Wat is er dan?'

Alva glimlachte, maar het was geen echte glimlach. Haar ogen glommen, ze keek weg en ik liet me zwijgend naast haar op ons bed vallen.

*

Het leven is geen nulsomspel. Het is ons niets verschuldigd en alles gaat zoals het gaat. Soms terecht, zodat alles zin lijkt te hebben, en soms zo onterecht dat je aan alles gaat twijfelen. Ik trok het masker van het gezicht van het lot af en vond daarachter alleen het toeval.

*

Sinds ik wist dat Alva's ziekte was teruggekomen, tuimelde ik door de dagen. De kanker was uitgezaaid naar de lever en de milt. De artsen begonnen weer met chemo en bestraling en verhoogden de doses. Er werden onvoorstelbare hoeveelheden gif door haar lijf gepompt en weer ging het om de vraag wie daaraan doodging, de kanker of zij.

Elena en mijn broer trokken bij ons in en we zorgden met ons drieën voor de kinderen. Marty speelde met ze, Elena las 's avonds voor en bracht ze 's morgens naar school voordat ze naar haar werk ging en ik al op weg naar het ziekenhuis was. We deden allemaal ons best om optimisme uit te stralen, maar Vincent was de eerste die daardoorheen keek.

'Gaat ze dood?' vroeg hij.

Ik keek hem onthutst aan. 'Nee, natuurlijk niet.'

'Waarom blijft ze dan zo lang weg?'

'Omdat ze haar daar beter kunnen helpen. Maar mama is onoverwinnelijk, maak je geen zorgen. De vorige keer is ze toch ook weer helemaal beter geworden?'

Dat leek hem gerust te stellen. Luise leek wat optimistischer dan haar broertje, maar zo vaak ze kon ging ze Alva in het ziekenhuis opzoeken en glipte bij haar in bed. Ik zie nog precies voor me hoe ze daar naast haar moeder lag en ze geen van beiden iets zeiden, de een omdat ze te zwak was en de ander uit angst.

'We doen alles wat nodig is,' zei Elena steeds weer tegen me. 'Over de kinderen hoef je je geen zorgen te maken.'

'Dank je.'

'En als je wilt praten...'

'Ja, weet ik.'

Tot dan toe had ik er altijd op kunnen vertrouwen dat Alva de moed niet opgaf en gewoon doorging, maar nu merkte ik dat ze er niet op had gerekend dat ze al zo snel een terugval zou krijgen. Ik wilde een daad stellen en uiteindelijk belde ik Toni.

Een maand later, het was inmiddels mei, rende ik de ziekenhuistrap op en stormde Alva's kamer in. Ze lag wat te dommelen en haar bed was bestrooid met boeken voor haar promotieonderzoek. De lente was al vanaf het begin betoverend mooi geweest en ook dit was weer een stralende dag, de kleine kamer leek te barsten van licht.

'Kun je opstaan?' Ik liep met haar naar het raam en wees naar de motor beneden op het parkeerterrein. Ze keek eerst naar de machine en toen naar mij.

‘Maar dat durfde je toch nooit?’

‘Dat is nu afgelopen,’ zei ik. ‘Geen angst meer.’

Ze gaf me een lange kus en sloeg haar armen om me heen. Ik had de helm nog in mijn hand en gooide hem op het bed. Toen merkte ik dat ze huilde. Zonder een woord te zeggen hield ik haar in mijn armen.

‘Maar ik ben wel bang,’ fluisterde ze in mijn oor alsof ze een geheim verklapte. ‘De chemo slaat niet goed aan.’

‘Ze zullen de dosis wel verhogen of een ander middel proberen.’

‘Ik ben tegenwoordig bijna altijd hier.’

Het duurde even voordat ze weer kalmeerde en toen mocht ik over mijn geheime rijlessen vertellen, en over Toni, die me bij het kopen van een motor had geadviseerd. Het was altijd fijn om Alva iets te vertellen. Haar ogen gingen wijder open, ze boog zich naar je toe, pakte je zonder het zelf te beseffen bij je elleboog en ging helemaal op in haar nieuwsgierigheid. Bij een film viel ze ook nooit in slaap, zelfs al was ze doodmoe; ze wilde altijd weten hoe het afliep.

‘Als je hier weer weg mag, neem ik je achterop.’

Ze keek me sceptisch aan. ‘Kun je dan al zo goed rijden?’

‘Ik ben hier in elk geval zonder ongelukken aangekomen.’

We gingen samen in haar bed liggen, al was dat eigenlijk te smal. Alva vlijde zich tegen me aan. ‘Fijn om hier zo met jou te liggen.’ Ze streelde me met haar vingertoppen over mijn kin, mijn mond, mijn wenkbrauwen en mijn slapen. ‘Wist je al dat ik je kleine oortjes leuk vind?’

‘Zoiets heb ik altijd al vermoed.’

‘Die kleine oortjes zijn het mooiste aan jou.’

Ze keek lang naar me, alsof ze me voor het eerst bewust zag. Ten slotte raakte ze mijn haar aan. ‘Zo veel grijs,’ zei ze, en toen zei ze niets meer.

*

Mijn zus kwam een paar keer in het weekend, paste op de kinderen of ging met me wandelen, en natuurlijk ging ze ook bij Alva in het ziekenhuis op bezoek. Maar ik merkte dat ze het zelf moeilijk had. Haar werk verveelde haar en de gedachte dat ze nooit kinderen zou krijgen maakte haar steeds onrustiger. Op een avond zagen we op tv iets over India en Liz zei dat ze daar nog nooit was geweest. Het klonk terloops, maar ik zag de levenshonger in haar ogen opflakkeren en wist dat ze binnenkort iets zou gaan dóén. Toen we de tv uitzetten, sloeg ze troostend haar armen om me heen. Of ik de mijne om haar, dat was niet helemaal duidelijk.

Inmiddels werkte ik meestal 's nachts, want ik kon toch niet slapen. Ik zei tegen de artsen dat ze eerlijk tegen me moesten zijn, maar ze stelden me gerust. Er was nog geen reden om de hoop op te geven. Dat was genoeg om verder te kunnen. Ik ging elke ochtend hardlopen in het park, vaak met de husky van mijn broer. Daarna probeerde ik elke seconde van de dag te benutten om Alva te steunen, ruimde op, deed karweitjes, pendelde heen en weer tussen ons huis en het ziekenhuis en zorgde voor de kinderen. Mijn eigen ik verdween volledig achter mijn verlangen er voor hen tweeën te zijn. Maar Vincent en Luise maakten vaker ruzie en als ik vrede probeerde te stichten of ze naar bed wilde brengen, renden ze weg en riepen huilend dat ze mama terug wilden.

Marty hielp me, hij deed optimistisch, maar ik zag vaak dat hij somber en moedeloos voor zich uit staarde. Ik wist dat hij erg op Alva gesteld was en dat er in zijn nihilistische wereldbeeld weinig te vinden was waar hij in deze situatie iets aan had. Mensen werden geboren, leefden en stierven, hun lichaam verging en dan werd alles vergeten. Ikzelf daarentegen bad zelfs een paar keer dat Alva weer beter mocht worden. Ik had weliswaar niets met godsdienst, maar helemaal ongelovig was ik ook nooit geweest. Ik herinnerde me een gesprek met Romanow. We stonden in zijn werkkamer en discussieerden over de theodicee.

'Jules, hou daarmee op,' had hij gezegd. 'Er zijn dingen waarop geen antwoord bestaat, dat hoort erbij. Wij mensen zijn hier beneden helemaal op onszelf aangewezen. Wat zou dat voor wereld zijn waarin alle gebeden verhoord werden en we zeker wisten dat het na de dood verder gaat? Waarvoor zouden we het leven dan nog nodig hebben, dan waren we toch allang in het paradijs geweest? Ken je het gezegde "geef iemand een vis en hij heeft een dag te eten, leer hem vissen en hij heeft zijn hele leven te eten"? Zo werkt het ook hier. God wil dat we voor onszelf leren te zorgen. Hij geeft ons geen vis en verhoort niet al onze gebeden, maar hij luistert wel en kijkt hoe we ons hier beneden zelf leren te redden met ziekte, onrecht, dood en leed. Het leven dient om te leren vissen.'

Die woorden troostten me nu. Ik dacht aan de grootmoedigheid waarmee Romanow me in zijn huis had opgenomen en aan de liefde die hij voor Alva moest hebben gekoesterd, en ik nam me voor zijn graf in Luzern te bezoeken.

*

Het werd juli en hoewel Alva inmiddels te zwak was om te werken, las ze in bed nog steeds boeken voor haar dissertatie: Spinoza, Locke en Hegel. Het leek wel alsof ze haar lichaam, dat haar in de steek liet, gewoon wilde negeren.

'Al die moeilijke troep,' zei ik alleen.

'Ik hou er wel van. Ik heb er altijd plezier in gehad me in de gedachten van een ander te verdiepen.'

Ik kon niet zeggen wat ik wilde zeggen, maar dat wist ze zo ook wel.

'Als ik echt dood moet,' zei ze, 'dan met opgeheven hoofd. En zo lang mogelijk leven zoals ik altijd heb gedaan. Lezend en lerend.'

Ik wist in die tijd zeker dat ze haar nachtelijke zwerftochten miste. Ik stelde me vaak voor dat ze 's nachts stiekem door het ziekenhuis rondspookte, ik wilde bijna dat ze dat deed. Dat ze niet op de aardse manier zou gaan, maar mysterieus voorgoed in het donker zou verdwijnen.

'Wat doen de kleintjes?' vroeg ze.

'Met Luise gaat het heel goed, ze is alleen de laatste tijd erg stil. Ze heeft gevraagd of ze mocht spijbelen om met me mee te gaan. En Vincent heeft met zijn teamgenoten gevochten.'

'Kijk eens, dat heeft hij getekend.'

Alva wees naar een tekening die op tafel lag, van haar met een hond, duidelijk die van mijn broer. Daarnaast had Vincent nog een zwarte cirkel getekend. Hij moest wel al zijn stiften hebben gebruikt om dat zwart zo diep te krijgen. Die donkere cirkel is de dood, dacht ik geschrokken.

'Dat gezamenlijke college filosofie moeten we maar even uitstellen,' zei ze ogenschijnlijk geamuseerd. 'Daar ben je dus nog even vanaf.'

Ik glimlachte even, maar toen drong de angst diep in me, heftig en lichamelijk als een vuist die zich telkens weer in mijn maag boorde. Een pijn die de hele wereld tot een enkele knoop insnoerde.

Alva greep naar mijn hand. Een vertrouwd, mooi gevoel, haar hand in de mijne, onze handen pasten perfect in elkaar. Dat had ik toen in de rode Fiat voor de dorpskroeg al vastgesteld. Ik bleef bij haar tot het buiten donker werd en toen klom ik weer op de motor. Maar ik reed niet naar huis, waar Marty de kinderen al naar bed had gebracht, ik reed de stad uit. Op de provinciale weg klapte ik het vizier omhoog. De wind sneed in mijn gezicht en ik hield van dat gevoel.

Soms hield ik mijn blik zo star op de weg gericht dat alles verdween. Dan zag ik weer hoe ze op school naast me was komen zitten. Roodharig, verlegen, met een te grote bril met hoornen montuur, heel mooi ondanks die ene ietwat scheve voortand. De voor mij zo mysterieuze Alva.

Inmiddels wist ik alles wat ik toen niet wist. Dat het meisje haar zus had verloren, dat ze later naar Rusland zou gaan en zou trouwen. Dat ze mij weer zou tegenkomen en kinderen met me zou krijgen, dat ze 's nachts rondzwierf en ook dat ze een geweldige moeder zou zijn, en ik wist dat ze uiteindelijk ziek zou worden en in het ziekenhuis zou liggen. Maar toen ze op school naast me kwam zitten, kon niemand dat allemaal nog vermoeden. Ze was gewoon een plattelandsmeisje dat naast een jongen uit de stad was gaan zitten die net wees was geworden. Het begin van een verhaal. Ons verhaal.

En toen dacht ik aan de dood, die ik me vroeger vaak had voorgesteld als een oneindige uitgestrektheid, een soort sneeuwlandschap waar je overheen vloog. En daar waar je het wit raakte, vulde het niets zich met de herinneringen, gevoelens en beelden die je in je droeg en kreeg het een gezicht. Vaak was datgene wat zo ontstond zo mooi, zo eigen, dat de ziel erin dook om daar even te blijven totdat ze uiteindelijk haar weg door het niets weer vervolgde.

*

Eind juli was ik even helemaal alleen thuis. Het was vroeg in de middag en de stilte deed vreemd aan; ik keek hoe de wind door de tuin woei en zich in de struiken begroef. Het had de afgelopen paar uur aan één stuk door geregend, maar nu schenen er brede stralenbundels door de leigrijze wolken. Ik besloot de brief op te zoeken die ik Alva op mijn negentiende had geschreven, kort voordat we uit elkaar gingen. Die had ik haar na lang aarzelen uiteindelijk niet gegeven, ik vond hem bij nader inzien te kinderlijk, te pathetisch. In plaats daarvan had ik mijn vader geciteerd, dat onzinverhaal dat alleen zij mijn echte vriend was. En dus had ze de handgeschreven zinnen van 26 mei 1992 nooit onder ogen gehad.

Lieve Alva,
Ik hoop dat je mijn korte verhalen goed vond. Zo niet, wees dan alsjeblieft niet te streng. Dit weekend heb ik trouwens eindelijk The Heart is a Lonely Hunter *uitgelezen. Ik snap nu waarom je McCullers zo goed vindt, mij heeft het verhaal ook geraakt. Ik snap heel goed dat jij een personage uit dat boek zou willen zijn en later na middernacht naar een café wilt gaan. Maar eigenlijk zijn de mensen die elkaar daar elke nacht tegenkomen allemaal rusteloos en een beetje kapot. Ik hoop dus niet dat jij dan ook zo wordt. Wat mij trouwens veel meer ontroerde is dat een van de personages het leven indeelt in een buiten- en een binnenwereld. Daar heb ik de laatste dagen veel over nagedacht, want ik zie nu dat ik dat zelf ook doe.*

De buitenwereld is wat de andere mensen als de realiteit beschouwen. Een wereld waarin mijn ouders dood zijn, waarin ik geen vrienden heb, waar mijn broer en zus zijn weggegaan zonder naar me om te kijken. Een wereld waarin ik iets ga studeren om daarna ergens een of andere baan te krijgen. Waarin ik gewoonweg niet goed met andere mensen kan communiceren, waarin ik misschien kil aandoe en iets of zelfs alles van mezelf kwijt ben. Waarin uiteindelijk de dood wacht en waarin ik vaak het gevoel heb dat ik eenvoudigweg verdwijn.

De binnenwereld daarentegen is anders, die zit alleen in mijn hoofd. Maar zit niet alles alleen in je hoofd? Je hebt me vaak gevraagd waar ik aan denk als ik voor me uit zit te dromen of op school niet oplet. De waarheid is: ik denk niet, ik bén alleen maar. Soms stel ik me op zulke momenten voor dat ik in Amerika ben opgegroeid of dat mijn vader en moeder nog leven. Zo ben ik vandaag onder de les door Italië gereden. Met mijn ouders, mijn tante en mijn broer en zus, allemaal samen gezellig in een woonwagen. Het was zo intens, ik kan het niet onder woorden brengen. We waren weer kinderen en we reden langs de Amalfikust en ik zou je precies kunnen beschrijven hoe het daar rook, naar citroenen en algen, en welke kleuren de bladeren hadden, het was al herfst, en hoe de stukken watermeloen die we aten rood opglansden in de zon. Ik zou je kunnen vertellen waar we het over hadden, mijn broer, mijn zus en ik, en hoe onze ouders naar ons keken en hoe we in het Italiaanse restaurantje hebben gegeten waar mijn zus voor het eerst een slokje wijn proefde en deed alsof ze het lekker vond, al vond ze het eigenlijk smerig, dat weet ik.

Ik besef natuurlijk best dat die fantasieën kinderlijk zijn. Maar toch weet ik zeker dat er in dat universum een plek moet zijn vanwaaruit beide werelden even echt zijn. De gewone en de verzonnen wereld. Want als alles voorbij en vergeten is, als de tijd alles na miljarden jaren heeft uitgewist en nergens meer bewijs voor is, dan speelt het geen rol wat de werkelijkheid was. Dan zijn de verhalen die ik in mijn hoofd heb verzonnen misschien net zo echt en onecht als dat wat de mensen de realiteit noemden.

Je vraagt je zeker wel af waarom ik je dit allemaal schrijf. En je wilt uiteraard weten waarom ik je alleen maar vraag of je met mij in München een flat wilt huren in plaats van gewoon te zeggen wat ik voor je voel, hoewel dat misschien overduidelijk is.

Dat doe ik niet om je voor het hoofd te stoten, integendeel. De waarheid is dat ik dat gewoon nog niet kan. Want ik weet niet hoe je over me denkt en wat je voor me voelt. En ik ben bang om alles met jou op het spel te zetten en na mijn ouders, mijn broer en mijn zus ook jou nog kwijt te raken.

Maar deze brief is na al die jaren mijn eerste grote stap terug naar de buitenwereld. Ik heb je iets toevertrouwd wat ik nog nooit aan iemand heb verteld. Want ik weet dat het verkeerd is om je zo in jezelf terug te trekken. Ik wil zijn waar jij ook bent, in de werkelijkheid.

Je
Jules

*

Een dag in augustus, ik weet niet meer welke. De plafondverlichting in het ziekenhuis flakkerde, wat me verschrikkelijk irriteerde. De geur van desinfecterende middelen prikkelde mijn neus, iemand rende door de gang, de sneakers piepten op de vloer. Ik keek naar de mechanisch aandoende mondbewegingen van de dokter, de woorden drongen maar langzaam tot me door. De behandeling sloeg niet meer aan, er waren nieuwe uitzaaiingen, de strijd was uitzichtloos geworden. De kanker zat overal in Alva's door medicatie verzwakte lichaam en had vrij spel. De artsen stelden voor met de behandeling te stoppen en alleen nog maar palliatieve zorg te bieden.

Ze gaven haar nog maar een paar weken. Ik herhaalde het voor mezelf aldoor. *Nog maar een paar weken.*

Weliswaar hielden we daar heimelijk allang rekening mee, maar we hadden ons tot nu toe allemaal overgegeven aan de hoop op een wonderbaarlijke genezing. En zelfs na die niet te bevatten diagnose kon ik het nog niet geloven. Dit moest zinsbegoocheling zijn, straks zouden we allemaal samen aan tafel zitten, eten en dan bordspelletjes doen. Het kon gewoon niet waar zijn. Dat mocht niet.

Ik voelde nauwelijks nog iets, sjokte met een leeg hoofd door de ziekenhuisgang en duwde de deur van Alva's kamer open. Ik ging het kleine vertrek binnen zoals ik de afgelopen weken honderden keren had gedaan, maar ineens was alles anders.

'Dus het is gebeurd,' zei Alva toen ze me zag. 'Game over.'

Ik had verwacht dat ik haar in tranen zou aantreffen, niet dat ze een boek lag te lezen. Nog steeds was ze met haar promotie bezig, al stond nu vast dat die niet doorging. Ik ging bij haar bed zitten en wilde haar in mijn armen nemen, maar ze duwde me zachtjes weg.

'Ik kan even niemand om me heen hebben,' zei ze, 'hier moet je alleen doorheen. Geef me nog even tijd, oké?'

Ik deed een stap terug. 'Natuurlijk.'

'Morgen gaat het vast beter.'

Ze wendde zich af. Ik bleef nog even naar haar staan kijken en liep toen de kamer uit.

*

In de stad was het me te licht, de zon goot haar licht uit over de straten en de huizen. Ik belde niemand, liet me op de mensenstroom meedrijven. Een geur van versgebakken krakelingen uit een bakkerij. Werklieden die het wegdek repareerden. Een ouder echtpaar dat hand in hand over de stoep slenterde. *Nog maar een paar weken.*

Thuis had Elena voor de kinderen gekookt; zij leek het nieuws al te hebben gehoord, want ze omhelsde me zwijgend. De kinderen zaten stil aan tafel. Ik ging ervan uit dat zij het nog niet wisten, maar ze leken wel te voelen dat er iets fundamenteel veranderd was.

Ik nam eerst mijn dochter en toen mijn zoon in mijn armen, at een paar happen, liep naar de slaapkamer en ging op mijn kant van het bed liggen. De andere kant zou nu altijd leeg blijven. Ik ergerde me meteen aan mijn zelfmedelijden, dat melodramatische gedoe. Uiteindelijk viel ik in slaap.

Later die avond werd ik door mijn broer gewekt. Zonder een woord te zeggen kwam hij naast me liggen, op de plek waar Alva altijd had gelegen. Hij zag bleek.

'Ik heb met Liz gebeld,' zei hij toen. 'Ze zei haast niets, maar ze leek toch al zo aangeslagen. Bij alles wat er momenteel gebeurt, zou je haast vergeten hoe slecht het met haar gaat. Laatst zei ze dat ze haar baan het liefst zou opzeggen. Ik heb gezegd dat ze in de vakantie maar bij ons moet komen.' Hij draaide zich naar me toe. 'En van Toni moest ik zeggen dat hij er altijd is als je hem nodig hebt. Hij komt meteen, als je wilt.'

We keken elkaar aan.

Marty schudde zijn hoofd. 'Ik weet gewoon niet wat ik zeggen moet. Ik heb de hele dag nagedacht over iets troostends, maar er is gewoon niets... Je kinderen kunnen in elk geval nog afscheid nemen. Het is niet veel, maar toch meer dan ons destijds was vergund.'

'Ze zijn pas zeven,' zei ik. 'Over dertig jaar zullen ze zich hun moeder nog nauwelijks kunnen herinneren.'

'Dan is het jouw taak om over haar te vertellen.'

We bleven nog een paar minuten zo liggen en toen stond Marty op. Samen met Elena zorgde hij die avond voor de kinderen. Zelf bleef ik roerloos op bed liggen, hoorde Luise en Vincent naar me vragen, hoorde gerammel van messen en vorken, de kraan die werd opengezet. Maar ik kon me niet verroeren, niet opstaan. Ik bleef liggen tot het in huis geleidelijk stiller werd en iedereen sliep. Toen deed ik het licht aan om in Romanows laatste boek te lezen.

*

Ik beschrijf liever niet wat de ziekte uiteindelijk met Alva's lichaam deed. Ook wil ik het niet over de momenten hebben dat ze zichzelf niet meer meester was en wanhopig werd. Het leek alsof ze boven een afgrond hing en zich nog maar met één hand aan het klif vasthield terwijl de ziekte haar vingers een voor een losmaakte.

Maar in dat zelfdestructieve lichaam zat nog steeds een sterke geest. Na een paar dagen radeloosheid en onmacht had ze besloten de dood dapper tegemoet te treden. Ik snapte niet waar ze de kracht vandaan haalde, want ze kon nauwelijks meer opstaan en dommelde steeds langer weg door de morfine. Maar als ze wakker werd, flitste die kracht weer op.

Ze was inmiddels naar de afdeling palliatieve zorg overgebracht. Geen witte, monotone kamer meer, maar een bijna gezellig vertrek met een houten vloer, aquarellen aan de muur en een rode kunstleren leunstoel. Daar zat ik van 's morgens vroeg tot 's avonds aan haar bed. Ik maakte dankbaar gebruik van elke seconde dat ze aanspreekbaar was en wilde de tijd die ons nog restte zo veel mogelijk laatste herinneringen ontfutselen. Soms stortte ik bij die gesprekken in, overstroomd door een gevoel van verlies, maar dan glimlachte ze, al was het niet meer haar oude glimlach, en zei dat ik me moest beheersen, want wat moest de dood anders van me denken? Ze deed altijd alsof die bij ons in de kamer stond.

'Je kunt vrijuit praten,' zei ze. 'Ik heb geen geheimen voor hem.'

Het moeilijkste voor haar waren de ochtenden, als ze star en zwijgend in bed lag, niet in staat om met me te praten. 'Als ik droom, is alles weg,' mompelde ze. 'En als ik dan wakker word, moet ik elke dag opnieuw tot me laten doordringen dat ik binnenkort doodga. En dan vergeet ik het 's nachts in mijn slaap toch weer.'

Inmiddels was ze te zwak en te moe om te lezen en bleven haar filosofieboeken op het nachtkastje liggen. Ik las haar nu voor, stukken uit romans maar ook poëzie. Haar lievelingsgedicht was van Rilke; ik kende het inmiddels uit mijn hoofd.

Der Tod ist groß.
Wir sind die Seinen,
lachenden Munds.

Wenn wir uns mitten im Leben meinen,
wagt er zu weinen
mitten in uns.

Maar het liefst wilde ze dat ik haar iets uit mijn eigen verhalen voorlas, uit de twee novellen die in Romanows boek stonden. Over de man die in zijn dromen een tweede leven leidde dat heel anders was. En van de man die tot zijn dood eenzaam bleef omdat hij de tijd van de anderen afnam en niemand kon vinden die van een lang leven afzag om een paar jaar met hem door te brengen.

'Je roman zal ik in dit leven helaas niet meer kunnen lezen,' zei Alva bij een van onze laatste langere gesprekken. Later, toen de artsen de dosis verhoogden, was ze meestal te moe of te verward van de morfine om nog echt met me te kunnen praten, maar die middag was ze klaarwakker.

'Er is zo veel wat ik nog had willen doen. Zo veel plekken die ik graag had gezien.' Ze keek me aan. 'Jij wilde altijd voor me koken.'

'Ik heb ook vaak voor je gekookt.'

'Maar nooit zoals je het die keer op school had willen doen.'

Ik moest toegeven dat dat klopte.

'En de kleintjes,' zei ze. 'Ik had ze willen zien opgroeien. Ik had zo graag met Luise willen praten als ze in de puberteit kwam en problemen had. Of als Vincent voor het eerst verliefd was.' Ze tastte naar mijn hand. 'Dat moet jij nu van me overnemen.'

De weken daarvoor had ik mezelf wijsgemaakt dat ik dat alles wel zou klaarspelen, maar ineens braken de wanhoop en de woede in me los. Ik stond op en ijsbeerde door de kamer. 'Maar dat kan ik allemaal niet,' zei ik luid. 'Ik kan jou toch niet vervangen. IK BEN GEWOON NOG NIET ZOVER.'

'Je bent een geweldige vader.'

'Alleen omdat ik jou had. Jij hebt ze toch opgevoed, jij deed altijd de belangrijke dingen. Ik heb alleen maar met ze gespeeld. Ik ben gewoon nog niet zover dat ik alleen voor ze kan zorgen. Ze luisteren nu al niet naar me, ze pikken die rol niet van me.'

Alva schudde vermoeid haar hoofd. 'Je groeit er wel in, dat weet ik. Als ze je nodig hebben, dan ben je zover.'

'Ik wil gewoon niet dat ze net zo'n leven krijgen als ik vroeger.' Ik liet me op een stoel vallen en mijn voet wipte zenuwachtig op en neer.

Zij bleef kalm. 'Ik snap je wel. Maar ik zie in jou als vader niet zozeer de vrolijke grapjas die je voor ze bent als wel de serieuze man die je altijd al bent geweest. En je broer en je zus zullen je ook helpen.'

'Liz zit in India,' zei ik nog steeds ongelovig.

'Dat wist ik niet.'

'Ze heeft drie dagen geleden haar baan opgezegd en is van het ene moment op het andere naar Mumbai vertrokken in plaats van me hier te helpen. Ze drukt haar snor, zoals altijd.'

Daar wist Alva even niets op te zeggen.

'Maar toch,' zei ze toen, 'ik kan me geen betere vader voor die twee voorstellen. Wat dat betreft moet je mij meer geloven dan jezelf.'

Ik ging weer bij haar bed zitten. 'Oké,' zei ik zacht.

Haar hand lag weer in de mijne.

'Ben je bang?' vroeg ik.

'Soms. Als ik me nog steeds niet kan voorstellen dat ik binnenkort doodga, dan word ik bang. Maar tegenwoordig kan ik het me net zo vaak wél voorstellen, en dan voel ik me goed. Het zal toch een keer moeten gebeuren.'

Ik knikte. Ons gesprek leek wel een wedstrijd, we wilden er allebei nog iets aan toevoegen. 'Het is maar acht jaar,' zei ik. 'We zijn maar acht jaar samen geweest. Wat hebben we een tijd weggegooid.'

'Daar heb ik ook vaak aan gedacht.' Ze richtte zich moeizaam op en keek aandachtig naar me. 'Jules, weet je nog wanneer we op school voor het laatst samen hebben gepraat?'

'Bij het slotfeest?'

'Nee, toen heb je me niet eens aangekeken. Daarvoor.'

'Klopt,' zei ik. 'Je kwam ineens naar me toe en je vroeg of we het laatste weekend van het schooljaar iets samen zouden doen, je wilde me absoluut spreken. En ik ben niet komen opdagen, ik was waarschijnlijk te trots. Natuurlijk wilde ik je wel zien. Maar toen ik je er later op aansprak, was je het helemaal vergeten. Het kon je niets schelen.'

Ze trok haar hand terug. 'Nee,' zei ze, 'het was andersom. Ik heb jóú er na dat weekend op aangesproken dat je er niet was, maar jij...'

Ik hoorde haar stem alleen nog maar gedempt. Weer verscheen er een scheurtje in de realiteit en ik zag weer duidelijk voor me hoe ik toen in de klas stond en haar met een zelfvoldane grijns had voorgelogen dat ik onze afspraak was vergeten en op een feest iets met een ander meisje had gehad.

Alva keek me aan. 'Dat hele weekend hoopte ik dat je zou bellen. Ik had je eindelijk... begrepen, Jules. Elke keer dat de telefoon ging, hoopte ik dat jij het was.'

'Echt waar?'

'Ja. En toen je niets liet horen, was ik verdrietig en kwaad, vooral op mezelf. En daarna wilde ik alleen nog maar weg.'

Ik moest even naar woorden zoeken. Maar toen ik mezelf verwijten wilde maken, viel ze me meteen in de rede.

'We waren gewoon nog niet zover.'

'Maar dan zouden we veel meer tijd hebben gehad.'

'We hebben onze tijd toch ook gehad,' hoorde ik haar zeggen. 'Liever acht jaar met jou dan vijftig zonder jou.'

Ik legde mijn hoofd op haar bed. Met mijn ogen dicht kon ik teruggaan naar die zomer in onze jeugd om haar schuchtere signalen te herkennen. Het herinneringsalbum dat ze me zomaar had gegeven, met alleen foto's van ons samen waar ze gedichtjes bij had geschreven. Of de keer dat ze spottend had gezegd dat ze het land uit ging en dat ze wel heel verliefd moest worden, wilde ze hier blijven. We waren elkaar steeds net misgelopen, we hadden elkaar als vriend nodig maar zagen te laat in wat we voor elkaar voelden. Nu kon ik onze fouten corrigeren, zo onvoorstelbaar makkelijk. Het deed er niet toe waar: in haar Fiat, in mijn kamer op het internaat of bij de berghut, er waren maar zo weinig woorden voor nodig geweest, zo weinig daden, om alles anders te laten verlopen...

Maar toen moest ik mijn ogen weer opendoen en me voorbereiden op de dingen die komen gingen. Dit was het onveranderlijke.

*

Er kwamen een paar buren en studiegenoten van Alva langs om afscheid van haar te nemen en haar vader kwam regelmatig over uit Augsburg en nam bloemen voor haar mee. Alleen helemaal tegen het eind kon hij er niet meer tegen dat hij na zijn eerste dochter nu ook werkelijk zijn tweede ging verliezen. Hij vroeg me haar een brief te geven.

En ten slotte kwam de dag dat onze kinderen Alva voor het laatst zagen. Omdat de dokter op dat moment juist bij haar was, wachtte ik met hen op een bankje in de gang. Ze zwegen allebei, ze konden het duidelijk niet aan. Ze waren pas zeven en het drong vast niet tot ze door hoe definitief dit afscheid zou zijn, maar op een ander, dieper niveau begrepen ze maar al te goed wat hun te wachten stond.

Er kwamen twee verpleegkundigen al discussiërend langs en toen was het weer stil.

'Bestaat Nangijala echt?' vroeg Luise.

'Wat is dat?' vroeg ik.

'Iets uit een verhaal dat Elena heeft voorgelezen.'

'Uit *De gebroeders Leeuwenhart*,' verduidelijkte Vincent zacht. 'Nangijala is een land waar je terechtkomt als je doodgaat.'

'Is het daar mooi?' vroeg ik.

'Ja,' zeiden ze allebei. Ze keken me verwachtingsvol aan, alsof het van mij afhing wat er na Alva's dood met haar gebeurde.

'Ik weet zeker dat ze daar terechtkomt als ze dat wil. Maar misschien wil ze wel ergens anders naartoe. Ze komt in elk geval ergens waar ze jullie goed kan zien.'

Ze geloofden het allebei meteen en heel even geloofde ik het ook. Toen kwam de dokter de kamer uit en konden we naar binnen.

Ik was bang dat Alva zou slapen of beneveld was van de medicijnen. Tot mijn opluchting leek ze tamelijk wakker. Toen ze de kinderen zag, veranderde de uitdrukking op haar gezicht. Eerst keek ze vrolijk, maar toen ze begreep waarom ik ze had meegebracht, verscheen er een pijn in haar ogen die ik haast niet kon verdragen.

Zonder iets te zeggen legden onze kinderen hun cadeautjes op het nachtkastje. Vincent had voor het afscheid een tekening van zijn lievelingsdieren gemaakt en ook een van hem met haar samen, en Luise had een bijzonder mooie steen meegenomen die ze bij het spelen in het park had gevonden en die geluk moest brengen.

Ze omhelsden Alva en gingen toen een laatste keer bij haar in bed liggen. Toen ze uiteindelijk huilden, wendde ik me af en liep de kamer uit. Met natte ogen ging ik weer op het bankje zitten, zo machteloos, zo nutteloos. Met een leegte in me die ik zelfs bij de dood van mijn ouders niet had gevoeld.

Na een paar minuten kwamen Luise en Vincent naar me toe. Wat we daarna hebben gedaan of gezegd weet ik niet meer.

*

Mijn broer en Elena pasten bijna voortdurend op de kinderen, zodat ik bij Alva kon blijven. De bezoekuren golden voor mij niet meer. Ik wilde haar niet alleen laten, ook 's nachts niet.

Soms luisterden we naar muziek op de cd-speler die ik voor haar had meegebracht, albums van Nick Drake of haar dierbare George Gershwin. Meestal viel ze dan in slaap en ging ik naast haar liggen, en soms vroeg ik me zacht en bezorgd af hoe alles straks zonder haar zou zijn.

Maar als ze aanspreekbaar was, vertelde ik haar over vroeger en dat ik op school alleen bij de atletiekclub was gegaan omdat zij de hardlopers zo bewonderde, of over de maanden van totale vrijheid toen we in München waren gaan samenwonen. En dat we samen vaak naar de kinderen hadden staan kijken als ze sliepen. En natuurlijk zei ik telkens weer dat ik zo van haar hield en dat ze zo belangrijk voor me was en dat ik ooit over haar zou schrijven.

Alva lag daar alleen maar en luisterde.

'O nee,' zei ze een keer zacht.

'Wat is er?'

'Ik moest ineens aan die ingevroren vos denken, precies zoals jij toen zei.'

En op haar smal geworden gezicht verscheen een schim van haar vroegere glimlach.

*

Op haar laatste dag liet ik haar hand nauwelijks meer los. Ik wilde niet dat ze wegging en zich alleen voelde, want ik merkte wel dat het haar nog altijd heel zwaar viel. Het verschrikkelijke idee dat ze ieder moment kon sterven, dat ze alles los moest laten en zich in het ongewisse moest laten vallen, was bijna tastbaar aanwezig. Buiten was het zonnig, ik had de zonwering neergelaten, maar het licht drong tussen de lamellen door en viel in smalle strepen op de grond. Alva had haar ogen inmiddels bijna aldoor dicht, maar als ik haar hand drukte, kneep ze terug. En toen ik koffie wilde halen, rende ik zo hard ik kon om snel haar hand weer vast te kunnen houden. En weer kneep ze even zacht in de mijne en dan ik weer, en ze was er nog steeds.

De laatste keer deed ze 's middags haar ogen open. Ze keek me aan en toen ze zag dat ik geluidloos huilde, leek ze bedrukt, alsof ze zichzelf daar de schuld van gaf. En nog een keer kneep ze in mijn hand voordat ze haar ogen weer dichtdeed. Ik kon bijna voelen hoe haar gedachten door de ruimte en de tijd raasden en een laatste kostbaarheid zochten, een laatste mooi moment om zich nog aan vast te houden. Misschien dacht ze aan de kinderen en mij of aan haar zusje en haar ouders, aan het verleden en de toekomst. Een laatste grote chaos van gedachten en gevoelens, een warreling van angst en vertrouwen, en toen vloog ook dat al met haar weg, verrassend snel en vreemd en oneindig ver.

Een ander leven

ALS DE TIJD nu eens niet bestond? Als alles wat je beleeft eeuwig was en als niet de tijd aan jou voorbijging, maar jijzelf aan de dingen die je beleeft? Dat vraag ik me vaak af. Dan zou je wel van perspectief veranderen en bij je geliefde herinneringen vandaan gaan, maar ze zouden er nog altijd zijn en als je terug kon, zou je ze daar altijd weer vinden. Net als wanneer je in een boek terugbladert, misschien helemaal naar het begin. Dan zou mijn vader eeuwig 's avonds met mij door het park wandelen en waren Alva en ik altijd op reis naar Italië, we zouden 's nachts in de auto zitten en een hoopvolle toekomst tegemoet rijden. Ik probeerde mezelf met die gedachten te troosten, maar ik voelde ze nog niet. En ik kan alleen geloven wat ik voel.

*

Het heeft een tijd geduurd voordat Liz van mijn motorongeluk hoorde, want ze reisde zonder telefoon door India en heeft pas na weken haar mails gelezen. Op de dag dat ze terugkomt, rijden we allemaal samen naar het Nordfriedhof in München. Steunend op Romanows wandelstok loop ik tussen mijn broer en mijn zus over het pad, Liz links en Marty rechts. Door mijn ongeluk ben ik niet bij de uitvaart geweest, dus dit is de eerste keer dat ik bij het graf van mijn vrouw sta. Een sobere zwartmarmeren steen met haar naam en haar geboorte- en sterfdatum erin gegraveerd. Een code voor haar geschiedenis: *Alva Moreau, 3-1-1973 – 25-8-2014*.

Als ik dat alles zie, trekt het bedrukte gevoel in mijn borst weg. De dood is het tegendeel van het oneigenlijke, denk ik. Ik wil graag even alleen zijn. Marty neemt de kinderen mee en Liz doet een paar stappen opzij. Over de begraafplaats ligt stilte, alleen het zachte suizen van de wind is te horen. Ineens schaam ik me dat ik de afgelopen weken als een kind in mijn droomwereld ben gevlucht. Maar alleen daar kon Alva nog in leven zijn. Daar waar ook mijn ouders nog leven.

De herinnering, laatste toevluchtsoord van de doden.

En ik zie Alva weer voor me en praat met haar, maar nu lost het beeld snel op en wordt het verdrongen door iets anders: ik op de motor op een landweg. Ik heb muziek opstaan op de koptelefoon, het vizier van mijn helm is omhooggeklapt en verder weet ik niets meer. Die ochtend heb ik de datum voor de begrafenis vastgelegd en daarna heb ik met mijn kinderen gepraat, waarbij me weer duidelijk werd dat ik gewoon nog niet zover ben.

Ik geef gas en ga steeds harder, en ja, het klopt, het voelt een beetje als vliegen, precies zoals Toni altijd zei. Maar ik weet zeker dat het nog harder kan. In mijn oren zachte gitaarklanken, 'Heroin' van Velvet Underground, en dan zetten behoedzaam de percussie en de zangstem in, de muziek wordt indringender, woedender, de zang barst los. Ik zet het geluid helemaal open. Mijn hartslag versnelt, de wind duwt mijn gezicht naar achteren en ineens komt alles weer boven, Alva's dood, het idee dat ik niet in mijn eentje voor de kinderen kan zorgen, de angst alles kwijt te raken, en ik zie Romanow weer voor me toen hij met die bange blik zei dat hij niet kon loslaten, maar dat zal mij niet overkomen.

En op dat moment laat ik los.

De motor neemt de bocht niet, maar rijdt rechtdoor, van de

weg af, en ik denk even dat het nu écht aanvoelt als vliegen. Een seconde lang ben ik zo vrij als ik nooit ben geweest, ik heb niets meer in de hand, ik heb nergens nog controle over, wat gebeurt, moet gebeuren.

En dan zie ik een fractie van een seconde mijn kinderen voor me. Ik ruk de motor op het allerlaatste moment nog naar links, schamp alleen zijdelings langs de boom en alles wordt donker, totdat ik in het ziekenhuis weer bij bewustzijn kom.

*

Een paar dagen na mijn bezoek aan het graf word ik uit het ziekenhuis ontslagen. Liz logeert bij mij en ook mijn broer en Elena zijn er vaak. Zij kunnen geen kinderen krijgen en nu zorgen ze voor de mijne. Terwijl ik met de hond wandel, maakt Elena de lunch klaar, en als ik als verlamd in bed lig en Alva's voicemail bel om haar stem te horen, speelt Marty met de kinderen in de tuin. Een loden tijd waarin ik maar niet op de been kom. Jaren voor haar dood heeft Alva een keer gezegd dat ze het niet zou willen weten als ze iets voor het laatst deed, en nu probeer ik dingen te bedenken die ze voor het laatst heeft gedaan en waar en wanneer dat was. De laatste kus, aan haar bed. De laatste keer seks, kort en vluchtig, thuis, in de stellige overtuiging dat we snel weer samen zouden slapen. De laatste keer met de kinderen spelen, in haar kamer in het ziekenhuis, memory, en Luise won, met een voorsprong van vier paar zelfs. Ja, dat weet je nog, denk ik, zoiets onbenulligs onthoud je.

De kinderen hebben begrepen dat ik hulp nodig heb, ze luisteren naar me als ik ze naar bed breng en willen dat ik ze help met hun huiswerk. Net als mijn broer, mijn zus en ik toen krijgen zij nu ook een ander leven. Hun eigenlijke leven met hun moeder is voorbij en nu is het een zijweg ingeslagen. Op die nieuwe, moeilijkere weg hebben ze iemand nodig die ze overal doorheen loodst, en die iemand zal ik zijn. En ik zie in dat ik daarvoor misschien toch de aangewezen persoon ben, want tenslotte heb ik het allemaal ook meegemaakt.

Die gedachte volstaat om me hoop te geven. Om tenminste te functioneren. Ik kan weer lachen als het moet, de kinderen voorlezen als ze dat willen, voor ze koken en het dagelijks leven op de rails houden. Maar dan komt er een liedje op de radio dat over de jaren tachtig gaat, de tijd dat ik nog een zorgeloos kind was. Ik hoor de eenvoudige zinnetjes van het refrein en vlieg even uit de bocht:

Things are better when they start,
That's how the 80s broke my heart

Geleidelijk wordt ons leven weer zo normaal als het kan. Dat het nooit meer helemaal normaal zal worden komt alleen al door de verhuizing: de kinderen en ik gaan bij Marty en Elena in hun huis bij de Englischer Garten wonen. Zij hebben altijd al te veel lege kamers gehad en nu zijn ze niet meer alleen en de kinderen en ik ook niet.

Op de dag dat we ons oude, inmiddels leeggeruimde huis voorgoed vaarwel zeggen, kijk ik naar de kale vertrekken en bedenk wat Alva en ik daar in de loop der jaren nog aan zouden hebben veranderd. Ik stel me voor hoe de kinderkamers tienerkamers zouden zijn geworden, sloop in gedachten tussenmuren en geef de keuken een nieuw verfje.

Marty staat buiten bij de verhuiswagen en roept me.

'Jules, kom je?'

Ik laat mijn blik nog een laatste keer ronddwalen, kijk naar de binnentuin met de schommel en de boomhut. Dan draai ik me om en ga naar hem toe.

*

Luise was eerst tegen de verhuizing, maar Vincent houdt van zijn oom en is blij dat hij bij hem komt wonen. Ze zitten vaak samen in de kinderkamer en net als vroeger kan Marty uren bezig zijn met een speelgoedautootje dat op echte benzine loopt of met microscoopglaasjes waar druppels vloeistof op moeten. Dat autotje en die microscoop heeft Vincent van hem gekregen, al heeft Marty ze ook een beetje voor zichzelf gekocht. Het is helemaal de tijd van de vervulde wensen, we gaan elke veertien dagen met de kinderen naar het voetbalstadion of naar de dierentuin, naar het Deutsches Museum of naar een scheepvaarttentoonstelling. Op zondag zet ik de televisie in hun kamer en maak warme chocolademelk met slagroom en geroosterde broodjes met bacon voor ze, en dan kijken we samen naar hun lievelingscartoons.

Luise is vaak het ene moment diepbedroefd om haar moeder en daarna meteen weer vrolijk, maar Vincents gevoelens bloeien in het verborgene. Je ziet hem nooit lachen, wat jammer is, want mijn zoon heeft een heel mooie lach, vind ik, waarbij op slag elk teken van gepieker van zijn gezicht verdwijnt. Hij heeft maandenlang enthousiast getekend, maar daar is hij mee opgehouden, en sinds kort is hij bang in het donker. We moeten tegenwoordig altijd de deur van de kinderkamer op een kier laten staan, zodat hij het geruststellende licht op de gang kan zien.

Een keer kan hij toch niet slapen en komt hij met zijn deken de huiskamer in, waar ik zoals altijd 's nachts tv zit te kijken. Alles speelt zich zonder tekst af. Vincent kijkt me even vragend aan of het mag; als ik hem over zijn bol aai, begrijpt hij het en vlijt hij zich tegen me aan. Op tv is een documentaire over bergkristallen, waarvan sommige soorten alleen in het donker en in de schaduw kunnen ontstaan en gedijen. *Kristallisatie*.

Opeens komen de tranen. Hij maakt geen geluid en blijft naar het scherm staren, alsof hij het voor mij probeert te verbergen. Ik sla mijn armen om hem heen en dan begint hij pas echt te huilen.

'Ik mis haar ook,' zeg ik telkens.

Na een tijdje wordt hij weer rustig en valt hij in slaap. Ik kijk allang niet meer naar de tv, alleen nog maar naar hem. Zie de oude beelden weer voor me: hoe ik na de dood van mijn ouders alleen op mijn kamer in het internaat zit, nog met sneeuw in mijn haar. Hoe ik onzeker op het schoolplein sta en toekijk terwijl de andere kinderen spelen. Hoe ik wegdrijf, weg, weg, weg.

Ik draag Vincent naar zijn bed, dek hem toe, voel me diep met hem verbonden. Ik zie mezelf zo in die jongen terug dat het pijn doet.

*

Later in de herfst ga ik Liz in Berlijn opzoeken. Ze is opgehouden met lesgeven, maar schrijft kinderboeken die ze zelf illustreert. Dat vind ik een goed idee, vooral als ik de eerste tekeningen en ontwerpen heb gezien. Marty en ik hebben haar ervan verzekerd dat ze op onze financiële steun kan rekenen.

'Heb je spijt dat je je baan hebt opgezegd?' vraag ik haar.

'Geen seconde. De leerlingen schreven me geen liefdesbrieven meer. Toen wist ik dat ik moest stoppen.'

Ze is verhuisd naar een appartement in de buurt van Kreuzberg en heeft de meeste van haar oude spullen weggegeven. Al die kistjes en kastjes, poppetjes en beeldjes, Aziatische kopjes en Afrikaanse kruiken. Haar nieuwe woning is helder, licht en leeg. Alleen in de keuken hangt nog een oude foto uit onze internaatstijd. Ik ben daar dertien, bijna veertien, klein en dromerig, Marty is zestien, een reus met lang haar en een lange leren jas, Liz is zeventien. Ze kijkt van onder de capuchon van haar groene parka rebels in de lens met een peuk tussen haar lippen. Ontembaar in haar jeugd.

'Ik heb er spijt van dat ik 'm zomaar ben gesmeerd,' hoor ik haar zeggen. 'Ik was graag de grote zus geweest die altijd goed op haar broertjes paste, maar nu heb ik je twee keer in de steek gelaten en dat is twee keer te veel. Daar kan ik niet omheen.'

Ik wend mijn blik van de foto af. 'Het is oké.'

'Jij zegt altijd: "het is oké", maar je mag ook graag klagen. Niets is oké, als je er goed over nadenkt.'

'Misschien. Maar daar schiet niemand iets mee op.'

Ze knikt. 'Ik deel trouwens het bed met hem.'

'Met wie?'

'Met wie dacht je?'

Ik weet het echt niet.

'Met Toni.'

Ik ben zo verrast dat ik haar alleen een spottende blik kan toewerpen. 'Waarom nu ineens wel?'

'Omdat ik een kind wil.'

'En verder...'

'Er is geen verder, het is alleen voor de voortplanting. Ik weet wel hoe vreemd dat klinkt terwijl ik me vroeger altijd zo over dat moedergedoe kon opwinden en altijd vond dat seks iets wilds is en vooral lekker moet zijn. Maar nu is het eindelijk waar het oorspronkelijk voor bedoeld is.'

Ik wil iets zeggen, maar ze legt me met een gebaar het zwijgen op.

Het verbaast me dus niet dat Toni tegenwoordig zo euforisch is. Als ik hem waarschuw dat hij niet te veel moet hopen, wuift hij dat weg.

'*You can't be wise and in love at the same time.*'

'Volgens wie?'

'Bob Dylan.' Er verspreidt zich een brede grijns over zijn gezicht.

'Maar je weet dat ze niet van je houdt.'

'Misschien wel als het kind er is.' Hij stoot me aan. 'Ik vind het trouwens mooi dat jullie bij Marty en Elena zijn gaan wonen.'

'Het doet echt een beetje aan het internaat denken. Ik begin te geloven dat alles in het leven weer een keer terugkomt.'

'Het internaat... Hoe heette die kroeg ook weer waar we altijd gingen biljarten?'

'De Jackpot.'

'O ja, De Jackpot. Dat je dat allemaal onthoudt. Ik denk weleens dat jij nooit iets vergeet.' Toni wijst naar mijn voorhoofd. 'Daarbinnen zit alles opgesloten.'

Jij bent een herinneraar en een bewaarder, en dat weet je, heeft Alva jaren geleden een keer tegen me gezegd en misschien had ze gelijk. Haar zus Josephine en de koprollen op hun bed voor het slapengaan, mijn tante Helene, mijn verbitterde grootmoeder, oude klasgenoten, vluchtige kennissen, mijn vroegere baas bij het platenlabel en natuurlijk ook Norah: in mijn hoofd zit een heel koninkrijk vol met al die soms half vergeten reisgenoten. Ik wil ze allemaal tegen het verdwijnen beschermen, anders is het alsof ze er nooit echt zijn geweest.

En zo begin ik mijn roman te bewerken en te herschrijven. Soms ben ik wel bang dat het verhaal te somber wordt en ik weet ook dat het moeilijk zal zijn iedereen recht te doen, vooral haar. Tenslotte is dat wat ik met Alva van plan ben: een onsterfelijk romanpersonage van haar maken. Maar zelfs als ik dit verhaal nooit afmaak, zal ik niet meer ophouden met schrijven. Want ik heb begrepen: alleen daar kan ik iedereen tegelijk zijn. Iedereen die mogelijk is.

Want de kleine jongen die voor alles bang is, dat ben ik. En ook het kind dat op de fiets met ware doodsverachting de helling af rijdt, zijn arm breekt en toch meteen doorgaat. Ik ben de buitenstaander die zich na de dood van zijn ouders terugtrekt en alleen nog wat voor zich uit droomt. En ook de temperamentvolle schooljongen die nog twee levende ouders heeft en populair is bij de meisjes. Ik ben de puber die zijn liefde niet durft uit te spreken en in eenzaamheid wegglijdt. De vrolijke, zelfverzekerde student die het leven met beide handen vastpakt. De gedesoriënteerde jongen die zijn studie heeft afgebroken en nu bij een platenlabel in Berlijn werkt. De man die geen tip over die baan heeft gekregen en naar het buitenland is gegaan, waar hij nog steeds woont. De fotograaf die het wél echt wilde en inmiddels succes heeft. De schrijver die zich nog met zijn vader heeft kunnen verzoenen en dus niet als fotograaf vergiffenis moest zien te krijgen. Ik heb geen schijn van kans bij Alva omdat haar zus niet verdwenen is en zij me later dus ook niet nodig heeft. Alva heeft geen schijn van kans bij mij omdat het na school heel goed met me gaat en ik haar heb kunnen vergeten. Ik heb de vrouw van mijn leven gevonden en te vroeg weer verloren. Ik heb haar in mijn jeugd al kunnen vasthouden, we hebben onze tijd goed gebruikt. Ik ben nooit meer bij haar teruggekomen, maar bij Norah gebleven, we hebben een zoon. En ik ben in Montpellier opgegroeid, ben getrouwd, heb geen kinderen en heb Alva nooit ontmoet.

Dat had allemaal gekund en het feit dat uit al die duizenden mogelijkheden uitgerekend deze ene werkelijkheid is geworden heeft me lang puur toevallig geleken. Als jongeman had ik het gevoel dat ik sinds de dood van mijn ouders een ander, onecht leven leidde. Nog sterker dan mijn broer en zus heb ik me afgevraagd in hoeverre de gebeurtenissen uit mijn kinderjaren en mijn jeugd me hebben bepaald, en ik heb pas laat begrepen dat ik en ik alleen de echte architect van mijn bestaan ben. Ik ben degene die toelaat dat mijn verleden invloed op me uitoefent en andersom ben ik ook degene die zich daartegen verzet. En ik hoef alleen maar aan de ogenblikken met Alva en mijn kinderen te denken om te begrijpen: dat andere leven, waarin ik nu al zulke duidelijke sporen heb achtergelaten, kan niet onecht meer zijn.

Want het is van mij.

*

Net als vroeger leest Marty ons bij het ontbijt interessante artikelen uit de krant voor en we hebben tegenwoordig zelfs een biljart in het souterrain. 'Vind je het niet grappig dat wij vrienden zijn geworden?' vraag ik een keer als we 's nachts tegen elkaar spelen. 'Als kind dacht ik altijd dat ik je later zou haten.'

Bij wijze van antwoord schiet Marty de groene bal in het gat. Hij klopt me even op mijn schouder en vertelt dan ogenschijnlijk onbewogen over een bijzonder begaafde student. Maar ik zie wel aan hem dat hij er verlegen van wordt.

'Maar,' begin ik, 'die keer dat ze me onder de douche hadden gesleurd. Heb je me toen echt niet gehoord?'

'Wanneer was dat?'

'Op het internaat. Ik stond vlak voor je deur en ik heb je geroepen. Heb je me nou gehoord of niet?'

Marty haalt zijn schouders op. 'Daar staat me niets van bij.'

Ik lach. 'Klootzak. Natuurlijk weet je dat nog.'

Er breekt een schuldbewust glimlachje door op zijn gezicht en dan schiet Marty met een kunstige stoot weer een bal over de banden.

'Sloof je niet zo uit,' zeg ik.

Later, boven in de keuken, maakt mijn broer sandwiches met kip, sla en mayonaise, zijn specialiteit. Hij geeft me een bord en zet dan een pannetje melk op het fornuis.

'Wat krijgen we nou, ga je ook nog warme chocolademelk voor me maken?'

Hij grijnst alleen. We gaan met ons bord voor de tv zitten.

'Ik moet toegeven dat die sandwich buitengewoon lekker is.' Ik leun behaaglijk achterover en neem nog een hap, er is een zwart-witfilm op tv waarin Charles Foster Kane de burelen van de ingeslapen redactie van de *New York Inquirer* binnenkomt en de boel opschudt.

'Jules, weet je nog hoe wij samen in jullie oude slaapkamer lagen? Je had die dag gehoord dat Alva het niet ging redden. Ik wilde iets troostends zeggen, maar ik kon niets bedenken.'

Ik knik, dat was ik niet vergeten.

'Dat kon ik niet uitstaan,' zegt Marty. 'Ik ben je grote broer en dat betekent op onze leeftijd wel niet zo veel meer, maar toch. De afgelopen weken heb ik er veel over nagedacht wat ik toen had kunnen zeggen. Toen we op die scheepvaarttentoonstelling waren, is me iets duidelijk geworden. Een vergelijking, een beetje stom.'

Ik neem een slok chocolademelk. 'Brand los.'

'Dat was... Al vanaf onze geboorte zitten we op de *Titanic*.' Mijn broer schudt zijn hoofd, het onderwerp ligt hem niet zo. 'Wat ik wil zeggen: we vergaan, we overleven het niet, dat staat al vast. Daar valt niets meer aan te doen. Maar we kunnen wel kiezen of we panisch schreeuwend gaan rondrennen of de muzikanten zijn die dapper en waardig doorspelen, ook al zinkt het schip. Zoals...' Hij slaat zijn ogen neer. 'Zoals Alva.' Mijn broer wil er nog iets aan toevoegen, maar schudt dan weer zijn hoofd. 'Sorry, ik ben hier niet zo goed in.'

*

Heel langzaam raak ik vertrouwd met Alva's dood. Ik heb me bij de universiteit aangemeld en volg colleges filosofie en anglistiek, maar 's nachts ga ik vaak wandelen. Mijn nieuwe gezelschap is de slapeloosheid, dus loop ik tegenwoordig vaak na middernacht in mijn eentje door de buurt. Mijn zwerftochten eindigen altijd met een bezoekje aan een bepaald café, een van de weinige die om die tijd nog open zijn. Een stijlvolle, nette gelegenheid waar een oudere heer aan de piano improviseert. 'Ah, de Gershwin-fan,' zegt hij als hij me ziet, want bij mijn vorige bezoek heb ik hem gevraagd of hij iets van George Gershwin kon spelen. Ik knik hem toe, kijk dan weer naar de paar gasten die hier elke nacht komen en vraag me af waarom ze in dit café zitten en niet thuis. Ze hebben allemaal hun geschiedenis, hun redenen, en die probeer ik graag in stilte te raden.

De laatste tijd ga ik niet meer zo vaak naar de praktijk van Elena, maar we wandelen wel af en toe samen door de Englischer Garten.

'Hoe vaak denk je aan haar?' vraagt ze een keer.

'Vaak,' antwoord ik meteen. Ik denk even na. 'Maar niet meer zo vaak als een paar maanden geleden. Er zijn momenten dat ik haar vergeet en dan voel ik me vreselijk.'

'Dat hoeft niet,' zegt ze. 'Het is belangrijk dat je nu weer vooruit begint te kijken. Vincent en Luise hebben je de komende jaren nodig. Ze krijgen vrienden, komen in de puberteit, worden verliefd, krijgen problemen en hebben hulp nodig. Dat ligt allemaal voor je in het verschiet. En dat zul je goed doen.'

Terwijl ze verder praat, dringt tot me door dat ze gelijk heeft, zoals zo vaak. Het verleden verbleekt zienderogen, maar ook de toekomst is nog ver weg. Ik kan alleen aan het moment denken, aan de kinderen, aan hun zorgen over school en aan mijn taak, de opvoeding. Hun behoeften stapelen zich zo hoog voor me op dat ik nauwelijks kan zien wat erachter ligt, zoals mijn eigen naderende ouderdom. Dat heeft iets geruststellends.

Ik blijf staan en pak Elena's hand. 'Ik weet niet of ik ooit heb gezegd hoe blij ik ben dat we jou hebben,' zeg ik. 'Ik wil graag weten hoe ik je kan bedanken. Je hebt mijn broer gered en mijn kinderen houden van je.'

Elena blijft ook staan en strijkt haar donkere haar uit haar gezicht. 'Toen ik hoorde dat ik geen kinderen kon krijgen, is er iets in me geknakt. Ik heb het natuurlijk geaccepteerd, maar ik dacht toch dat er altijd iets in mijn leven zou ontbreken. Een eeuwig, onuitgesproken gemis. Jij en je kinderen hebben ervoor gezorgd dat dat gevoel langzaam verdwijnt.'

Het is een nogal plechtige uitwisseling, stel ik geamuseerd vast, alsof we elkaar een belangrijke oorkonde overhandigen. Ik knik haar nog eens toe en dan lopen we door. Ik merk dat ik me beter voel.

*

We vieren kerst in München; Liz en Toni zijn er en Alva's vader ook. Als hij zijn kleinkinderen ziet, fleurt hij op. Samen met hen versiert hij de boom en hij vertelt opgewekt over een spectaculaire beklimming van de Mont Blanc, maar kort daarna zie ik hem in gedachten verzonken zwijgend op de bank zitten. Net als ik naar hem toe wil gaan, komt Elena naast hem zitten en beginnen ze een gesprek.

Ik deel plechtig mee dat ik voor iedereen ga koken en sta dan de rest van de dag in de keuken. Mijn kinderen mogen me gezelschap houden. Vincent verveelt zich al snel en rent weer naar buiten, maar Luise kijkt geïnteresseerd toe.

'Wat doe je daar?'

'Ik vul de kalkoen. Dit hier wordt de vulling.'

'Wat moet er dan allemaal in?'

'Dadels, paprika, uien, salie en peper... Wil je helpen?'

Ik leer haar hoe het moet en omdat ze het leuk vindt, laat ik haar ook nog een paar andere dingen zien. We staan de halve dag in de keuken, zij helpt met de kruidensaus, de aardappelgratin en later ook met de 'onweerstaanbare taart'. Ik kijk naar haar en word sentimenteel, maar zij lijkt het niet te merken, draaft naar de ijskast en meteen weer terug en roert aandachtig in de smeltende chocola in het pannetje. Ik moet er ineens aan denken hoe mijn moeder die taart vroeger bakte en weer is daar de gedachte: alles komt terug.

Het komt niet meer zo vaak voor dat beelden uit het verleden hun klauwen naar me uitsteken, maar als het gebeurt, verrast het me steeds weer hoe het licht van de herinnering bepaalde ogenblikken laat opgloeien. Een doodgewone avond in het internaat wordt zo achteraf een wonderbaarlijke belevenis. Ik zie mezelf weer bij mijn klasgenoten aan het meer zitten, we drinken wat, maken grappen over een van ons en hebben het over onze plannen voor de toekomst. Maar de herinnering brengt me dichter bij de anderen dan ik toen werkelijk was, plaatst me liefdevol in het middelpunt van het tafereel. Plotseling lach ik zorgeloos mee met mijn klasgenoten, al weet ik dat er ook heel andere momenten zijn geweest. En toch voel ik dat ik toen tevreden moet zijn geweest. Het geheugen is een geduldige tuinman en de kleine zaadjes die op die avond in het internaat in mijn hoofd zijn gezaaid, zijn in de loop der jaren uitgegroeid tot prachtige herinneringen.

Er wordt bij de kerstboom gezongen, door de volwassenen met de nodige zelfspot en door de kinderen onschuldig en blij, en na het eten, als we behaaglijk voldaan aan tafel zitten, laat Toni nog een paar trucs zien. Hij verandert speelkaarten in bankbiljetten, pakt een vork – de mijne – van tafel en wrijft erover totdat hij er een knoop in kan leggen alsof het een touwtje was. We zijn nog niet van onze verbazing bekomen als Toni's blik op zijn linkerschoen valt, waarvan de veter is losgeraakt. Hij schudt soepel met zijn voet en de veter strikt zichzelf weer alsof er een geest aan het werk is, maakt zelfs een dubbele strik.

'Gek!' roept Marty. 'Vertel nu meteen hoe je dat doet.'

Als we later de kinderen naar bed brengen, neemt Alva's vader ook afscheid. Hij omhelst zijn kleinkinderen kort maar liefdevol en dan laat ik hem uit. 'Bedankt voor de uitnodiging,' zegt hij en hij wil al naar zijn auto lopen.

'Ik weet niet of je het wist, maar wat Alva als kind het allerfijnste vond, was met jou op de dichtgevroren vijver schaatsen.'

Hij blijft staan.

Uit verlegenheid ga ik met gebogen hoofd verder: 'En elke keer dat je ons de laatste jaren kwam opzoeken, was ze al uren van tevoren opgewonden en blij. Alva begreep je pijn, ze begreep waarom je er zo zelden was en op het laatst niet meer naar het ziekenhuis kon komen. Ze heeft altijd alles begrepen en ze hield van je, dat weet ik...'

Ik voel de hand van Alva's vader op mijn arm en kijk verwonderd op. Voor het eerst deze avond kijkt hij me recht aan. Zijn ogen zijn groen, niet zo fel als die van zijn dochter, maar zacht en melancholiek. Hij kijkt alsof hij iets wil zeggen, maar ten slotte knikt hij me alleen toe.

Als hij weggereden is, valt mijn blik op het Italiaanse kastje in de gang dat nog uit het oude huis komt. Daar zat Alva altijd zo graag op, als een vreemd dier met opgetrokken voeten, helemaal opgaand in haar boek, haar muziek of haar gesprek met mij. En hoewel het een mooie kerst was, zakt ineens alles in me weg en de tranen springen in mijn ogen. Ik bijt op mijn lippen en moet aan de afdeling denken waar Alva haar laatste dagen doorbracht. Ik mis haar op dit ogenblik zo verschrikkelijk, en in plaats van terug naar de anderen te gaan, ga ik op de veranda de nacht in staan kijken. Glinsterende rijp op de takken van de bomen, de stenen op de grond met een teer laagje kristal bedekt. Het is koud, maar ik heb er geen last van.

Na een tijdje komt Liz bij me staan. Ze drukt me een rode envelop in de hand. 'Je andere cadeautje. Dat het jou maar meer geluk mag brengen dan mij.'

In de envelop zit een klein wit Barricadesteentje. Ontroerd sla ik een arm om mijn zus heen.

'Je moet niet denken dat jij alleen ons ziet.' Liz leunt tegen me aan. 'Je wordt zelf ook gezien. Ik denk vaak aan mijn Jules en waar hij allemaal over piekert en hoe het met hem gaat.'

We kijken naar de sterrenhemel. Bij die aanblik daalt er een diep gevoel van geborgenheid over me neer; voor het eerst ervaar ik de kalmte van het heelal als troostend.

Liz kijkt me van opzij met opgekrulde mondhoeken aan.

'Wat is er?' vraag ik.

Ik krijg geen antwoord.

'Vertel nou, wat is er aan de hand?'

Maar ze gaat zonder iets te zeggen naar binnen.

Later, als alle anderen al naar bed zijn en ik net de deur uit wil gaan voor mijn nachtelijke wandeling naar het café, zie ik haar in haar pyjama in de huiskamer op de bank zitten met haar gitaar op schoot. Ze heeft me niet gezien en tokkelt eerst doelloos wat voor zich uit, maar begint dan een liedje te spelen dat ik uit mijn vroegste jeugd ken. Ik kan er niet meteen op komen wat het is, maar als ze begint te zingen, weet ik het.

*

Het is echt iets voor Liz om haar zwangerschap wekenlang geheim te houden. Marty en ik plagen haar dat ze de oudste moeder ter wereld wordt, maar zij zegt dat ze al die tijd gewoon nodig had.

Toni is natuurlijk dolenthousiast. Het houdt hem alleen wel bezig dat Liz niet meer met hem slaapt. '*Mission accomplished*,' zegt hij met zijn Weense tongval. 'Dat was het dan voor ons. Maar ik had niet verwacht dat het me zoveel zou doen.'

'Ja, dat komt wel heel onverwacht.'

'Je kunt zeggen wat je wilt,' gaat hij door. 'maar ik ben ervan overtuigd dat ze weer bij me terugkomt als het kind er is. Misschien wil ze er dan nog een en dat toveren we dan ook wel weer tevoorschijn.'

'Tegen die tijd is ze zesenveertig.'

'Wat maakt dat nou uit. De tijd tikt niet altijd op dezelfde manier weg.'

Bij de vruchtwaterpunctie blijkt alles in orde. Het is een meisje. Vooral Luise vindt het prachtig, ze wil haar nichtje later beslist 'iets leren', maar wil nog niet zeggen wat. Ze lijkt de dood van haar moeder inmiddels een beetje te hebben verwerkt. Ze gaat elke week trouw naar turnen (en maakt van pure overmoed haar radslagen vaak ook thuis), neemt vriendinnetjes mee die blijven eten en haar juf verzekert me dat ze een vrolijk, populair kind is.

Vincent heeft het daarentegen erg moeilijk. Op school zijn zijn cijfers gekelderd, hij praat nauwelijks meer en de andere kinderen beginnen hem te mijden. Hij heeft maar twee vriendjes, die net zo weinig zeggen als hij en bij wie hij vaak 's middags videospelletjes doet. Ik weet dat ik moet ingrijpen om te voorkomen dat hij niet net zo gesloten en angstig wordt als zijn vader vroeger.

Maar hij is taai. Ik kom altijd kijken als hij naar voetbal is. Meestal zit hij op de bank en wordt pas tegen het eind van de wedstrijd ingezet. De andere kinderen lijken allemaal groter, steviger, eerzuchtiger, hij staat vaak dromend voor zich uit te staren, waar zijn trainer witheet van wordt. Hij laat Vincent altijd verdedigen, wat duidelijk geen positie voor hem is, want hij is veel te tenger en licht en laat zich door de aanstormende tegenstanders gewoon opzijduwen.

Eén keer, eind maart, op een stormachtige, regenachtige dag, komt hij weer tegen het eind in de wedstrijd. In plaats van in de achterhoede te blijven, gaat hij steeds weer in de aanval. De trainer roept langs de zijlijn dat hij naar achteren moet, maar mijn zoon blijft gewoon oprukken. Vlak voor het eind geeft iemand uit zijn elftal een lange, hoge bal. Alle vier de verdedigers van de tegenpartij missen hem, een slapstickachtig moment, en dan staat Vincent ineens alleen voor het doel. Hij schiet overhaast en de bal stuitert tegen de lat, komt bij hem terug, hij schiet nog een keer en ditmaal belandt de bal in het net. Zijn allereerste doelpunt. Hij draait zich met grote ogen om, hij is zelf de laatste die snapt wat er nu precies is gebeurd. De andere kinderen rennen op hem af en omhelzen hem, de trainer geeft hem met tegenzin een compliment en hij staat daar nog steeds ongelovig om zich heen te kijken. Dan ziet hij mij en glimlacht plotseling. Een mooie, zeldzame glimlach, ondoorgrondelijk en al bijna een beetje wijs.

Een glimlach waarmee hij alles kan redden.

Ik knipoog terug, wat hij alweer pijnlijk lijkt te vinden, want hij rent snel door en veegt zijn neus af aan de mouw van zijn T-shirt.

*

In de paasvakantie komen Liz en Toni ons opzoeken; traditiegetrouw gaan we naar Frankrijk. We zitten al in de auto, de bagage is ingeladen. Alleen mijn broer treuzelt nog, zoals zo vaak is hij de laatste. Dan schiet me te binnen dat ik de voetbal van de kinderen ben vergeten. Ik ren weer naar binnen en hoor al op de veranda het vertrouwde geluid.

Vanuit de deuropening zie ik Marty geconcentreerd de deurkruk omlaag duwen, telkens weer, steeds in hetzelfde patroon. Acht keer snel, acht keer langzaam, acht keer snel. Hij gaat er zo in op dat het even duurt voordat hij me opmerkt. In eerste instantie voelt hij zich betrapt. Dan haalt hij gegeneerd zijn schouders op. 'Ach ja, zo hebben we allemaal onze duistere geheimpjes.'

We kijken elkaar zwijgend aan.

'Niet tegen Elena zeggen,' zegt hij dan.

'Hoe vaak doe je dat eigenlijk?'

'Alles bij elkaar vierenzestig keer. Acht is mijn geluksgetal, acht keer acht brengt dus dubbel geluk. Vroeger deed ik het drieëntwintig keer, maar dat haalde niets uit, qua geluk. Vandaar dat acht in het kwadraat. Eerst snel voor het snelle geluk en dan langzaam voor bestendige tevredenheid.'

Ik zwijg, ga naar binnen en haal de bal.

'Je weet dat ik nu weer helemaal opnieuw moet beginnen,' zegt mijn broer bij de deur. 'Sorry.'

'Wat zeg ik tegen de anderen als ze vragen waar je blijft?'

'Verzin maar wat.'

'Je weet dat je daar altijd met Elena over kunt praten?'

Marty schudt alleen zijn hoofd en grijnst hulpeloos. Een vonkje krankzinnigheid als prijs voor het normale. Ik loop alleen naar de auto en laat de bal op de grond stuiteren. Ondertussen hoor ik hem de deurkruk weer omlaag duwen.

*

De voorjaarszon schittert krachtig op de bomen. Naar buiten gelokt door de bloeiende natuur van de Languedoc neem ik Vincent en Luise mee voor een wandeling. Onderweg willen ze weten van wie het huis in Berdillac vroeger is geweest, waarom ik bijna nooit Frans spreek, wie de beste voetballer ter wereld is en of oom Toni echt tovenaar is en op Zweinstein heeft gezeten, zoals hij beweert. Ik geef geduldig antwoord, vervuld van geluk omdat ik die twee bij me heb.

We komen bij een heuvel. 'Wie het eerste boven is,' zegt Luise, en ze sprint weg. Vincent komt meteen achter haar aan, ik volg op een afstandje. Even ziet het ernaar uit dat ik ga winnen, ze gillen allebei als ik ze voorbijschiet, maar kort voor de eindstreep laat ik me toch nog inhalen.

Hijgend en lachend staan we op de heuveltop. Onder ons ligt het dal. Als we bij de eik naast het bankje zijn, reageren mijn kinderen net zoals mijn broer, mijn zus en ik vroeger.

'Iemand heeft er een tak afgehakt.' Vincent heeft mijn blik gevolgd en wijst naar de nog steeds kale, gezwollen plek op de stam.

'Weet ik,' zeg ik. 'Ik geloof dat jullie grootvader hem eigenhandig heeft afgezaagd.' Ik zal mijn kinderen maar niet het sprookje vertellen dat ik destijds van mijn vader hoorde.

'Heeft jouw vader hem afgezaagd?' vraagt Luise. 'Waarom?'

Ik haal mijn schouders op, maar voel een lichte huivering.

Luise trekt met haar vinger steeds weer de ingesneden woorden in de stam na. *L'arbre d'Éric*. Met een mes in de bast gekrast door mijn vader, meer dan vijftig jaar geleden.

*

De twee weken in Berdillac gaan snel voorbij. Vaak sta ik erbij stil dat mijn broer, mijn zus en ik elkaar na onze kinderjaren uit het oog zijn verloren. Dat we al jong werden gedwongen in het reine te komen met de eindigheid van het bestaan en dat we daar zo totaal verschillend op reageerden. Mijn zus, die gulzig uit haar leven haalde wat erin zat, mijn broer, die het zijne angstvallig bewaakte. Maar na al die jaren dat ieder voor zich zijn eigen weg heeft gezocht, zitten we hier weer samen aan de ontbijttafel. Er is nauwelijks genoeg plaats, mijn kinderen zitten elkaar te pesten, Elena spreekt hen kalmerend toe, Toni's stem schalt vrolijk door de kamer, Marty ritselt met de krant en vertelt over een artikel, Liz spreekt hem tegen, er valt een stoel om, er klinkt geschreeuw, allemaal stemmen door elkaar. Ik ben de enige aan tafel die niets zegt en alleen zijn ogen dichtdoet en luistert: ik ben dol op die geluiden. De eenzaamheid in ons kunnen we alleen samen overwinnen.

De laatste dag picknicken we in een wei. Het zonlicht stroomt uit de wolkeloze hemel op ons neer en brandt op het gras. Mijn broer en zus spreiden een deken uit, de husky snuffelt opgewonden aan Elena's boterhammen met ham. Ondertussen rennen de kinderen weg voor Toni, die hen woest brullend achternazit en roept dat hij een bosmonster is en hen gaat vangen en opeten.

Liz, inmiddels hoogzwanger, zucht: 'Wat is het toch een mafkees.' Maar er sluipt een glimlachje over haar gezicht.

Ik kijk naar mijn zoon, die met een ernstig gezichtje voor Toni wegvlucht en zijn plezier zoals altijd goed verborgen weet te houden. En naar mijn dochter, die piepende geluidjes maakt. Die ochtend hebben we een langdurige woordenwisseling gehad omdat ze na de vakantie tot haar grote ongenoegen een beugel moet. Ze is huilend naar haar kamer gerend. Dat was weer zo'n moment waarop ik Alva miste en me afvroeg hoe zij het zou hebben aangepakt. En ik vroeg me ook af of ik echt wel zo anders ben dan mijn eigen vader.

Maar Luise is de ruzie van vanmorgen allang weer vergeten, ze verstopt zich achter mijn rug en roept dat ik haar tegen het bosmonster moet beschermen.

Toni komt naar ons toe en wijst naar mij.

'Opzij,' gromt hij met een lage, verdraaide stem.

'Opzouten, raar beest,' zeg ik.

Ik hoor mijn dochter achter me lachen.

Toni komt dreigend dichterbij. 'Nog één zo'n opmerking en je bent een kind des doods.'

Ik wil net antwoord geven als ik Vincent in zijn eentje aan de zoom van het bos zie rondsluipen. Ik mompel dat ik zo terug ben en ga naar hem toe.

'Vlug dan,' zegt Toni. 'We gaan zo voetballen.'

Ik ren het bos in, waar mijn zoon besluiteloos een tak doorbreekt en wegslingert. Ik leg mijn hand op zijn schouder en we lopen samen een stukje het bos in. Dan komen we bij de rotsachtige rivier met de boomstam eroverheen en meteen hoor ik weer de waarschuwingen van mijn vader, die het veel te gevaarlijk vindt.

Mijn zoon kijkt nieuwsgierig naar de boomstam.

'Moet je zien hoe diep het daar is,' zegt hij.

'Meer dan twee meter.'

'Denk je dat daar weleens iemand overheen is gelopen?'

'Jazeker,' zeg ik.

'Ik geloof er niks van.'

'Toen ik zo oud was als jij nu ben ik er vaak overheen gelopen.' Ik reken terug en schiet in de lach. 'Vierendertig jaar geleden.'

Vincent kijkt me verrast aan. 'Ik geloof er niks van,' zegt hij weer. 'Daar kun je heel hard vallen.'

Ik moet denken aan een citaat van Wordsworth: '*The child is the father of the man.*' Ik zie Vincent met zijn angstige ogen en mijn besluit staat vast. Hij wil me nog tegenhouden, maar ik sta al op de boomstam. Hij roept dat ik terug moet komen, maar ik zet weer een voet voor de andere. De boomstam wiebelt, ik word duizelig en ik voel dat de angst zich in mijn borst tot een klont samenbalt. Ineens zie ik weer voor me hoe Alva jaren geleden bij haar eerste bezoek aan Berdillac met uitgespreide armen over de stam trippelde. Ook voor haar moet ik nu doorzetten.

Als ik ongeveer op de helft ben, ziet Vincent in dat protesteren geen zin meer heeft en hij begint me aan te moedigen. Ik kijk heel even omlaag naar de grote, door het water gladgeslepen rotsblokken die uit het water naar boven steken en zie alweer een nieuwe ziekenhuisopname voor me.

Maar het gaat goed. Als ik aan de overkant ben, zie ik mijn zoon op de tegenovergelegen oever staan. Hij heeft weer zijn grote, ongelovige ogen opgezet en lijkt even sprakeloos. De terugweg blijkt lastiger dan de heenweg, weer loop ik langzaam over de glibberige stam en één keer glijd ik bijna uit. Maar ik weet dat ik niet terug kan, want dit is het moment van zaaien. Ik moet dit in het geheugen van mijn zoon planten, dan gaat het over een paar jaar hopelijk open en is hij een stukje van zijn angst voorgoed kwijt.

*

Aan de andere kant glijd ik toch nog even uit en ik val op de grond, er komt modder op mijn shirt. Vincent kijkt me geschrokken aan, maar ik sta grijnzend op.

'Niks aan de hand.' Ik wijs naar de boomstam. 'Zie je, het is heel simpel,' zeg ik, al bonkt mijn hart als een bezetene. Ik moet even op adem komen en me herstellen van mijn waaghalzerij.

Maar Vincent rent al weer terug naar de anderen, die vanaf de wei roepen dat we nu eindelijk moeten komen voetballen.

'Doe jij ook mee?' vraagt hij nog.

'Zo meteen.'

Ik blijf even in de schaduw van een groepje bomen aan de bosrand staan toekijken. Toni staat in het ene doel, dat uit twee truien bestaat. Mijn dochter trapt de bal in zijn richting en dan onderschept mijn zoon hem. Hij speelt met Marty een technisch perfect een-tweetje, danst om Elena heen en schiet. De bal knalt tegen Toni's scheenbeen. Liz stemt haar gitaar en kijkt verder alleen toe, en ook de hond van mijn broer houdt zich afzijdig. Af en toe blaft hij even, maar hij komt niet van zijn plek. Vroeger zou hij achter de bal aan zijn gegaan, maar nu is hij oud en rustig. Als hij geluk heeft, beleeft hij nog een, twee zomers. Op het eind zal hij een vervuld leven achter zich hebben, terwijl een andere hond jaren geleden niet ver van hier in de rivier is verdronken. Dingen komen en gaan, dat heb ik heel lang niet kunnen accepteren, maar nu valt het me ineens licht.

Als de kinderen me zien staan, roepen ze of ik nu eindelijk zover ben en kom voetballen.

Ik loop het bos uit.

'Ja,' zeg ik en ik klop de modder van mijn shirt. 'Ik ben zover.'

DANKWOORD

Allereerst wil ik mijn ouders bedanken. Mijn vader voor zijn humor en voor al onze liefdevolle, inspirerende gesprekken, mijn moeder voor haar onverwoestbare goede humeur in moeilijke tijden en voor haar geloof in mij.

Ik heb me ook bijzonder gesteund gevoeld door Ursula Baumhauer. Het was een groot geluk haar tot docent te hebben. Mijn dank gaat ook uit naar Thomas Hölzl, Anna Galizia en Georg Grimm, en naar Roger Eberhard, Tanja Graf, Marie Gronwald, Clara Jung, Daniel Kampa, Ronald Reng, Muriel Siegwart, Veronika Vilgis, Daniel Wichmann, Anne Wiebung, Frieder Wittich en Klaus Cäsar Zehrer.

Philipp Keel heeft me voor dit boek alle tijd gegeven die ik wilde. Zijn vertrouwen en zijn onvermoeibare inzet hebben veel voor me betekend. Ook een welgemeend 'Muchas gracias' voor alle anderen van Diogenes, met name Mario Schmuki en Ruth Geiger, die er altijd voor me was.

Met dankbaarheid gedenk ik Daniel Keel, die me destijds bij zijn uitgeverij heeft gehaald en zo mijn leven op de rails heeft gezet. Wat heb ik sindsdien veel moois mogen beleven. Dat zal ik nooit vergeten.

LEES MEER VAN

De zeventienjarige Rauli uit Litouwen is het buitenbeetje van de klas totdat zijn muziekleraar Robert Beck ontdekt dat de jongen een fantastisch talent bezit: zijn stem en gitaarspel zijn bovennatuurlijk goed. Beck, zelf een mislukte muzikant, wil de jongen helpen een succesvolle carrière in de muziek op te bouwen. Dit streven komt niet puur en alleen voort uit welwillendheid: als ontdekker en manager van Rauli hoopt Beck zijn weg terug te vinden in de wereld van glitter en glamour.

En ook hun vrienden dromen van een andere toekomst. De jonge serveerster Lara, die op het punt staat door te breken en uit alle macht probeert niet verliefd te worden op Beck. Een familie uit Litouwen met een mysterieus verleden. Anna Lind, de vleesgeworden erotische droom van elke leraar en student. De gigantische Duits-Afrikaanse Charlie, Becks enige vriend, die diep vanbinnen een filosoof is en net afgewezen is als beveiliger van een nachtclub. En een ouder wordende rockster als beschermengel.

Allen zijn ze op weg om zichzelf te ontdekken, en waar ze uitkomen, zal niet altijd zijn wat ze van tevoren bedacht hadden.